葬雪

BURIED SNOWFLAKE

天舞系列 二

步非烟◎著

万卷出版公司

君千殇

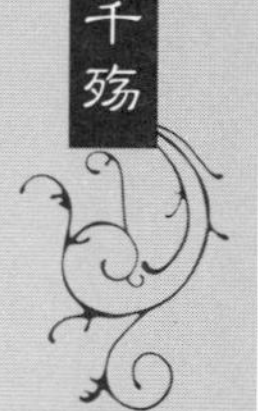

他就像是一个谜，却是一切力量的根源。

石星御

你再度出世的时候，将永远失去你的挚爱。

传说

每一个世界 最终都会劫灭

重入轮回

在那一天

一只美丽的雪妖

会从雪原深处走出

为绝望的世人跳起

葬天之舞

人物介绍

君千殇

天下最高力量——轮回之剑的执掌者，可以将一切生灵斩入轮回。

银眸银发，白色长袍，身后有六对银色的羽翼。

无人知道他从何而来。唐王朝建立之初，天下修为最高的三位地仙：紫极老人、雪隐上人、大日至尊者结伴云游天下。他们攀上昆仑峰顶，发现一座水晶宫殿，里面是悬浮的七彩劫灰，一个全身白色的少年沉睡在劫灰中。劫灰上符隶变幻，彰显出可创生天地的力量——轮回之力。三位地仙将他唤醒，他却没有任何记忆，而后他将紫级老人视为师尊，随他下山，守护天下。一百年来，他曾受师尊的委托，将无数妖魔封印在终南山下，维系着大唐盛世的繁荣。但在一次猎妖中，他被妖龙公主舍身护子的深情打动，于是将轮回之剑封印，不再除妖。

石星御

万魔之皇。有苍蓝色的眸子和苍蓝色的长发，是天地间一切黑暗力量的元枢。一百年前，他以魔的姿态降生在人类最鼎盛的盛世上，在荒芜之地，建立起只属于妖魔的国度，与人类的盛世对抗。他威严如苍天，役使地水火风四大神龙，屠城灭国，几乎倾覆天下。被世间一切妖魔奉为龙皇。

三位地仙为了守护人类，不得不将他除去。他们布下法阵，用君千殇的轮回之力将其打散为神、心、意、形、体五部分，分别封印在无上秘境中。百年后机缘巧合，他打破封锁再度出世，却不再有滔天魔炎，只带着挚爱，一心只为了复活心爱的女子，为此不惜天地劫灭。

李玄

本是不学无术、浪迹江湖的小混混，却歪打误撞进入天下第一书院——摩云书院。又莫名其妙地成为大师兄，享书院中诸多特权。李玄不求上进，并不将这些特权用于修炼道术上，而是四处探险游玩，顺便完成师妹苏犹怜对他种种怪异至极、也危险至极的爱情考验。

正当李玄在书院中悠闲度日、以冷笑话游戏人间时，雪隐上人找到了他。许给种种好处，只要他离开摩云书院。因为，雪隐用无上法力推测出未来的浩劫——李玄注定将要释放出百年前被封印的魔皇石星御，天下生灵必将再度涂炭，大地也将因他赤红。

定远侯

李玄的前生。与这一世不学无术的小混混不同，定远侯是汉代名将，曾提兵西域，血战黄沙。在一次除魔之战中，他误杀了自己最心爱的承香公主，痛悔下殉情而亡。临死前，他将自己的力量封印在定远刀中，交给自己的后世使用，以实践三生三世守护承香公主的承诺。李玄偶然的机遇中得到了定远刀，尚不能完全运用自如，只在危机状态下，能触发前生的力量。

龙穆

天竺国师大日至尊者的弟子。由于石星御出世，大日至闭关修行，龙穆来摩云书院做插班生。他真实身份是来大唐修行的天竺王子，背负着统一九天竺的使命。龙穆是养尊处优、一呼百应的王子，又得到了大日至尊者的所有法宝，故在书院中任性妄为，与李玄争夺大师兄的宝座，以及苏犹怜的爱情。

苏犹怜

一只独居在荒原上的小小雪妖，因为特殊的元丹，一千年来，被人类和修道者数度残害。百年前，她亦曾得到过石星御的庇护，居住在妖魔的国度龙皇城。但石星御被封印后，她再度被人类追捕、残害。就在她即将神形俱灭之时，雪隐上人将她救出，消除了她在龙皇城的记忆，将她收为弟子。在故事开初，雪隐命她化名苏犹怜，潜入摩云书院，执行特殊的任务——杀死李玄，阻止他释放出万魔之魔。于是她假借爱情之名，让李玄挑战她设下的七重“考验”，带着李玄出入极其危险的秘境中。

龙薇儿

摩云书院本届小师妹，娇憨可爱。她本是大唐公主，因为爱上摩云书院司业（副校长）谢云石，而隐藏身份，来书院学习。她并不知道自己乃是承香公主的转世，也忘了自己曾与定远侯定下生生世世、永不分离的诺言，只将李玄视为玩伴。

九灵儿

天狐族的公主。风情万种，妩媚妖娆。一百年前，她深爱着龙皇石星御，一心追随他左右。石星御曾残忍地杀死了她的族人，并一度对她冷若冰霜，她依旧无怨无悔。君千殇打败石星御后，将石星御的“意”（即记忆）与她一起封印，镇压在三生石中。石星御沉睡的百年里，被九灵儿的爱打动，于是，他的“意”与她在三生石的幻境中缠绵，不愿出世。

百年后，心魔为了释放出石星御的“意”，制造出逼真的石星御的幻影，将九灵儿杀死。九灵儿以为自己死在石星御手上，含笑辞世。当石星御真正出世的那一刻，却已永远失去挚爱。

前情介绍：《天舞·摩云》

（本书初版时名为《摩云书院》）

百年前，石国国君石星御，御使四条神龙，纵横天下，无可匹敌。人称龙皇。

石星御征战四方，几乎将西域五十国统一于麾下。一时间，无数小国一夜族灭，血染黄沙，生灵涂炭，万里沃土几成炼狱。

不得已摩云书院尊长紫极老人，命弟子君千殇出动禁忌的轮回之力，才将石星御打败，却依旧无法将之消灭。紫极老人动用分形镇压之术，将其分为心、神、意、形、体五部分，分别禁锢于无上秘境之中。

从此之后，龙皇之名便成为一个秘魔禁忌，绝传天下。

摩云书院乃大唐第一书院，院主紫极老人修为通天，大弟子君千殇、二弟子谢云石、三弟子陆北庭皆为绝顶高手，或参悟无上道法，逍遥天下；或征战沙场，成就不朽功业。天下之人，无不向往。摩云书院每十年一度开院择徒，只收十八位弟子，每位弟子都由院主亲自甄选，凡有资格进入书院者，皆身负绝艺，为人中龙凤。今年却是例外。

书院甄选生徒当天，与紫极齐名的魔道尊长雪隐上人、大日至尊者联袂而来，以无上异宝交换，只求紫极今年不再收徒。因为，神佛已降下预言，摩云书院本届生徒中，注定有一人将触动禁制，释放万魔之王。介时，龙皇石星御将带着对天下的无尽怨怒再度出世，大唐盛世必将因之而终结，芸芸众生必将再入炼狱。

紫极老人却不顾两人阻挠，以天命不可逆为由，继续开院择徒。只是这一届生徒的甄选结果，大大出乎所有人意料之外。

书院招收的第一位学徒，竟是一位浪迹江湖的小混混——李玄。

李玄不学无术，只是误打误撞进入摩云书院，又莫名其妙地成为大师兄，享书院中诸多特权。李玄不求上进，并不将这些特权用于修炼道术上，而是四处探险游玩，顺便完成师妹苏犹怜对他的种种怪异至极、也危险至极的爱情考验。

正当李玄在书院中悠闲度日、以冷笑话游戏人间时，雪隐上人找到了他。许给他娇妻美妾，滔天富贵，只要他离开摩云书院。

因为，他便是那触动禁忌的魔。天下生灵必将再度涂炭，大地也将因他赤红。

然而一切已经太迟。

李玄无意中已触动了书院禁制。封印崩摧。龙皇即将再度出世。那是无可改变的浩劫。

前情介绍：《天舞·龙御》

（本书初版时名为《龙御四级》）

为了天下安危，大唐盛世的延续，李玄不得不决定离开他已视为家的书院。

然而一切已经太晚，山水天空都化为诡异的蓝色，只待这盖世魔君的完全凝形出世，芸芸众生皆将化为齑粉。李玄必须设法在这之前找到克制他的办法。于是他不得不再度踏足一个个险境。

在一次大漠荒野的探险中，李玄骇然发现了自己的前世。原来在自己小混混的外表下，囚禁自己的前世——定远侯——顶天立地的英魂。同时，他也发现了自己的宿命中的爱侣竟不是他一直苦苦追求的苏犹怜，而是小师妹龙薇儿。

在此之后，他一直为阻止石星御出世而和龙薇儿一起经历重重艰险，仙山、洪水、天狐的心魔秘境，前生记忆渐渐清晰，他曾与龙薇儿前世承香公主定下生生世世的盟约，公主也最终为他而死。李玄大受震动，当他准备和苏犹怜说明一切，准备与龙薇儿携手一生，以报答她前世情意时，龙薇儿却已忘却和他的前世约定，而深深爱上了书院师兄谢云石。

更让李玄心冷的是，苏犹怜竟是魔头雪隐的弟子，她当初混入摩云书院，就是为了将李玄杀死，斩断李玄开启魔劫的宿命。她安排的重重爱情考验，不过是可怕的谎言——将李玄置之死地的谎言。

李玄心灰意冷，准备成就龙薇儿与谢云石的因缘，补偿龙薇儿前世为自己的牺牲，然后用体内渐渐觉醒的定远侯的力量，奋力与石星御一博。

石星御的幻影再度出现在书院上空，魔魔滔天，不可一世。而书院院长、师长、师兄都无故失踪，只有李玄带领本届的弟子们奋力抗争，一番大战后，石星御的幻影终于退去，正在生徒们欢呼胜利之时，书院院长紫极老人心情却更加凝重。因为只有他知道，生徒们战胜的不是真正的石星御，而仅仅是心魔造成的石星御的幻影。

心魔是天下一切人心中魔念聚集而成，并偶然得到了石星御的“心”的力量，冲破禁忌而出，祸害人间。而心魔最终的目的，却是借这个幻影彻底释放石星御被禁锢的其他部分。

在李玄与心魔所造石星御幻影对决中，囚禁石星御“意”的天狐被杀死，无意中打破了最后的禁忌。一切皆在心魔安排之下——石星御神心意形体终于俱全，即将凝形出世。

与心魔所造的幻影以及所有人的想象不同，龙皇石星御竟是一位无比清俊、优雅、温文的男子。他一出世，便为被自己幻影杀死的天狐深情恸哭，而后一步步踏上了中南峰顶。天空、山峦、尘埃，一切都因他的出现而化为湛蓝。

石星御以逆天的威严拔起了摩云书院镇山之宝九岌定乾旌，释放出君千殇镇压于此的九十九位魔头，并扬言要在北极建立万魔之国。

大魔国建立，屹立在北极湛然苍穹之下，与大唐盛世对峙，一场浩劫已然开启……

目录

本集回目集自李长吉七古

第一章 宫城团回凛严光

“大唐太子，觐见龙皇。”

巨大的禁天圣殿中，太子带着李玄，恭谨无比地站在殿门口。

幕幔低垂，遮住了沉沉宫殿里的一切。石星御一身蓝衣，肃然站在幕幔之前。

幕幔轻启，石星御却一动不动。深蓝色的目光垂下，停伫在两人身上。

“我们又见面了，定远侯。”

李玄扮了个鬼脸，无奈地笑了笑。

他宁愿面对任何人，也不愿面对龙皇石星御。

任何人都有弱点，唯独石星御没有。他就像是苍天一样，无法捉摸，不可战胜。他覆盖着一切，以一切为他之威严。

他的力量，令山川天地都要战栗。

虽然，他让这股力量沉睡在他体内，他出世，诏告世人，他不是魔，他的力量，只为挚爱而发。但那却是毁天灭地的力量，只要这力量存在，就会令每一个人恐惧。

他温煦，优雅，看似一位宽宏仁爱的君王，但没有人怀疑，他举手之间，就可让这个世界化为炼狱。

他的温和，只是暴风雨来临前的平静。无论他说多少遍，他不是魔，都没有人相信。

抑或，是没有人敢相信。超越一切的力量的存在，本身就是禁忌。

他，就是顶戴和平花冠的魔王。

这魔王，却是李玄的死敌，因为他的前世，镇压了这个魔王一百年。至今，这个魔王最重要的一部分，还被封印在他身上。

他李玄，只不过是个手无缚鸡之力的凡人，只想平静地过一辈子，爱一个人，过一段生活，偶尔讲讲冷笑话，养养宠物而已。

老天为什么就是不能满足他的这个小小的愿望呢？

现在，他就站在这个魔王的宫殿里，魔王温和地向他笑着，就像是一位好客的主人。

他们之间，似乎从不存在任何恩怨。

这让李玄局促不安。深怀恐惧而又不可捉摸。

他沉吟着，不知道该怎么回答。

石星御仿佛看透了他的心：“你不必害怕……我并不想伤害你，你肯承受我的恶，我本该感激你才是……”

他向李玄伸出了手。

“我只是想借用你两件东西。”

一股龙气自他手中淡淡溢出，向李玄飘了过来。李玄就觉身上猛地一紧，灵魂都似被这股力量抽空。跟着，龙气在他身上挪移着，碰触到了埋在他胃中的清凉钥。

龙气纠缠蔓延，包围住清凉钥，向外腾去。

李玄一声惨叫！

九天桂实在他体内已生根，化成一株小小的桂树，根、枝、蔓俱全，深深扎进了他的经脉血肉中，而桂干紧紧抱着清凉钥，已无法分解。清凉钥才一动，牵动李玄的周身经脉，痛得他几乎晕了过去。

石星御眉头皱了皱，龙气乍吐。

龙气盘旋，化成锋芒，向桂树上斩去。

哪知这桂树不但深入经脉，而且已化身成经脉。桂树才损，李玄立即痛彻心扉，轰然一声爆响，烽火连天，定远刀铮然出鞘，凛凛面对着龙皇。

定远侯那横越一切的意志自轮回的尽头渡来，化为一条红色的淡淡虚影，悬挂在李玄体外。那道龙气，早已被烽火燃尽。而红影散发出的凛凛之威也在警告着每一个人。

任何想伤害李玄的人，都将遭受烽火全力一击！

没有人愿意轻易与定远侯为敌，就连石星御也一样。

所以李玄数度涉险而不死。

石星御转头，望向太子。

太子无奈地叹了口气，道："这就是我为什么将他带到龙皇面前的原因。他私吞了清凉钥与九天桂实，两者在他体内纠结为一，再也无法取出。任何想伤害他的力量，都会激发定远刀的保护。在来大魔国之前，我已试了不下十种方法。"

他说谎的时候，连眼睛都不眨一下。他说的没错，李玄遍体鳞伤，都是拜他所赐。他也的确试了十几种方法，努力将九天桂实与清凉钥分开——只因他想确认，那是无论如何都做不到的。

除非，他以月宫主人的身份出手。

他笑道："不过清凉钥毕竟是清凉钥，不管在不在他体内都是。而且他身上还有玄陛天书，这不正合龙皇之用么？"

"龙皇不妨将他留下来，若是怕他有什么鬼花招，不妨给他带上铁枷。"

石星御沉吟着。

"不必。"

他淡淡道："禁天之峰下，有个人，我想你肯定很想见到。"

这句话，是对李玄说的。

那是一间小小的屋子，由坚冰筑成。冰层很厚，搭起一道低矮的穹顶，上面布满了细碎的纹路，看不清楚里面有什么。冰屋紧挨着禁天之峰搭建，是那么矮小而孤独，静静地伏在北极的荒原上。

这座冰屋，李玄绝未见过。大魔国中，也没有李玄牵挂的东西，但他走近的时候，心不由得一阵怦怦跳动。

他情不自禁地感到一阵慌乱，却不明白这种感觉是从何而来。

冰室中，究竟是什么人？

他的手微微颤抖，轻轻触在房门上。那是由一整块冰雕就的门，朴实无华，冰虽然坚厚，但门却一推就开。门并没有上锁，大魔国中，并不需要锁钥。

但李玄并没有推开房门。

因为他心中忽然有了一丝恐惧。

若这房中是他不想见到的呢？会不会是死人？会不会是灾难？

他摇了摇头，笑了笑，为自己的胡思乱想而感到懊恼。这不是李玄

啊，李玄并不是个拖泥带水的人。他微一用力，将房门推开。

这是个空空的房间，没有任何家具，只有一个苍白的人。

苏犹怜。

李玄喜出望外。

他终于见到苏犹怜了。

这次被擒来北极，受尽了折磨、恐惧，但只要能见到苏犹怜，这一切都值得了。

他扑上去，想抱住苏犹怜，再也不分开。他苦苦寻觅她，一旦找到了，便再也不放手。

但他的脚步才跨出，便立即停住。

苏犹怜静静地站在冰房的正中，是那么孤独，那么无助。她长长的秀眉深深蹙起，目光怔怔远望着，她看着李玄走进来，却如同完全没有看到一般。

这一刻，她距离李玄，是那么遥远，冰冷。

这让李玄无法跨出一步，拥抱她。她像是冰冷的雕像，任何拥抱她的人，立即就会和她一起冰封。

他不知道，此时的苏犹怜心底的痛苦。她的思绪，萦绕着那个苍蓝的魔王。

她无法不令自己回想起，淡蓝色的月光下，魔王刺下自己的血，只为了那些荒凉的妖魂能够重入轮回。那时的他，是那么悲悯，那么真诚，一点都不像是魔。

他用破坏守护自己的爱情，但却在无人知的夜间，用自己的血，寂静地救赎罪孽的妖魂。

他不是魔，他不应该是魔。

他的爱情，也不应该由她亲手打破。

苏犹怜紧紧咬着自己的嘴唇。

“谢谢你。”那双湛蓝的眸子中，是无尽的诚恳。

但她却在这时候，筹划着杀死他。

不该这样的。

苏犹怜浸沐在苍蓝色的痛苦中，感到全身冰冷。她没有发现李玄。

“龙皇……”她的迷惘让她轻轻叹了口气，忍不住将这个为爱情到了极致的名字缓缓吐了出来。她的思绪骤然一惊，神智霍地清醒了过来。

她看到了李玄。

惊讶、错愕、迷惘、欢喜交缠着她的心，她怔了怔，突然爆发出一声欢呼："李玄！"像是一片雪忽然盛开，向李玄扑了过去。

李玄将她拥在怀里。

北极的寒气是那么重，这是个多么僵硬而冰冷的拥抱。

完全抵消了重逢的喜悦。

龙皇——为什么会有这两个字？

李玄抚着苏犹怜的发，心中忽然闪过这样的念头。他不知道自己为什么会这样想，但这个念头就是那么的突如其来，那么的挥之不去。

为什么她没有叫自己郎君，却叫自己李玄？

为什么他找遍摩云书院，苦寻不得的苏犹怜，竟会出现在石星御的宫禁？

为什么心底会有丝酸涩呢？

为什么？

有些烦乱、懊恼，找不到发泄处的郁闷。梦魔梦幻中，当她看到他的灵魂时，他们应该两心知了才是。他们的心应该融为一体，再也不会有隔阂。

他可以为她死，他也知道，她一定会为他死。当他看到她的眼睛时，他很肯定这一点。

虽然他没有看到苏犹怜与雪隐的交易，但他肯定这一点。

他爱她，她也爱他，就像是天空拥抱着大地，大地眷恋着天空。为什么会有这么重的隔阂感呢？当他抱着她的时候，会觉得两手空空？

难道，他仍然活在梦魔的噩梦中？

李玄自嘲地笑了笑，大概是连日受折磨让他有些神经质了。

经过了这么多的磨难，他又找到了苏犹怜，他们该好好说说体己话才是。

他要告诉她，他早就知道了一切，但他并不在乎她想杀掉他。他也确信，她已不会再想杀他了。

天空这么灿烂，他们为什么不能简单地相爱呢？

想到这里，他的心中立即溢满了柔情，他轻轻抚摸着苏犹怜的发，感受到上面有一丝冰凉的甜香。

苏犹怜猝然将他推开。

"不，你不该在这里，你怎么会在这里呢？"

李玄苦笑："当然是龙皇将我抓过来的。"

苏犹怜眼中闪过焦急之色："你不能在这里！我去求龙皇，让他放你走！"

她拉起李玄，向外奔去。她不能让他受到一丝伤害。她自己可以粉身碎骨，但不能让他受到一丝伤害。大魔国太危险了，他连一刻都不能多待。

李玄没有动。

他们手拉着手，在这个寒冷的冰屋中，他们的距离似乎越来越远。李玄的眼神极为缓慢地变化着，让他显得有些陌生。

"你去求龙皇？"李玄轻轻地，几乎是一个字一个字地问苏犹怜。

伟大的龙皇跟渺小的雪妖，本该没有任何交集才是。

我去求龙皇，让他放你走。

这句话说得多么决然，显得那么有信心。李玄不知道自己为什么要反问这么一句，他只是有些忍不住。

他本是爱她的，他对她应该最宽容才对，但他竟然忍不住挑剔她说的每一句话，尤其是关系到龙皇。

苏犹怜没有注意到李玄的神色，她只是着急："是的，你不能留在大魔国，连一刻都不能！"

她用力拉着李玄，要将他拉上禁天之峰。这时，她才意识到李玄的坚持。她讶然抬头，看着李玄。

李玄眼睛中的神色，像针一样刺伤了她。

"为什么？"李玄的声音有些生涩，艰难地问，"为什么我不能待在这里？"

那眼神是一片荒漠，没有苏犹怜丝毫的容身之地。那眼神让苏犹怜感到一阵剧烈的疼痛，突然之间苍白无力。她甚至无法握住李玄的手。

但她不能告诉李玄真相。她绝不能将那个秘密说出一个字。

"不！我不能告诉你！"

她哀求一般抬起脸，盯住李玄。

"走，好么？逃出大魔国，永远都不要回来！"

李玄嘴唇颤抖了一下："好，但我们要一起走！"

"不！"苏犹怜几乎是尖叫般发出了这一声呼喊。

她绝不能走。她不能眼看着自己苦苦营造出的杀局化为乌有。如果她在这时踏出大魔国，她将只能看着那个佛谕成真，看着自己心爱的人踏在万千尸体上，沦落成魔。

她绝对无法接受那样的结果。

她不能让辛苦得来的爱情化为劫灰啊。

然而她不能说，她的秘密连一个字都不能说出，即使是面对李玄。

她只能无比哀恳地看着李玄，希望他能够听话，乖乖地走出大魔国。她会尽一切力量，乞求龙皇放过他的。只要还未找到九灵儿，龙皇就还需要她，便不会违逆她这个小小的要求。

李玄苦涩地笑了笑："要我走么？你自己来到大魔国，却让我走？"

苏犹怜热切的眸子骤然冰冷。

她终于明白，李玄怀疑的是什么了。

她错愕，惊怒。她无法想象，她为他们的爱情付出了这么多，不惜陷身危难时，李玄居然这么想！

——我走过千万里的雪原，来到这里，刺杀令众生战栗的龙皇，只为了拯救我们的爱情。

——我伴随在魔王身边，出入炼狱，承受了无尽的折磨，只为了救你。

你却以为我背叛了你，来投奔龙皇的怀抱。

我在你心中，就是这样一个女子么？

苏犹怜感受到自己的心在流血。

她脸上挂上了一丝冷笑。

——这就是她粉身碎骨想求得的么？

她猛然用力，将李玄推出冰室。

"走，我再也不想见到你！"

风雪怒发，将李玄冲了出去。冰房的门砰然关上，雪花陨落，将冰房密密填了起来，像是座白色的坟。

小小的，像是爱情死去后的坟。

李玄躺在地上，想用满地冰寒将自己的骨髓浸透。

他满心懊恼，为自己方才说的话感到极度后悔。

那不该是李玄说的话，李玄是个没有心事、闹哄哄的人，不该有任何猜疑、忌妒。

这些日子的思念让他明白了自己的心，那就是他爱着苏犹怜，苏犹怜也爱着他。他的爱情就像是一块琉璃，通透、美丽，一眼就会看到底，永远都不会变。他一直是这样做的，也一直这样认为。但龙穆的出现，让他

有了改变。

当苏犹怜踏上白莲之路，走向花宴邀约时，他痛苦深邃地发现，他无法把握住他的爱情。他只能眼睁睁地看着她步步生莲，走向夜色中的王子，而自己却在光芒的映照下，显出卑微无比的一面。

那一刻，他创深痛剧，从此，他不再是个没有心事的人。他的爱情，也不再只是块琉璃，不再一眼就能看到底。

他尝到了爱情的痛苦，就如每一个初涉爱情的孩子一样。更不幸的是，他尝到了爱情的另外两个附属物。

忌妒，猜疑。

那是伴在爱情旁边的佐料，让爱情更加甜美，但偶尔一口只吃到这些佐料的话，却会满口苦涩。

此时的李玄，就是如此。

因他无法想明白，苏犹怜为何要到大魔国来。又为何跟石星御那么亲昵。

亲昵？是的。李玄酸楚地想着。

她叫着他的名字，而且相信只要一开口，龙皇就会放过李玄。

什么时候起，她在龙皇的心目中有这么大的分量了？

忌妒，猜疑，让他品尝到的爱情滋味酸涩无比。

李玄在冰屋之前整整坐了一夜、苏犹怜始终没理他。

他就像是被抛弃了的玩具，随手一扔，就再也不管。尽管曾经深爱过，却再也不会紧紧抱在怀里。

这一夜，不适合争杀，夜色静谧，蓝蓝的天之光芒浮动在遥远的天际，照耀着大魔国中的每一个人。

这不是伤心的一夜。

当黎明的曙光照进李玄的眼睛，冰屋仍旧没有打开，李玄没有等到苏犹怜的解释。他的痛苦，在那一刻攀升到了顶点。

他看着那座高不可攀的禁天之峰，几乎想要嘶吼出声：

——石星御，你究竟对她做了什么？

冰屋中，苏犹怜双眸苍白，紧紧盯着那扇被风雪封住的冰门。

她是多么多么希望，李玄能够推开房门，像往常那样，一脸阳光，照亮她的心。她多么需要那样的温暖，一下子就能洞穿身体，让一切阴霾都消失干净。

那样的李玄，才能够让她牺牲一切，只为成全爱情。

那样，她才有勇气毁灭掉龙皇的爱情，将他永远封印。是的，她将不惧死后沦落入地狱，受尽万世唾骂。

她紧紧握着自己的爱情，坐在冰冷的地上，等待着房门被推开，她的郎君一脸阳光走进来，告诉她，无论什么时候，他都爱着她。

那是童话，是她一千年来，站在荒凉的冰原上，无时无刻不幻想着的童话。

这一夜，不适合争杀，夜色静谧，蓝蓝的天之光芒浮动在遥远的天际，照耀着大魔国中的每一个人。

这不是伤心的一夜。

一只巨大的爪子压在李玄肩头。

“远道而来的朋友，你是特意来看望我的么？”

玉鼎赤的目光中充满了友情的感动。自从不日前那一战后，玉鼎赤就将李玄当成了它最好的朋友。

李玄愁肠百结。看着玉鼎赤那火热的目光，他问出了有生以来最愚蠢的一句话：“如果我跟龙皇决战，你会帮谁？”

玉鼎赤挠了挠脑袋，为难地皱起了眉头。

它自然是要帮龙皇。龙皇的命令是无人敢违抗的。但要是这样说的话，显然会伤了他这位小朋友的心。这位小朋友对它是多么好啊，知道它要抢玄陛天书，就双手送上来。而且那么善解人意，照顾到了伟大的玉鼎赤那颗柔弱而敏感的自尊心。

聪明的玉鼎赤是不会被难倒的，它终于有了答案：“相信我，你跟龙皇是不会打起来的！”

李玄愤然：“怎么不会？龙皇一定对她施加了可怕的折磨！他一定用强硬的手段来逼她就范！”

玉鼎赤沉默了。它察言观色一晚上之后，以为自己已经知道李玄说的是什么。当然，它不知道它还有不明白的地方。伟大的玉鼎赤，当然不会承认自己有不明白的地方，它向来是以自己的方式思考这个世界的。于是，它在李玄身边蜿蜒着趴了下来，巨大的身子绕了一圈又一圈。它喃喃道：“你说得不错，有一次，龙皇几乎杀了她（收回龙鼎血华后苏犹怜逆抗龙皇时），还有一次，龙皇跟她出去了一趟，回来后她身上几乎全都是

伤（去取泥犁盘时）。不说龙皇，其实我们四兄弟都有撕碎她的心（这完全是施展五行定元阵的副作用）。”

它每说一句，李玄的脸色就难看一分。

玉鼎赤敏感的心感到有些不太妙，拍了拍李玄的肩膀，安慰他道：“不过你放心，龙皇对她还是很好的。”

它这句安慰一点用都没有，反而让李玄的脸色更加难看。他一把抓住玉鼎赤那巨大的龙趾，充满感情地道：“我们是朋友，对不对？”

“对！”

“我们是最好最好的朋友，对不对？”

“对！！”

“当我用生命嘱托你一件事时，你一定会帮我的，对不对？”

“对！！！”

“请你帮我救出苏犹怜来！”

李玄郑重无比地看着玉鼎赤。玉鼎赤呆住了。

它的确热血沸腾热泪盈眶。它的确有为友情献身的觉悟，但是救出苏犹怜这件事，超出了它的能力范围啊。龙皇给它的职责如下：

一、看好大魔国。

二、看好苏犹怜。

龙皇知道跟它说复杂的它也不明白，所以龙皇给它的命令一向很简单，简单而直接。若是将苏犹怜放出大魔国，那一定犯下了滔天大罪。

容易冲动的玉鼎赤还是有基本的大局观的，虽然被五行定元阵折磨得死去活来，但它仍明确地知道，苏犹怜对石星御很重要，绝不能放走。

它嗫嚅道：“不行，我无法帮你。你知道，龙皇想要的人，是不可能被救走的。”

龙皇想要的人。

李玄心中又是一阵难受，他艰难地控制着自己的情绪，问道：“为什么？”

“因为龙皇的威严笼罩一切。”

这基本上可以看作是弄臣对皇主每天要念诵的必修课。但李玄的热血也渐渐冷了下来，他开始理智地分析着局势。

一定是石星御。

一定是这个魔王对苏犹怜做了什么，才让苏犹怜悄悄离开他，来到了大魔国。

他有没有在苏犹怜身上种下魔咒，封锁着苏犹怜的行动？控制着苏犹怜的神识？

他知道苏犹怜是爱他的，此时，他仍然坚信苏犹怜的心底深处，还是爱着他的。他对他们的爱情充满信心。

所以，唯一的障碍就是龙皇。

这个魔王！

他一定要想个办法，查出石星御究竟做了什么手脚，然后，斩断它，将苏犹怜救出去。

他要斩断石星御的魔爪！

一阵轻微的爆炸声自远处传了过来，玉鼎赤巨大的龙首猛地抬了起来。

“又有人闯进大魔国？这几天可真是热闹啊。”

它眼中闪过兴奋之色，匆忙向引爆之处飞去。在大魔国的日子实在清闲得很，这些人不是入侵者，是它玉鼎赤的玩具啊！

李玄脚上的五云战靴腾起四只胖乎乎的小翅膀，忽闪忽闪的，托着他跟随在玉鼎赤的身后。

“石紫凝？”

他没有想到，闯入者，竟然是石紫凝。

石紫凝长身玉立，如同一柄出鞘利剑，冷冷对着玉鼎赤。

她随时都不惜一战。

但她的脸色却那么苍白，仿佛刚经受了一场巨大的灾难。她的双眸，也不再是原来的碧绿色，隐隐约约，在瞳仁的深处，泛出一抹幽淡的黑色，越是向她的眸深处看去，这黑色就越是明显，仿佛在不断加深、扩散，一直扩到人心的深处。

而她的身躯，不时发出一阵战栗，仿佛仍在承受巨大的折磨。

她手上提着一柄剑，额头上挂着的九命玄石发出猫眼般的光芒，与剑光映合着，让她显得坚毅、强大而神秘。

她显然没有想到在这里会见到李玄，蓄势待发的身姿猛然顿了一下。

“李玄？”

李玄一把拉住她，将她跟玉鼎赤隔了开来。他可不想这一人一龙打起来。

“你怎么到大魔国来了？”

“你怎么到大魔国来了？”

两人几乎同时发问，同时为这一发问而微微一愣。

石紫凝冰冷的脸上，也露出一丝笑意来。

李玄叹了口气：“我有必须要来的理由，你回去吧，这里很危险。”

石紫凝也摇了摇头：“我也有必须要来的理由。该回去的人是你。”

李玄看了她一眼，问道：“你有什么必须要来的理由？”

石紫凝轻轻咬住了嘴唇。这个动作让她微微有了一丝少女的娇俏，但却迅速消失。她的脸色更加苍白，也更加坚毅。

“我要问问他，石国对于他来讲，是不是真的太小了？我要问问他，是不是他真的不想让石国复国？”

李玄叹了口气。

他知道石紫凝拼命练剑，唯一的目标就是想要石国复国。

他能看出，几日不见，石紫凝的剑术又有了极大的进步。但，这又能如何呢？就算她的剑术再进一倍，达到司业谢云石的地步，她仍不足以建立一个国家。

石国若想复国，唯一的希望便是石星御。

可惜，石星御似乎对这连一点兴趣都没有。

“你为什么一定要让石国复国呢？”

石紫凝紧紧咬住了嘴唇，这一次，她咬出了血。

“因为，我的族人、我的亲人一个个在我面前倒下时，他们唯一的嘱托，就是一定要让石国复国！我这一辈子，就这一个愿望！”

李玄轻轻叹息。他只是个流浪的小无赖，很难理解这份执著。

“不能放弃么？你其实可以幸福地生活着，比大多数人都幸福的。”

“不能。”石紫凝坚毅地摇头，短短的秀发划破周围的空气。

“那我告诉你，石星御绝不会关心石国复国的，这一点，连我这局外人都看出来了，你不该不明白的。”

石紫凝身子剧震，死死盯着李玄。

李玄的神色没有丝毫退却，只是夹杂了一丝苦笑。

“石国就算复国又怎样？石国的子民早就死光，这样的石国早就不是石国了，只不过是个虚名而已。何况，天下局势已分，大国围伺，唐、吐蕃、大食、身毒，个个提兵西域，这样局势下建立起来的石国，又能支撑多久？

“你有没有想过，为了建立石国，会引发多少战争？为了保住石国，又会爆发多少战争？这样的石国子民，会幸福么？”

石紫凝的嘴唇越咬越紧，鲜血自她的齿间沁出，沁入了口中。

满口都是咸甜的血腥。

她突然嘶声大叫道：“不要再说了！不要再说了！”

“你呢？你又如何？你劝我放弃我坚持的，但你呢？你能放弃你所坚持的么？”

李玄坐在地上，苦笑。

“不能。”

的确是不能。有时明知道，若退一步，便不会这么痛苦，可偏偏，就是不能退。

石紫凝冷冷道：“不要阻止我，否则我会毫不犹豫地杀了你。”

她的目光，望向禁天之峰。

李玄的身子不禁颤了颤。她想忤逆龙皇的威严。

——石星御会不会杀了她？

——他该不该阻止她？

石紫凝举步，向禁天之峰一步步走去。

李玄伸出手，想要拉住她，却猝然顿住。

她的影子留在原地，那是一团缠扭着的淡淡的黑色，慢慢凝结为一团人形。

“我，可以帮你。”

李玄惊得跳了起来：“心魔？”

影子中透出一双漆黑的眸子，缓缓旋转着，像是能一直看进他的心底。

他惊骇地望着这双眼睛，心底的恐惧被无情翻起。

他忘不了这双眼睛，也忘不了这份恐惧。只是没想到，他会在这种情况下，再度见到这双眸子

“心魔？”他忍不住又重复了一遍。

心魔等着他的惊骇平复，也重复道：“我，可以帮你。”

李玄不知道心魔是如何在大魔国现身的，但显然，他与石紫凝之间，有了某种密不可分的联系。石紫凝走得越远，心魔的身影就越淡。

他对心魔怀着无比的厌憎与恐惧，甚至还在石星御之上。但心魔的目光中，却有种致命的吸引力，让他不由自主地问道：“你帮我什么？”

心魔慢慢伸出手，虚虚按向李玄的心口。李玄就觉自己的心事慢慢凝

结，一面薄薄的镜子出现在他的身前，宛如一抹月影。

“这面镜子，由心而结，故能照入人心。”

“你想知道的事，便可由它照出……”

心魔艰难地说完这句话，积蓄的力量猝然消失，他化成一团淡影，慢慢沁入石紫凝远去的影子里。

镜子失去支撑，降落，李玄不由得抓紧了它。

他的指尖感受到一阵冰凉，苏犹怜苍白的面容蓦然涌上心头。

这面镜子，真能照出他想知道的事情么?

心魔虽然可怕，但他对人心的把握，却非任何人所能企及。

李玄握着这面镜子，心头忽然升起了一丝希望。

他无法阻拦石紫凝，只能眼睁睁地看着她一步步向禁天之峰走去。

第二章 无情有恨何人见

禁天之峰纯由玄冰垒就，连一丝缝隙都没有。孤高突兀的一座山峰，直刺苍天。石紫凝攀爬的方法很简单。

一片片剑羽组成一座狭窄但却辉煌灿烂的阶梯，她就踏着这些剑羽，拾阶而上。最下面的剑羽自行飞起，接续在阶梯最上层。随着她的步伐，剑羽的阶梯慢慢向上延展着，直达禁天之峰的尽头。

她瘦削的身形，就仿佛是逆风飘在禁天峰顶的一片叶子。

玉鼎赤苍茫的啸声在峰顶响起："你竟敢忽略我？你竟敢忽略伟大的玉鼎赤？你死定了！看我一炮将你轰下来！"

它大张开龙口，一团巨大的火球闪现，迅捷无伦地旋转着，在龙气萦绕下，越来越小，里面蕴含的力量却越来越强大。它仔细地对准那个纤长的身影。

只要一炮轰去，石紫凝绝对会被轰成飞灰！

一个温和的声音自禁天之峰的峰顶响起。

"玉鼎赤，且慢。"

玉鼎赤喉间响起一阵微鸣，却又不敢违抗龙皇的命令，只好张口将火球生生吞下，噎了个半死，悄没声地趴伏在峰底，抬头仰望着峰顶。

龙皇老是抢走它大展雄威的好机会。

龙皇的声音再度响起，在寂静的大地上带起一片涟漪。

"你走吧，过去的一切，我早就抛开了。"

石紫凝的身形一震。

她的秀眉猝然扬起，厉声道：“那些为你死的人呢？那些期盼着你去解救的人呢？”

龙皇沉默着，慢慢道：“现在的龙皇，已不是过去的魔王，他想开启一条全新的路。”

石紫凝咬着唇，握紧手中的剑。

“我只想问你一句，石国，对你来说，究竟是什么？”

龙皇的声音中有着一声悠长的叹息。

“很想知道么？”

“那么，三日之后再到这里来吧。”

“那时，你将见到答案。”

石紫凝沉默着，忽然自禁天之峰飞身而下。

她头也不回地走入了风雪中。

“玉鼎赤，从此之后，再也不许对这位姑娘出手，懂了么？”

玉鼎赤虁龙不甘愿地唔咿了几声，却也只好将龙皇的命令刻入心底。

禁天之峰，在苍凉的寂静中，显得那么孤独。

最接近天的地方，是否也最接近寂寞？

太子细细的眼睛一丝不苟地看着这一切，嘴角浮动着一丝隐秘的微笑。

李玄犹豫着。

他手中捧着心魔的那面镜子，久久不能决定。

这面镜子幽淡，仿佛心魔的眸子一般，带着遥远的星星的光芒，仿佛是天尽头的一点孤星，却又仿佛照耀在心底深处。

这面镜子，究竟能照出什么来？它会不会给苏犹怜带来伤害？

李玄抬头看了一眼冰屋。

冰屋就矗立在不远处，风雪静默，将冰屋覆盖住，像个小小的白色坟墓。

世间没有坟墓是白色的，除非是雪。

——它会伤害苏犹怜么？

李玄摇了摇头。

它毕竟只是面镜子，镜子是不会伤害任何人的。

——但它会照出他想知道的东西。

这是一句秘语，在李玄心底幽幽地回荡着。这是无法拒绝的诱惑。

——苏犹怜还爱他么？

——她和龙皇之间究竟发生了什么？

——这个苍蓝色的魔王，他究竟对苏犹怜做了什么？

这些，若不弄明白，将在心底种下一生的阴霾。

李玄握紧了镜子，慢慢向冰屋走去。

曙光，穿透筑成冰屋的坚冰，静静照在苏犹怜眼中。她一动不动，承受着冰冷后闪耀的那一点温暖。透过厚厚的冰墙，曙光是那么淡。

大魔国中，无日无夜。曙光，只是天际那团极光的变幻，却也一样能穿透忧伤的心。

那么、那么像李玄的笑脸。会不知不觉伤了人，也会不知不觉让人感到温暖的笑脸。

苏犹怜的心紧缩了起来。

往日那一幕幕在她面前缓缓浮现着。

一面是她遇到李玄后的短暂岁月。欢笑，喧嚣，书院窗棂外明媚的阳光，终南山上艳丽的桃花。

一面是她矗立在雪原上的漫长记忆。那些被抛弃，被欺骗，被凌辱的痛楚。满身污秽，满手鲜血。

是李玄让她快乐，是过去让她忧伤。

她久久审视着这两种色彩完全不同的记忆，慢慢意识到，李玄是爱她的。

真的爱她，在意她。

所以他才猜疑，猜疑她与石星御之间发生了什么事。那个苍蓝色的王者让他感受到压力了么？他觉得自己无法和龙皇竞争么？苏犹怜的嘴角不由得挂上了一丝微笑。

爱她，才会忌妒。

在爱情面前，他不过是个小男生呢，还没有学会如何宽容。

——我要对他宽容一点。

是的。男人是不知道如何去爱的，他们只能被爱。

我要好好爱他。

苏犹怜心中升起万种柔情，静静地站了起来，揩去眼角的泪，仔细地整理了一下衣裙。

他是该怀疑的，毕竟，自己确实不应该出现在大魔国。他不知道那个秘密，连一个字也不知道。

这个秘密，任何人都不能知道。苏犹怜宁愿自己死，都不愿说出来。

但她愿意尽全力，去向李玄解释。用她的宽容，用她的温柔，用她的柔情，如果说服不了他，她就强迫他，不相信都不行。

她笑了。

就这样决定了。

李玄无声无息地站在冰屋门前。

他抱着那面镜子，没有任何感觉。镜子就像是心的一部分，抱紧了，就如抱着自己的心。

不知怎地，他总是有一丝犹豫。

他应该相信苏犹怜才是。爱着的人不是应该彼此信任的么？他为什么不肯相信苏犹怜，去找她，让她解释给自己听呢？

——是自己不信任她的爱情了么？

这个想法让李玄的心揪紧了一下。

不是的。他对自己说。不是的，他仍然爱着苏犹怜，跟一开始一样热切。他要保护这份爱情，不容许它被任何人侵占。尤其是那个讨厌的魔王。

他一定要知道这之中发生了什么。魔王对苏犹怜，做过什么。

他爱她，他不在乎她的过去有过什么。

在心魔的幻境中，他曾看到了苏犹怜的过去，看到了那个独居在荒原上的雪妖，他才知道，她过去遭受了很多痛苦。但那时，他没有这样痛苦过。

幻境中，他已经隐隐感觉到苏犹怜承受过的苦难，但他强迫自己不去想，也绝不会提起。

因为即使有过创痛，那也是千年前的梦魇，不是她的错，梦境中的雪妖是如此无助，如此可怜。

何况，那时，她还没有遇到自己。

但这一次不同。

这一次，她刚刚接受了自己的爱，却突然从自己身旁消失，毫无理由，毫无征兆地消失了。任自己在书院中跑断了腿、叫哑了嗓子，也没有得到半声回应。

他永远也忘不了自己独坐在山崖上的伤心与绝望。在四处找她的那些日子里，李玄心中总萦绕着一个可怕的预感，她就像偶然落入他生命的雪，在某个清晨悄悄融化，一去不回。

好几次，他忍不住想，这一次，可能要永远失去她了。

然后，一切都变了。

然后，是石星御冰冷的话：有个人，我想你肯定很想见到。

然后，是她，苍白而孱弱地蜷缩在龙皇的深宫里，梦呓般地说出那两个字："龙皇。"

李玄的心在抽搐。

无论千年前的雪妖曾怎样，当她换上苏犹怜的衣衫，蜷缩在他的怀里之后，他希望她只是他一个人的，绝不被任何手指触摸。

那样的她，是那么妩媚而纯洁的少女，带着奇异的风俗，带着娇蛮而任性的笑，来遥远的异乡寻找爱情。

她的手春雪一般柔软，又怎会带上半点污秽。

但龙皇……

李玄狠狠咬着牙，慢慢将镜子翻了过来。

苏犹怜的手按在了门上，忽然有些恍惚。

在幻觉中，她感到自己周身赤裸，被隐秘地窥探着。

她的心，焦虑而烦躁地跳了起来。

她忽然慌乱无比，感到整个世界都在慢慢远去。

镜子上的幽暗，在他转过的瞬间，化散，消去。镜光，慢慢地透了出来，使镜子仿佛是一块冰，被他执在手中。

怀疑的心是一块冰，能照出所有的恶毒。

李玄的双目，被冰吸引。

淡淡的光不住自镜子上闪耀而出，划出无数隐秘的光芒。这些光芒互相交叉、叠压，形成缭乱的光点。每一个光点，都是一个细微的影子，恍恍惚惚演变成迅疾闪动的画面。

苏犹怜踉跄行走在风雪中。禁天之峰上，龙皇傲然立在雪妖面前。

龙鼎血华的光影下，龙皇将苏犹怜扼在手中，四周星辰陨落，充溢着让众生战栗的怒气，苏犹怜只是静静注视着他，眸子清冷而坚决。

终于，他轻轻放开了她。

流萤闪烁的蓝色天幕下，石星御陷入沉睡，苏犹怜手指轻轻从他面前的虚空中抚过，仿佛隔着一寸的距离，抚着他的眉，他的发，他脸上冰冷的弧度。

古老神秘的法阵中，石星御展颜微笑，握住苏犹怜轻轻颤抖的手。

一切变幻着，毁灭着，生长着，叙述着，让李玄眼花缭乱。猝然，所有的光点都变成苍蓝色，猛然自镜面上炸开，怒发成一道蓝色的雷霆。

李玄不由得一声惊呼，镜子脱手而出。

那道雷霆夭矫于他面前，倏然幻化成一条苍蓝色的巨龙。

那是飞舞在幻影中的巨龙，却又那么清晰，那么威严。纵使只是幻影，却绝没有任何人物能够取代。

那是只有龙皇才具有的威严。

巨龙在雪妖身上蜿蜒缠绕。

苍白的雪妖，用孱弱的身体承受着巨龙的暴虐，似乎要将她揉碎、贯穿。她无力抵抗，只能蹙起秀眉，紧紧咬住嘴唇，发出一声细碎的呻吟。

巨龙仿佛携带着天地之威，引动诸天星辰之光华，残忍地宣泄着他的躁动与疯狂，力量与威严。

它蜿蜒在雪妖赤裸的身体上。

这一幕，是何等惊人！还未待李玄有任何反应，光影便被吹成一团雪，倏然消散。

然后，那个苍蓝色的王者出现，宛如一座峰，亘立在天地之间。

那只小小的雪妖，却依偎在他的身上，妖媚无比地跟他厮磨着。

她的目光，穿透幻相，盯在李玄的脸上。那是缠绵入骨的眼神，引领宛如滴出水的眼眸，轻轻吐出一串字语：“我，是你的九灵儿。”

李玄如受雷击，踉跄后退！

他的世界，在这瞬间坍塌，化为灰尘。

房门被轻轻推开，苏犹怜脸上升起一丝迷惘，迅速化为错愕，震惊。

“我，是你的九灵儿。”

那软到忘情的呼唤，回荡在两人的耳中。

“不！”

苏犹怜凄声惨叫，冲了上去。

镜子在她触到的一瞬间，崩坏。万千碎屑舞空慢慢沉落，每一片上都有一个魔王，每一片上都有一只雪妖，在妖媚万分、柔情无限地诉说着。

“我，是你的九灵儿。”

每一片上，都映着李玄那绝望而痛苦的双眼。

这双眼，抬起来，盯着苏犹怜。

“为什么会这样？你会解释给我听的，是么？”

这声音如此软弱、苍白，没有愤怒，没有怨恨，只有悲伤，只有恳求。

苏犹怜匆忙赶过来，握住他的手。他的手冰冷，完全无力。镜之碎光仍旋舞在他们周围，像是无数的梦魇。

苏犹怜惶然摇头：“这不是真的！你相信我！”

李玄艰难地笑了笑。

那不是幻影。

他见过心魔释放的幻影，也见过真实的龙皇。紫极老人对他的特训没有给他无敌的武功，却给了他精锐的眼力，他能看出来，那绝非心魔模拟出的幻影。

那只能是真实。

所以他才会伤心欲绝。

“你会解释给我听的，不是么？”

他像是忽然获得了力量，使劲攥住苏犹怜的手。

“你一定会解释给我听的！是不是？”

就像是溺水者的挣扎。

苏犹怜几乎将那个秘密说了出来。

那是一切解释的源头。但她没有这样做。她死死地闭上了双眼，嘶声道：“这不是真的……我没有！”

多么软弱的辩解，就像是将要淹死的溺水者的挣扎，握不住一根稻草。

李玄的眼睛里写满了绝望：“你骗我！”

“你是在骗我的！心魔的镜子不会说谎的！”

“他‘拥抱’过你了！”

他的怒火就像是尖锐的刀，盲目而绝望地刺着，刀刀见血。

苏犹怜的面容骤然冰冷。就仿佛无论多么柔软的雪，始终要结成冰。

她目不转睛地看着李玄，仿佛看着一个陌生人。

“你连心魔都肯相信，却不肯相信我？”

李玄失控般地大叫道：“我只相信我看到的！要不是我照出来了，你还会继续瞒着我，是不是？你要瞒多久！”

“你不甘拥有一份平庸的爱，于是到大魔国来，投奔龙皇的怀抱，是不是？”

“他‘拥抱’了你，于是你也爱上他了，是不是？”

多么残忍的问，句句撕碎着被问的人的尊严，却也撕碎着问的人的心。

苏犹怜脸上慢慢露出一丝笑。

当她痛到极点的时候，她就会笑，这样，别人就不会看到她的痛苦。

“那么，你在怀疑我的贞洁么？”

她伸出一根手指头，抬起李玄的下颚。她柔柔地看着他，眼波上蕴着的，全是细微的笑容。她吐气如兰，婉媚地对他道：“很抱歉，我从来就没有贞洁过。”

她转身，走入了冰房中，轻轻关上房门。

雪妖的力量蔓延而出，将整座冰屋封住，再也没人能够进入。

然后，才能紧掩住嘴唇，失声痛哭。

太子细细的眼睛一丝不苟地看着这一切，嘴角浮动着一丝隐秘的微笑。

诸般因缘，都已齐备，只待一个细微的点，便会组成绝杀。

太子的绝杀。

三日之后。

那是石星御给石紫凝定的时间，也是他给自己定的时间。

相爱的人就是一面镜子，当他爱你的时候，你会从中发现自己的耀眼夺目；而当他不爱你的时候，你却会发现满身污秽。

泪流下来，是不会干的，结成冰，缠绕着她的身躯。那是冰的锁链，锁着她的心，让她无法逃脱雪妖的命运。

紧紧抱住双膝，就是拥抱着自己，就是被拥抱着。

但为何，为何感觉不到温暖呢?

四周一片狼藉，全是打碎的东西，雪原一般的废墟。

她不由得想到了另一份爱情。

那苍蓝色的爱情。

一百年过去了，那份爱情仍然如此坚贞，他宁愿遭受一切折磨，也要见到她。那是多么让人动容的!

她的爱情，却连一百天都没有坚持到。就这么破碎了，破碎在一面镜子中。

她该怎么办?

雪妖紧紧蜷缩在废墟的角落里，化成一点雪尘。

直到，那个青天一样的影子来到她身前。

苏犹怜一动不动。

还有什么意义?她已经没有爱情可以守护了。

成魔也罢，堕落也罢，都无所谓，反正她的爱情，已经死去。

这个世界中剩下的，都是别人的爱情。

“你还好么?”

石星御的声音很温柔。

——他是在关心我么?

——他看不到我满身污秽么?

——他是在关心着自己的爱情，关心暗之四宝。

苏犹怜冷冷地想着，心中突然钻出一丝忌妒。

为什么她的爱情就这么脆弱，而别人的爱情就这么坚强呢?

为什么绝望的不是他，而偏偏是她?

为什么她要成全他，而不是让他像自己一样痛苦?

她猝然抬头，静静地看着石星御。

没有什么爱情是永恒的，她的不是，他的也一样不是。就算他贵为龙皇，威压天下，但亦不可能拥有真正的爱情。

如今，他的爱情握在她的掌中，只要她轻轻一握，就会粉碎。

他可以轻易撕碎她的身体，践踏她的尊严，却无法掌握自己的爱情。

他的爱情，由她掌握。由这个卑贱的，刚刚失去爱情的小小雪妖!

这是命运早就准备好的讽刺么?

苏犹怜宛如一个离群索居的巫女，透过浮世的阴霾，冷冷盯着石星御，一个个恶毒的念头，闪过她的心头。

她甚至为此而感到一丝快意。

“我们该动身了。”龙皇的声音中，有一丝温暖。

苏犹怜猝然起身。

“你真的爱她么？”她直直地盯着石星御的眸子，第一次，她不再臣服于龙皇的威严。

这句话让石星御的眉头微微皱了一下。

他的回答并没有犹豫：“当然。”

苏犹怜嘴角浮起讥嘲般的笑容：“那她真的爱你么？”

石星御抬起头，望着北极上湛蓝湛蓝的天。这是他苦心经营起来的场景，他以秘法炼制群魔，聚合四大神龙地、水、火、风先天灵能，才能让本来风雪弥漫的北极，现出湛蓝永晴的天空来。

那是禁天之峰上永远无法见到的景象。

他也永远无法忘记，当他手持长剑，满身浴血，回头时，所见到的那张惊惶、痛苦、绝望的脸。

她爱他么？

这个问题，该问么？

就像苍天覆盖着大地，太阳照耀着万物，天经地义。

她不能不爱他，她亦不会不爱他。

苏犹怜淡淡道：“既然如此，她为何在你出世前的一瞬间，主动求死呢？”

这是多么残酷的一问，将还在流血的伤痕生生撕开！

石星御的心猛然抽紧，忍不住一声厉喝。

“住口！”

他的手霍然抬起，苏犹怜娇脆的咽喉已被扼住，整个身子擎在空中。

紫蓝色的闪电，自他双眸中炸出，撕拉成几十丈长的电流，轰然怒击着触摸到的一切。整座禁天之峰都簌簌发抖，天穹骤然变得阴暗起来！

苏犹怜一动不动，她坠落在石星御的掌中，歪着头，静静地看着他。

震怒越大，他的痛苦就越深。

她欣赏着他的痛苦，一面跟自己做着比较，感到了一丝快意。没有什么是永恒的，也没有什么是完美的。

我的爱情残缺不全，你的也会一样。

她的眸子很沉静而安宁，没有一丝恐惧。

这双沉静眸子，却让石星御感到一阵灼痛。他痛苦地躬下身，天地间响起一声苍茫的龙啸。

三生石中的缱绻，让他领悟了道之真谛。

魔由心生，亦由心灭。

神、心、意、形、体，五行定元，恰好成就了他的顿悟。

他脱却凡躯，斩断婴儿，由魔入道，具大威能。因此幻化新生，五行定元阵一有罅隙，便脱略而出，再也无法困住他。

而他的修为，也超晋到了前所未有的境界，举手投足之间，天地为之震动。

这一切，与他同困在三生石中的九灵儿，应该知道得很清楚才是。

她，应该跟他一样，沉浸在三生的缱绻中，知晓他的每一丝每一缕的变化。她知道他的心意，也知道他有了足够的力量，能守护他们的爱情。

但她，为什么要在他出世的前一刻，主动求死呢？

为什么？

难道正如这个苍白的雪妖所说，她与他的爱情，是虚假的么？

那他活着，还有什么意义？

石星御雷霆怒啸，狂乱的闪电噼啪嘶吼，轰然暴散在周围的虚空里。

爱，是真的么？

三生，是真的么？

那令他痛、令他怨的，又是真的么？

苏犹怜静静等待着，等着眼前这个具有无上威严的男子，化身为魔，将自己撕裂。

等待着，听鲜血蓬散的声音。

撕裂了，就没有黑暗，也没有痛苦。心，也就不再会痛。那，也许是最好的结局。

但石星御的暴怒却只是宣泄，宣泄完了，暴怒也就消失了。

闪电，苍天，禁天之峰，全都恢复了本来模样。石星御垂手而立，只有淡淡的倦意。

“我不知道什么是真实的爱情，过去不知道，现在也不知道……”

“但我尝试着去相信，我所拥有的，就是真正的爱情。因此，我一定要见到她。无论她爱不爱我都一样。”

“如果这个世间没有真爱，那我就相信我的心。”

第三章 壶中唤天云不开

苏犹怜的身躯僵硬了一瞬。

如果这个世间没有真爱，那我就相信我的心。

可以这样么?

没有真爱，也可以相信自己的心么?

苏犹怜的心中闪过一阵忌妒：他的爱情，为何就那么宽容，那么坚定?

为何没有一个人，拿着一面镜子，去照他的过去?为什么他不会，拿着一面镜子，去照爱人的过去?

她咬着牙，从地上站了起来。

石星御伸手，手中是那本玄陛天书。

在龙皇的威严之前，天书爷爷乖乖的，不敢耍任何花样。

苏犹怜冷冷盯着天书，在她失去爱情的时刻，却有个人，在守护自己的爱情。

他相信，那是真爱。

这该死的真爱。

她的心本来好受了些，但现在，又开始痛了。她的杀局，一定不能停止。却已不是为了守护自己的爱情。

她只要亲眼看着这场谎言的结局。

当一切都齐备，当他怀着狂喜迎接自己的公主时，却看到早就注定的真相。那时，他的深情，会是怎样的呢?

那时，他沉静雍容的风仪，睥睨天下的力量，凌虐众生的威严，会不会和卑微雪妖的爱情一样，瞬间破碎为灰土呢?

那时，他会不会撕裂她，让雪妖的血在苍蓝圣殿中绽开成最后的鲜花呢?

苏犹怜怨毒地揣测着。

她逼迫自己恶毒一些、再恶毒一些。因为，这样，她的心就不会那么痛。那眼睁睁看着爱情陨灭的苦，就不会那么尖锐。

看别人的戏吧，在别人的悲欢离合中或欢喜或流泪，就会不再记起自己的了。

看别人的戏吧，静静等候最后的解脱。

轻轻地，苏犹怜划出了五行定元阵的样图。

四大神龙仿佛都失去了抵抗的勇气，因为它们无法违逆龙皇的命令。

玄天霸海龙的目光躲避着苏犹怜，但她知道，只要有机会，它一定会毫不犹豫地将她撕成碎片的。它不能恨龙皇，所以只能迁怒于苏犹怜。

青帝真炁龙摇晃着尾巴，走过苏犹怜："可怕的红颜祸水啊……"

玉鼎赤燹龙全身都像是软了一般，一步一停，磨磨蹭蹭地向阵中心走去。

"这是最后一次了，这是最后一次了是不是？"

苏犹怜轻轻点了点头，让这个动作鼓起了玉鼎赤燹龙残存的勇气。

皇极惊世龙照样大吼一声："干吧！"

虚幻的清光之柱出现，相同的清光，映在西极的天上。

那是一座宫殿，一座盖在圣湖中的宫殿。清光便从殿中腾出，隐约有光芒在清光中腾转着，却看不清形状。

雪山环抱，圣湖就像是沉睡着的仙子。

石星御的眉峰，微微蹙起。

"乐胜伦宫。大日至的乐胜伦宫。"

"第四件暗之秘宝，雪天锋，就藏在乐胜伦宫中么？"

李玄躺在地上，心痛如割。

爱情总喜欢成双成对地折磨人。苏犹怜有多痛苦，李玄就有多痛苦。

李玄双拳中握满冰雪，狠狠地砸向地面，直到鲜血溅出。他不善于隐藏自己的感情。

天书爷爷有些悲悯地看着他："孩子，你要学会忘掉。"

李玄绝望地抬头："可我无法忘掉啊！天书爷爷，你帮帮我。"

天书爷爷叹着气："去找雪天锋吧，雪天锋可以帮你。"

李玄吃力地重复着这个名字。

"雪？天？锋？"

石星御与苏犹怜站在圣湖之上。龙气盘旋，托着他们两人的身躯，浮空而立。四周，是寂寂的雪山，足下，是沉沉的湖水。

石星御微一抬手，湖水自中间分开，直达湖底。

湖中的鱼龙惊窜，躲避着龙皇的威严。一座沉沉的宫殿，出现在湖心深处。

那是通体用水晶雕成的宫殿，似乎透明，但以石星御的目光，都无法穿透。

无数淡淡的影子在水晶宫殿中穿梭着，一刻不停。但若仔细看去，却又什么都没有。这些影子，就像是光与暗的交织，似真实又似虚幻，无法捉摸，无处不在。

石星御的神色，有些郑重起来。

两人缓缓降落，降到宫殿之前。

一块玉碣，出现在两人面前。玉碣上刻着五个古篆字。

"曼荼罗秘境。"

石星御的眉峰，再度紧了紧。

苏犹怜不禁问道："怎么了？"

"曼荼罗乃宇宙万象，亦是轮回……"

石星御紧蹙着眉峰，缓缓答道："这座曼荼罗阵，乃是上古遗物，据说开天辟地之时便已存在，后来大乘教祖大日至修成正果，就将它当成寄身之处。天竺、大食将大日至迎为国师后，大日至移居永日峰，这座曼荼罗阵便被废弃。但阵中妙用，却一点未失。要取雪天锋，只怕极为棘手。"

苏犹怜："难道比从雪隐手下夺取泥犁盘还要棘手？"

石星御摇头："雪隐自觉问心有愧，所以不肯出手，否则，哪有如此容易？"

他轻轻叹息着，牵了牵苏犹怜的手，道："多说无益，进去吧。"

两人才靠近，那座水晶宫殿突然旋转起来，仿佛有着无穷的吸力一般，将两人吸了进去。

随即，宫殿又恢复了原样，寂寂的，没有一丝改变。

良久，天空中又现出一个身影来。

那是李玄。

才仅仅过了一天，他脸上所有的快乐、调皮就已完全隐没。成熟让痛苦凝结，布满他的眉宇。他用嘶哑的声调问道：“天书爷爷，是不是这里？”

天书爷爷仔细审视着周围，郑重道：“以我权威的眼光来判断，不错。”

李玄不再说话，驱动五云战靴，向水晶宫殿疾冲而下。

宫殿同样将他吞没，不带起一丝涟漪。

这三个人，就仿佛从这个世界中消失了一般。

也仿佛，这个世界中，从未有过这三个人。

李玄，苏犹怜，石星御。

石星御一站住身，立即怔住。

这世上能令龙皇惊讶的事情已不多了，但现在，他却不得不惊讶。

他们出现在一片巨大的广场中，水晶宫殿已不见了踪影。广场四周，是巨大的、漆黑的平原，上面布满了嶙峋有如刀一般刺向天空的尖石，仿佛狰狞的护卫，守护着这座广场。

一眼望不到边际。

他们赫然来到了一个奇异的场所，一个跟水晶宫殿格格不入的地方。

这不足让石星御惊诧。

更为奇异的是，广场上站满了人，每一个都目光呆滞，瘦骨嶙峋，全身自上到下漆黑一片，像是饿鬼一般佝偻着身子，望着两人。

所有人，都望着石星御和苏犹怜，像是等待着他们的到来。

这亦不足以让石星御惊诧。

最为奇异的是，石星御赫然发现，他那无边的威能，在这片奇异的天地中，竟然连一丝一毫都无法发出！

他所有的修为都无影无踪，跟个普通人一模一样。

这怎么可能？

他的修为授命于天，谁能取走？

他忍不住问苏犹怜：“你怎样？”

苏犹怜淡淡道：“不怎样，只是所有的武功法术都消失了。”

这印证了石星御的感觉。他仰头望天，天上是一片神秘的黝黑色，望不到尽头。没有日，没有月，没有星。这个世界中的光不知从何而来，更不知到何处消灭。

石星御皱起了眉头。

忽然，那些干瘦枯黑的人群中间，走出了一位老者，他稍微高大一些，眼睛也略显灵动。他向着石星御伸出了手：“欢迎来到雪天锋的世界。”

石星御眉峰挑了挑。

这，至少证明，他们没来错地方。

“雪天锋在哪里？”

老者缓缓地，仿佛说一个字都很费劲，道：“雪天锋一直在它在的地方，可惜人们看不到它而已。”

他转身，让开一条路。他身边的人脸上显露出敬畏之色，齐齐让开了路。

石星御与苏犹怜见到了雪天锋。

一根玉柱自广场另一侧拔地而起，高约几十丈。玉柱通体光润，洁净无尘，顶上闪着一团柔和的光。

苏犹怜身上清光也随之闪现，那即是他们寻找的目标——雪天锋。

那，也是这个世界的光之来源。

石星御执着苏犹怜的手，来到玉柱下。他仰头望着柱顶上的清光。

若是平时，他只需稍微动一下手指，便可蹑空直上，取下雪天锋。但现在，他只能望之兴叹。

玉柱滑不溜湫，又粗又高，无法攀爬。另搭一个台子？这个世界中什么都没有，拿什么搭去？

石星御沉吟着。

老者走到他身边，也仰头望着雪天锋。雪天锋的清光照在他干枯的脸上，就像是一道清泉：“要取雪天锋，只有一个办法。”

这句话吸引了石星御，听他说下去。

老者的目光中似乎有了一丝悲哀：“用你最爱的人。”

“只要忘记你最爱的人，你的思念就会化成阶梯，引领你攀爬到雪天锋的位置。”

他缓缓道：“这很公平，不是么？要获得最珍贵的东西，就要拿自己最珍贵的东西去换。”

石星御的身子震了震。

要取得雪天锋，就要忘掉自己最心爱的人。然后，刻骨的思念就会化成阶梯，引领你达到目的。

这究竟是公平，还是残忍？

石星御的目光在雪天锋的映照下，变幻不定。

如果取下雪天锋，就要忘掉他最心爱的人，那还要雪天锋做什么？

他凝视着玉柱尽头的雪天锋。

雪天锋的清光也仿佛在凝视着他，清光婉转，仿佛在无声地诉说：

来，取下我吧……

取下我吧……

石星御冷冷道：“我从不与人交换！”

“砰”的一声裂响，一条透明的巨龙从他体内腾起，临空盘舞。

这条巨龙便是他元神的本相，并非法术练就，平日都蛰伏在他体内，只在最危急的时候才会醒来。它每一次出现，都惊天动地，君临万方。

纵使在此时，石星御已失去了所有修为，巨龙也失去一切法宝、灵力的保护，但它仍夭矫伟岸无匹，如景天长虹，横亘天幕。

巨龙咆哮盘旋，向玉柱上撞去。

龙首击中柱身，发出清脆的一声裂响。

老者面容惨变，凄声叫道：“不要！”

所有的干枯之人全都恐怖至极地大叫道：“不要！”他们蜂拥过来，想要阻止石星御。

灾变，就在这一刻倏然降临。

轰隆隆的巨响自四面八方隐秘地炸响，头顶上黝黑深邃的天，像是煮沸了一般，急速翻动起来。

所有的人都发出悲凉的叹息，他们顾不得再管石星御，纷纷抱头蹲下，缩成一团。

轰隆隆声越响越烈，石星御也不由得暗暗心惊。

他一把拉过苏犹怜，挡在她身前，用身体替她遮蔽住满天流火。

虽然不再有惊天威严，他的身躯仍是千锤百炼而就，寻常的攻击根本伤不了他。

天在颤抖着，像是经历着撕心裂肺的痛苦。猛地，一阵剧烈的摇晃，

那团黑云猛然裂开，一大团火岩带着厉啸声破空直坠，砸向广场。

惨叫声同时响起，无数干枯的骸骨被砸起，血肉横飞。火岩不住出现，宛如末日灾劫一般，轰击着这片被遗弃之地。

这是天怒。

石星御的脸色并未有半分改变。他是龙皇，他想要的东西，从没有得不到过。他习惯于为一己之欲，伏尸百万，流血千里。

巨龙缠绕在玉柱上，仰天龙吟，蓦然回首，再度狠撞下去。

“嗡”——

玉柱长鸣。

长天厉啸，似乎因石星御的冒犯而震怒。

火岩倏然增多，几十条长长的火瀑乱怒舞空，焚天灭地般砸在地上。

那是末日惨境。

那些干枯瘦黑的人根本来不及躲避，被砸得断肢残骸，满地都是。

黑色的血迹，在空中朵朵蓬散，化为尘埃；一声声哀号宛如炼狱的号角，在漆黑的天幕下震响，如刻骨磨髓，凄绝人寰。

石星御恍如不顾，他身上的龙影一次次撞向玉柱。

我要我的爱情，那管你血流成河。

苏犹怜一把抓住他的手，叫道：“住手吧！”

石星御看了她一眼。

“你来禁天之峰前，我本有另一个计划。”

“如果拿十万人、十万魔献祭，可以打开冥界，与这个世界贯通。那时，我就可以救出九灵儿的魂魄。”

“现在，若没有雪天锋，就没有五行定元阵。我要见到九灵儿，就只有那个办法。”

“你是想让我继续下去，还是要我去杀十万人、十万魔？”

漫天陨石轰啸，石星御的声音是那么淡，却更剧烈地轰击在苏犹怜的心上。

她忽然觉得石星御是那么遥远。

他，永远都是个帝王，高高在上，俯看着世间的一切。他不会痛苦，也不会欢乐，世间的一切，在他看来，就只有一个用处。

供奉。

供奉着帝王一样的他。

他予取予求，予杀予夺。以龙皇之威严，驾临一切。

但不应该是这样的，绝不应该是这样的！

苏犹怜忍不住凄声道："其实……"

一块巨大的陨石带着火、带着风向他们猛砸而下。不同的是，这块陨石居然一面下砸，一面"呜哩哇啦"地大叫着。

陨石"轰"的一声，砸进了土里。

一阵细碎的声音响过，天书爷爷艰难地自陨石怀中爬出，坐在陨石头顶上，狼狈地奋力微笑着向二人打招呼："我们又见面了。"

是李玄？

苏犹怜的脸迅速冰封。

她绝不想再见到他。但见他摔得那么惨，她又有些不忍心。

每一个来到这个世界的人，只怕都会失去武功，一切法宝也都会无效。没有法宝护身的李玄，从那么高的空中摔下来，会不会有事？

——我怎么还在担心他？

苏犹怜轻轻咬住嘴唇，尽力板起了脸。

他们的爱情，已在李玄举起那面镜子的时候，完全粉碎。

她将为石星御找齐暗之四宝，然后，她要看到另一份爱情分崩离析。然后，生也好，死也好，她都不在乎。

她要做一只恶毒的雪妖，让世界都流满爱情的血。

李玄艰难地爬起来。他一眼就看到了石星御、苏犹怜。

他们执手而立，龙皇用自己的身躯为苏犹怜遮蔽陨落的流火。

多么美好的景象。

李玄的面容在瞬间苍白。

他缓缓站直了身躯，伸出手指，勇敢地点着龙皇跟苏犹怜。

"你，你。"

"我恨你们。"

他转身，向雪天锋走去。

柔光，自天柱末端闪出，雪天锋似是知道将要获得新的供奉，在迎接着它虔诚的信徒。

——他要去取雪天锋么？

苏犹怜心弦骤然一紧。

——他为什么要这样做？

"我帮你们取下雪天锋。"

“因为我要忘掉你。”

李玄对着那高大的柱子，张开了双手，喃喃自语：“忘掉这些痛苦，忘掉曾经的誓言，忘掉和你有关的一切。”

他遽然回头，沾满红丝的眼睛死死盯着苏犹怜。

“你为什么不解释给我听，为什么！”

然后，他冲向了玉柱。

玉柱顶上，发出一声清响。就宛如幽寂的钟，敲在了心底最柔软处。

苏犹怜忽然感觉一阵心痛，仿佛有什么重要的东西要失去了一般。

她忍不住向李玄伸出了手：“不要！”

李玄没有回头，撞到了玉柱上。

清音柔和，将他裹住。他的心口，淡淡地冲起了个影子，然后变幻成一小团苍白的虚像。

刹那间，往事凝结成的一切，都上心头。

——在遥远遥远的地方，会不会有我们的故乡？

——那里会有个奇怪的规矩，男子要想娶心爱的女子，就要为她上天入地、降龙伏凤，历经七重考验。

这一瞬间，苏犹怜泪流满面。

虚影爆开，轻轻的，柔柔的，就宛如爱情溜走时一般。苏犹怜伸出的手，凝固在空中，无力地划出一道空落的弧。

李玄被虚影托起，飞向雪天锋的清光。

虚影清光，合为一体，坠落。所谓的爱情，也在这一刻坠落，摔成碎片。

李玄慢慢张开眼睛，他的双掌中，托着一片小小的清光。没有人能看清楚它的样子，但每个人见到它时，都立即知道，这就是雪天锋。

雪天锋，本就藏在每个人的心底。

是你心中最邪恶的那个念头，不可捉摸，却又无法回避。

雪天锋从李玄手中滑落，落入石星御的掌中。

这一刻，石星御也沉默。

失去最真的爱才取得的雪天锋，是那么沉重，连石星御都无法不动容。

他看着李玄：“谢谢你。”

李玄的目光有些空洞，他幽幽道：“我刚才做了什么？我怎么不记得了？”

苏犹怜凝视着他："你还记得我么？"

她说这句话的时候，声音干涩，像是等待着命运的审判。

李玄看着她，良久，双目中闪过一丝困惑。

"你是谁？"

苏犹怜合上眼，清泪滴落。

只有忘记最爱的人，才能获得雪天锋。

她是他最爱的人。

所以，他忘掉的是她。

还有什么不能原谅的呢？就算他对她做过再多的错事，她都会原谅他。

因为毕竟他是爱她的，只不过他的爱是那么鲁莽、幼稚。

她轻轻将李玄拥在怀里。

李玄的眼神一片茫然，他顺从地依偎在苏犹怜怀抱里，没有任何反应。

苏犹怜拥着他，就像是拥着个无知的孩子。这一刻，她心中充满了柔情。

每个男人体内都藏着一个孩子，剖开他，就会看到。在坚强的躯壳中，蜷缩着他们柔软、渴望被保护的心。他们时刻保护着它，不被别人看到。他们希望别人看到他们的坚强，永远。只有在最意外的情况下，他们心中的孩子，才会逃出来，剥离了坚强的伪装，显得那么孱弱。

雪天锋，将李玄剖开，所以就看到了这个孩子。

这个无助的，刚失去了最爱之忆的孩子。

都是为了她。

这一刻，苏犹怜完全忘记了李玄曾经做过什么。她要好好待他，让他重新爱上她。她会无微不至地关怀他，让他跟他的爱情一起成长。

她居然感到一阵幸福。

石星御淡淡道："我们回去吧。"

既然雪天锋已到手，他们何必再停留在这个让人厌烦的地方？

他们转身，从来时的地方，向外走去。

李玄突然一声惊叫："你们往哪里走？我为什么看不到路？为什么？"

路，就在石星御与苏犹怜的面前延伸着，但李玄却惶然停步，满脸都

是惊恐。

他的面前，是一片混沌，无论他怎么用力，都无法跨出一步。他们一起向前走，摆在苏犹怜石星御与他面前的，却是不同的景象。

背后响起一声悲凉的叹息。

“失去最爱的人，就会迷失回去的路，跟我们一样，你将被永远禁锢在雪天锋的世界里。”

老者叹息着，缓缓走到他们身边。

“我，我们每一个人，都曾经像你们一样，身怀绝世武功，有着名声、威望、完美的人生，我们来寻找雪天锋，便被禁锢在这里。”

他指着李玄：“你再也走不出这个世界，总有一天，你会跟我们一样，衰老、疲惫、干枯、绝望，落满灰土。”

“你会的。”

“一定会的。”

李玄脸上写满了惊恐。他禁不住尖叫：“不！我不能这样！我不能这样啊！”

他紧紧抱着苏犹怜，仿佛这是他唯一的依靠。他抓着她的衣襟，死死都不肯放手。一阵颤抖的涟漪，从他身上传到她的心底。

她真切地感受到，他是多么无助，恐惧。

无论还记不记得她，在最危险的时候，他本能地想待在她身边。

这是单纯的信任。因为单纯，所以特别坚固、直接。

她心底浮起一丝愧疚，若是她早些查知李玄的心意，便不会怀疑了。

但她没有。

她和李玄一样，用自己的怀疑伤害了最爱的人。

以后就不会这样了。

她对自己说，也对李玄说。

她轻轻拥着李玄，柔声道：“不怕，我会陪着你的。”

“永远陪着你。”

这是一句承诺，她不能将他孤单地留在这个地方。他不能没有她。

这句话才说完，她面前的路也消失不见了。

老者轻轻叹息。这，便是雪天锋的魔力，每个人，都要为自己的承诺付出代价。

苏犹怜并不后悔自己的决定。

这里，就是她的荒原。心禁锢的地方，就是荒原，没有人来，也没有人能够走出去。在这里，李玄不会化身魔王，而她正可以拥抱荒凉，细数爱情。

哪怕它早破成了碎片，她仍可以一片一片拼凑起来，抚摸它们原来的模样。

她拥着像个孩子一样的李玄，忽然觉得满足。她终于可以将李玄留在她的荒原中了。

她的爱情，再也不惧沦落成魔。

她抬头，对石星御道："你走吧。反正，你已找齐了暗之四宝。"

没有她的存在，就没有人能埋葬龙皇之威严。因为没有人知道那个秘密。

她的爱情已满足，不想再看他面对失望的一刻。

"啪"的一声轻响。

雪天锋在石星御手中，断成两截。

所有的人，都被惊愕攫住。

苏犹怜骇然道："为什么？你为什么要这么做？"

石星御淡淡道："不为什么。"

"石星御不欠任何人的情。"

他一把拉起苏犹怜的手，再度站在了那高耸云天的玉柱下。

一股淡淡的涩然，忽然浸满了苏犹怜的心。

她不了解、不知道、不明白这是什么情感，她也不知道该拒绝，还是该接受。

她试着将手从石星御掌心抽出，却无能为力。

另一只拥着李玄的手，却有了一丝惶惑的颤抖。

所有的一切都静止。

老者的脸上露出一种奇怪的神情。

似是悲伤，又似是欢喜。似是希望，又似是绝望："为什么，为什么我们就无法摆脱雪天锋的魔力呢？"

"为什么你就可以？"

所有干黑的人都齐声叹息。

他们缓缓隐没，化成无数淡淡的影子，如存在，如不存在。

周围的一切，也全都消隐，化成一座水晶宫殿。

他们三人，就站在宫殿的正中间，面前，是一座玉柱，不过那玉柱只有半人高，上面放着雪天锋。

雪天锋的清光，将三人笼罩住，扶摇不定，无数幻影，在清光中闪烁，消灭。

宛如悠长的一场梦。

石星御沉吟良久，缓缓伸手，拿起雪天锋。

就仿佛，梦在这一刻醒来。

他用力握紧。

“终于齐了呢。”苏犹怜轻声叹息着。

李玄跟在她身后，不说一句话。

自乐胜伦宫归来后，他就仿佛变了一个人。他不再开心，不再说着不知所谓的冷笑话，也不再闹哄哄的了。他变得安静了许多，没有人跟他说话的时候，他就独自一个人安静地待着，像是在思索着什么。

但若是问他，他又什么都回答不出来。他变得迟钝，茫然，再不复当初的聪慧。

天书爷爷说，这是因为他的心，空了很大很大的一块。

雪天锋取走的，不仅仅是他的爱情，而且包含了所有与爱情有关的回忆。没有人能想象得到，这回忆在李玄的心中，竟是如此深，如此珍贵。

也许，是因为他孤独流浪的童年，让他特别珍惜这份感情。他心底深处，一直很孤独，很害怕，只不过平时都被那些喧闹的欢乐掩盖了，直到失去后，才能看出，那伤是如此深。

好在，他对苏犹怜表现出了极大的依恋。

他不记得苏犹怜是谁，完全无法记起关于苏犹怜的任何事情。但只要在苏犹怜身边，他就变得特别安静。一旦离开她，他就烦躁不安，长久地皱着眉头。

苏犹怜感到深深的自责。

是她，就是她，让李玄变成这个样子的。

如果她能解释，如果她不是坚持要留在大魔国，她跟李玄之间的爱情之伤，就不会这么深。

他不过是一个孩子，会被鲁莽的爱情伤害的孩子。

她一定要好好补偿李玄，她要让他再度爱上她。

于是，当李玄沉默的时候，苏犹怜会讲一个故事给他听。

有一只卑微的雪妖，居住在荒凉寒冷的雪原上。雪妖纯洁而孤独，来到雪原的人们一次一次伤害她，让她饱受痛苦，让她的身体满是污秽。她坚强地活了下来，因为她相信，会有一个少年，正在经历着七重考验，只为走到她面前，说一声爱她。

一千年来，她虔诚地等待着这个少年，却经历了一千次的欺骗、背叛。那些口口声声说爱她的人，都不过是觊觎着她的身体，窥测着她独一无二的元丹。她本以为，她已心如死灰，不会再爱任何人。也就不再会有第一千零一次背叛。

但，一千年后，却有一个吊儿郎当的小无赖，嘴里叼着狗尾巴草，对她无比真诚地说："这一次结局会不同。"

"因为这第一千零一个少年，比别的人，都要真心。"

于是，她相信了他，第一千零一次信任。

她要好好爱他，原谅他所有的错误。因为她知道他是真的爱她的。

因为，他们已经度过了所有的考验。

这个故事很长，苏犹怜每一次都说得泪流满面。

她流泪的时候，李玄也会跟着流泪。他依偎在她身旁，面容很平静。

记不起了么？

那么就跟我一起将爱情种进泥土里，等它慢慢发芽，生长。

我们会一起等待的。等你重新爱上我。

为此，她也要将那个杀局持续下去。

只要龙皇存在，她的爱情，就不会成全。这一次，她下定决心，不会再有丝毫的迟疑。

因为，她亏欠李玄的，实在太多太多。多到要用天谴来惩罚自己，才能够补偿。

她看着漫空苍蓝，心中有了决断。

她将跳一曲葬天之舞，来目送一颗巨星的陨落。

为此，将以血来饯行。

第四章 男儿何不带吴钩

摩云书院。

校会。

依旧是人数不齐，但难得的是，龙穆出席了校会。

经历了清凉月宫一战之后，梦魔代替他死去，他心中郁结多年的阴影渐渐散去，又恢复成了刚进入摩云书院时的样子，光芒，华丽，骄傲而高贵，带着一丝邪气。所有一切不高兴的事情似乎都离他远去，他是光芒中的王子，等待他的是永恒美丽的世界。

崔翩然很喜欢看到这样的龙穆。想到正是龙穆打败了梦魔，解救出了她的姐姐们，她就更喜欢看到这样的龙穆了。

当然，只有她一厢情愿地认为是龙穆打败了梦魔。

崔蔼然崔嫣然及卢家四兄弟刚从梦魔魔法中醒来，有些萎靡不振。他们看着龙穆的时候，却有些不爽。因为他们已经知道了，梦魔正是龙穆的前生。没有这个趾高气扬的异国王子，也许他们就不会遭此一劫的。

但不管怎样，摩云书院又恢复了平静。

紫极老人却有些不高兴，他叹着气，手中捧着一轴黄绢。

圣旨。

他的脸上有一丝无奈，但也不得不宣布："你们来到摩云书院已经半年了，这些日子的学习，你们表现得都很好，每个人都达到了小考的要求，无须退学。"

这段话引起了一阵欢呼。

“尤其是封常青，我本来最担心的就是你。然而事实证明了我的担心是多余的。你不但文科成绩好，尤让我惊异的是，你居然在剑术课屡次打败石紫凝。虽然石紫凝对战别的同学从未输过，而你对战别的同学从未赢过，但我与几位常傅仔细看过你们的比赛，认为这也许就是所谓的‘相克’。你有别人所没有的敏锐的观察力，胆小本是个劣势，却促使你的轻功突飞猛进，成为书院第一。你要是好好学下去，终有一天，你会克更多更多人的。”

封常青骄傲地抬起了头，挺起了胸，听得热泪盈眶。

他居然也有优点！还被紫极老人当众表扬着。

太感动了！

各位同学们也都真诚地为封常青高兴着，他们愿意听到同龄人的喜讯，就像听自己的一样高兴。

他们的青春纯洁如纸。

待他们欢腾的声音稍稍降了一些后，紫极老人道：“但一年过去，也就到期末考试的时间了。”

他顿了顿，同学们立即静了下来。期末考试？怎么听起来有些可怕的感觉？

紫极老人缓缓道：“摩云书院乃是为大唐选拔人才的书院，立院的目的是为了守护这个国家，因此，书院的大考向来是由大唐皇帝亲自出题，然后由太子送到书院中。这份圣旨没有打开之前，连我都不知道这次考试的题目……”

他打开了圣旨，脸色突然一变。

太辰院中静得连根针落地的声音都能听见。

紫极老人似乎见到了什么不可置信的事情，死死盯着圣旨，良久不语。

龙穆忍不住问道：“圣旨上究竟说了什么？”

良久，紫极老人缓缓道：“打败四大神龙。”

太辰院中立即炸了锅。

“这怎么可能！”

“这不是让我们去送死么？”

“我们才是一年级的小学生啊，那些神龙可都是千年的老妖怪！”

“妈妈，我不想死！”

最后一句是封常青喊的。

龙穆踏上一步，道："师尊，你知道这是绝不可能的。"

紫极老人沉吟着，他反复地将圣旨看了一遍又一遍，道："我跟你想的稍微有些不同，这世间，没有什么是不可能的。"

龙穆笑道："这样说来，我也可能打败龙皇了？"

紫极老人断然道："那是不可能的。"

龙穆冷笑道："自相矛盾。我绝不去挑战四大神龙。"

同学们惊讶地看着他。

龙穆的笑容充满不屑："什么期末考啊毕业啊，听着傻死了。龙穆王子不是猴子，让你们随便耍的。"

他转身向外走去，根本不将紫尊放在眼里。

这大出所有人的预料。崔翩然忍不住道："你会毕不了业的！"

龙穆淡淡的声音传了过来："那又如何？"

"你们去参加这可笑的期末考吧，我享受阳光去了。"

同学们都不知所措，呆呆看着紫极老人。

紫极耸了耸肩膀，道："你们应该体会到命运的喜怒无常了吧……"

"看来你们失去了最大的助力，本来，有大日至元体之助的龙穆，是你们之中最有可能挑战四大神龙的人。但现在……"

他叹了口气："规则不能变，你们若是不能打败四大神龙，就算全部不及格。"

"如果胜了呢？"

"那就全部及格。"

"龙穆呢？"

"龙穆也及格。"

——实在是不公平啊！

"你们觉得摩云书院的考试很没有道理，那是你们的错觉。"

"小考考的是个人能力，而大考靠的是团队作战的合作精神。"

"统御力，亲和力，协同合作能力，战术决断力，都是很可贵的品质，如果协调一致，将每个人的优点发挥到极致，甚至可以以弱胜强，创立奇迹一般的战功。"

"而审时度势，掌握有用的情报，也是很重要的，甚至能逆转战场的格局。"

"每次摩云书院的圣旨，都是由钦天监向天祈祷，由天而授。看似不可能，而其中却蕴含着克敌制胜的玄机。你们的任务，就是将这份玄机找出来，并将其有效实施。”

“我相信你们一定能做到，加油！”

发表完这通热血沸腾的演讲之后，紫极老人率领六大常傅飘然而去。

同学们凑在一起，围观那道圣旨。这哪里是圣旨啊，简直是催命符！

李玄、石紫凝、苏犹怜全都不见影子，龙穆更是干脆宣布退出，他们只剩下十二个人了。

郑百年、龙薇儿、崔氏三姊妹、卢家四兄弟、封常青、边令诚、胡突干。

这几个人对战四大神龙？

每个人的脸都发白了，连胡突干这么天不怕地不怕的人，也开始腿肚子发软。

这一届生徒造了什么孽，怎么会这么惨？

他们不由一齐望着郑百年。这十二个人中，修为最强、练习最刻苦的就数他了，他无疑成为他们的头。

郑百年迟疑着。

他明白自己肩头的责任有多重。

同学们期待着他能做出有效的决断来，带领他们走向胜利。紫尊不是说过了么？他们要找出克敌制胜的玄机来。

“抓阄。”

这……这就是修为最高的郑百年作出的决断么？同学们瞠目结舌。

不过，不得不说，这很公平。

抓吧。

一共十二张阄，三张玉鼎赤燹龙，三张青帝真炁龙，三张皇极惊世龙，三张玄天霸海龙。

抓完，成交。

摊开，统计。

然后就是争吵，调和的阶段。

在崔氏三姊妹的强烈要求下，她们三人分到了一组。卢家四兄弟就没办法了，只能分出一个去。

分组结果如下。

玉鼎赤燹龙：崔氏三姊妹。

青帝真炁龙：胡突干，龙薇儿。

皇极惊世龙：郑百年，封常青，边令诚。

玄天霸海龙：卢家四兄弟。

之所以最后卢家四兄弟又分到了一起，是因为胡突干大仁大义，不忍见到他们兄弟分离。

这个面貌剥极而复的胡大老爷，让众人感动得泪流满面。

接下来该怎么办？

自信心爆棚的封常青忽然提议：“我们应该去查查资料。所谓知己知彼，了解一下四条神龙的底细，应该对作战很有帮助的。”

这个提议很好，那就由你去办好了。查到了多抄写几份，我们每人一份。

“为什么是我？”

“第一，紫尊刚刚特别表扬过你了。”

“第二，你是李玄的小弟，这件事说到底都是由李玄引起的。你是想贡献身体，让我们大家出一口怨气；还是贡献精力，为大家作一点奉献？”

“……”

封常青乖乖去查。

他不敢有半点偷懒，因为他知道，没有李玄罩着，任何一位同学都可以将他揍得屁滚尿流。

每次剑术比赛，他都能神差鬼使地打败剑术最好的石紫凝，却无法胜过别的任何一位同学。

难道他天生克这位石大美人？

一想到石紫凝长身挺剑，傲然而立的飒爽风姿，封常青忍不住心中火热，赶紧埋首进书山之中。

一晚上过去了，边令诚去看他。世道艰难，只有他们两兄弟能互相扶持了。

就见封常青手舞足蹈，哈哈大笑：“我查到啦！我查到啦！”

边令诚呆头呆脑地道：“你查到什么啦？”

“我查到两条珍贵无比的资料！珍贵无比啊！我果然是书院中文科最强的优等生，我是优等生！”

这一点，连边令诚也无法赞同。

“哪两条？”

“第一条，四大神龙的习性。用一句话来概括，叫做：四大神龙，佞直奸弄。四大神龙各秉地水火风而生，乃是先天四气之源头，威力无穷无尽，但它们入红尘太深，沾染了人类的许多恶习，各自都有性格偏执的一面。

“青帝真炁龙，秉先天真风而生，身外灵台为东海扶桑，一动则天地震惊。它非常非常喜欢说话，尤其是喜欢对龙皇说别人的坏话。有时候谗言得中，别人受罪，更多的时候则是引起圣明的龙皇震怒，自己受惩罚。但他喜欢胡言乱语的习惯却始终不改，没有人跟他说话的时候，他就自己跟自己说。严重怀疑，此龙有精神分裂的嫌疑。在四大神龙中，得一个‘佞’字。

“皇极惊世龙，秉先天真地而生，身外灵台为十万黄土大地，一动则劫波无穷。皇极惊世龙可以用一句话来形容：直脑筋。它是四大神龙中最耿直的，认定了一件事之后，就再也不会改变，所谓不撞南墙不回头，它却是撞了南墙也不回头。皇极惊世龙跟青帝真炁龙恰恰相反，青帝真炁龙喜欢向龙皇进谗言，但皇极惊世龙却往往抗直而言，两龙往往吵得不可开交。它的口头禅是两个字：‘干吧！’在四大神龙中，得一个‘直’字。

“玄天霸海龙，秉先天真水而生，身外灵台为八千里汪洋，一动则山涌海啸。玄天霸海龙生性最为多疑，出手的次数也最少。不到万不得已的时候，绝不动手。就算跟别人争斗，也是尽量用各种计谋取胜。但它又非常喜欢打架，尤其喜欢跟修为比它高的人交战。费尽万般伎俩、绝不凭借武功将对方打倒，对玄天霸海龙来讲，是最为快意之事。在四大神龙中，得一个‘奸’字。

“玉鼎赤燹龙，秉先天真火而生，身外灵台为九烈炎日，一动则天下焦灼。玉鼎赤燹龙是我们最熟悉的神龙了，先天真火又是地水火风中威力最强的力量，但玉鼎赤燹龙却是四大神龙中修为最低的。原因是因为它又懒又贪玩，生性好动，喜欢游戏风尘。四大神龙中，它是最早跟随龙皇的，龙皇对它也最为宠爱，让它领衔四大神龙之长。有时玉鼎赤燹龙犯了错误，他也绝不责罚。玉鼎赤燹龙的修为进度赶不上其他龙了，龙皇便用自己绝世的威能，助它提高修为，真是弄臣的典范。故在四大神龙中，得一个‘弄’字。

“四大神龙，佞直奸弄，便是它们的习性。”

这些听起来好像比较有用的样子。边令诚似懂非懂的：“这些资料是

从哪里得来的呢？”

封常青道：“嗯，作者也是条奇龙——雷拏遮罗。这条龙将它的对手习性全都记了一遍，防备什么时候打起来可以参照。却不料被紫尊缴了械，便宜了我们。”

雷拏遮罗原来还有这样的小心眼。

边令诚笑了：“第二条呢？”

“第二条，就很重要了——”

“龙皇炼魔之术，乃是借助四大神龙的先天元气，配合自身无上龙气，以龙炼魔，龙魔合一。”

封常青脸色郑重，缓缓说出了自己的思索：“这样看来，龙皇禁锢了九十九妖魔，势必会引动四大神龙之龙气，对它们进行封压。也就是说——”

他一字字道：“四大神龙绝对无法出全力应战，或许，连一半的修为都无法施展。这就是我们克敌制胜的玄机。”

这次，连边令诚也懂了：“这的确是很重要的资料。你是优等生。”

他没有听到封常青的回答，低头一看，封常青已经睡着了。

龙穆静静站在山洞中，捧着珠玉般的水，小心地滴到花蕾上。

“你究竟在哪里呢？我要如何才能找到你？”

他修长而好看的眉毛，轻轻锁着，锁成一段闲愁。

太子细细的眼睛一丝不苟地看着这一切，嘴角浮动着一丝隐秘的微笑。

只要身在清凉月宫中，他就可以看到这世间发生的一切。

药师老鬼咳嗽着，站在他身后，叹着气。

“太子，你这一着太险了，矫造圣旨让他们去对战四大神龙，万一他们牵制不了神龙呢？”

太子微笑：“卫公，不要担心，我们要考虑的，并不是学生们胜不胜得了四大神龙，而是紫尊胜不胜得了四大神龙。你以为我真的是指望这帮小孩子么？他们对战四大神龙，一定会被吃得连骨头都不剩的。但紫尊会让这样的事发生么？所以，我的第三重大礼，不是这帮学生，而是整个摩云书院啊。”

“而且，我对这位金发的小朋友很有兴趣呢。他可真是独立特行啊。”

太子爆发出一阵狂笑，却又倏然止住。

“卫公，你莫忘了答应我的事情，那才是关键中的关键。”

“……太子放心。李靖终生效忠大唐，绝不敢违抗皇命。”

第五章 一心愁谢如枯兰

夜色，是那么寂静。

李玄跟随着苏犹怜，亦步亦趋。

他就像是个影子，又像是惊恐的孩子，不肯离开大人半步。

这几日，苏犹怜对他无微不至地呵护着。

他会时常做噩梦，失控地尖叫起来。苏犹怜只好将他安置在自己的冰屋中，执着他的手，看他安睡。

然后，他才能平静。睡着的时候，偶尔嘴角会浮现出一丝笑意。

一旦他醒来，他就会跟随着苏犹怜，无论她走到哪里，他都会跟随着，不肯离开她半步。

三日过去了。

终于过去了。

而暗之太初四宝，也都集齐了。一切希冀的，都已达到。

应该欢喜才是。

苏犹怜拉起他的手，向禁天之峰走去。

雪，化成一只只翅膀，托着她自平地升到天空。

可以随意出入圣殿，那是龙皇对她的纵容。

当她踏足于禁天之峰上，蓝色的宫殿就矗立在面前时，她的脚步忽然停顿。

清冷的月色将禁天之峰笼住，那是一轮巨大的、银白色的圆月，禁天之峰就如一段湛蓝的影，突兀在它之中，形成一幅对比鲜明的影画。

月光皎洁，禁天之峰上仿佛流动着透明的银色，人行其上，如在银液光海中。

就像是一尾鱼，一低头，就可以看清楚自己的肺腑。

所有的阴谋与卑鄙全都无所遁形。

苏犹怜犹豫了一下，方才踏入这片月海。

湛蓝色的幕幔，在银之光月海中飘摇着，宛如沉在海底的帆。

苏犹怜停住脚步。

目光，从这里穿进去，就能看到该看到的一切了。

石星御，宛如一座石雕，矗立在大殿的正中央。

满殿月光，透过垒成圣殿的巨冰，显得更为缥缈，萦绕在石星御身周，散淡成极为轻薄的月之云。石星御的手抬起，抚摸在一尊冰像之上。

满殿冰像，全都挣脱了幕幔的遮蔽，簇拥在石星御的身周。

它们尚未雕刻的脸，是一片空白，静静地面对着石星御。

仿佛，是一千年的凝望，早已忘记了那人容颜。

石星御抬起手，似乎隔着虚空，轻轻抚摸着那些冰冷的曲线，无比温柔。

他轻轻地发出了一声叹息。

所有的冰像突然炸裂。

炸裂声组成悠长绵漫的太息，回荡在圣殿中。冰像散碎成漫天晶莹的碎屑，所有的景象都不在。

石星御仰面，月光照在他脸上。

那张风华若神的脸，沐浴着天地初生时的宁静。

一缕笑意攀爬上了他的眉间。

岩石，坚冰，在这缕笑意下碎裂。

禁天之峰低低轰响着，似乎亦不能承受。

“从今而后，我不再需要诸位的陪伴。”

苏犹怜踉跄后退。

她不知道自己是如何回到住所的。

她看到了什么?

那是刻骨的相思，是即将获得的喜悦。那是爱情来临之前的甜蜜，是阴霾中透出的第一缕阳光。

或许他真的是魔，但这缕笑，却是如此动人，透着神一般的光辉。

即使是神，也无法像他一样，绽放出如此执著的笑。

连轮回都挡不住。

苏犹怜掩着面，她无法面对这缕笑容。

因为她即将亲手打破这分希冀，将喜悦化为绝望，将爱情碾为别离。

她，将亲手将石星御送入地狱，将这个不可一世的王者永远封锁。

她能，只有她能，因为她掌握了这个人的致命弱点。

那是九灵儿送给她的最后的礼物。

然后，她的爱情将得到延续，直至天荒地老。

用一位王者的陨落，来换取自己的幸福。可以么?

苏犹怜心中几乎滴出血来。

那是多么的不公平啊。

就像一千年前，她所承受的一样。欺骗、罪恶、伤害。而今，她却在毫不吝惜地施加在他身上。

李玄轻轻蹙起了眉头。

他似乎感受到了苏犹怜心中的痛苦。

有没有一个人，他会安静地陪着你，当你伤心时他就流泪，当你流泪时他就心痛?

有没有?

他走上前来，轻轻执起苏犹怜的手。

他依旧是那么宁静，宁静得不像是李玄。

苏犹怜大哭了起来。她紧紧抱着李玄，仿佛一旦松开，她就会永远失去他。

为什么，要让她面临这样的抉择呢?

这是多么的不公啊。

李玄将她揽在怀里，承载着她的心痛。

他的面容，仍然那么平静。心空了之后，便无法感受任何悲伤。

苏犹怜仰起头，任泪水在自己脸上恣意流淌。

她死死握住李玄的手，指甲几乎陷入了他的血肉。

李玄面容平静，一如以往。

苏犹怜忽然紧紧地抱住他，她抽搐一般地问："你究竟什么时候才能想起我啊？"

她嘶喊着，感受到无尽的孤独。

一滴泪，慢慢自李玄的眼角沁出，滴落。他的脸色，仍然那么平静，仿佛是个孩子。

他伸出手，颤抖着，为苏犹怜抹去那滴泪。

一言不发。

苏犹怜慢慢平静下来。她的面容，也渐渐冰冷。

命运，只会掌握在自己手中，她无法掌握别人的命运，她只能尽力去护卫自己的爱情。

是的，她是一只卑微的雪妖，只能护卫自己的爱情。

"开始吧。"

命运，带着车轮的轰响，碾过苍蓝之天际。

苏犹怜割开手腕，蘸着流淌的鲜血，轻轻画下一笔。

要用虔诚与牺牲，才能布下最好的五行定元阵。一笔笔，勾出一条条复杂的线条，镌上一个个灵动的符文。

将她的修为透进去，五行定元阵就如同活了一样，跟她一起呼吸着。

那是她亲手布下的五行定元阵。

封锁一段真爱，封锁一段传奇。

也封锁所有的因缘。

雪缓缓下着，陨落在这片永远晴朗的禁天之峰上。

这一日，大唐钦天监记载：

天变。

李玄静静地蹲在一边，静静地看着苏犹怜蘸着自己的血，画着那玄妙的阵法。看着她将一件件暗之秘宝摆在阵法之上，看着她念着繁复深奥的咒文。

龙鼎血华，泥犁盘，雪天锋，还有李玄体内的清凉钥。

他静静地看着苏犹怜。

这一刻，他在思念谁？

幽蓝的帷幕挑开，宛如神明斩开了沧海，岁月撕碎了年华。

石星御静静地自幕幔深处走出。蓝色的长袍似乎是崭新的，隐绣着龙纹。他的面容，也是一片宁静。只有在眸子的最深处，才能看到一丝跳动的喜悦与希冀。

苏犹怜锐敏地注意到，今天的石星御，身上缺少了威严。

他不再咄咄逼人，如剑一般森冷。

——是为了迎接九灵儿的降临么？

苏犹怜心中泛起一阵难言的酸楚。

这一刻，她竟不忍心去想石星御那张失望的脸。

石星御看着她："开始吧。"

——他等不及了么？

他若知道来临的是失望，是欺骗，他会怎么做？

他还会这么期待么？

苏犹怜嘴角忍不住挑起了一丝冷笑。多么让人厌弃的命运啊。

石星御有些奇怪地看着她，不明白她为什么停止。

苏犹怜冷冷道："若是失败了呢？"

石星御一怔。

——若是失败了呢？

苏犹怜声音仿佛是一根针，尖锐地刺进石星御的心里。

"若是找不到九灵儿的魂魄呢？"

"怎么会找不到？"

一直风仪温文的石星御突然变得有些粗暴起来，打断了苏犹怜的话。

"五行定元阵怎会出错？"

"暗之四宝怎会出错？"

他冷冷盯着苏犹怜，双眸中透出一丝残刻。

"绝不能出错，绝不能！"

苏犹怜迎接着他的目光，宛如一朵秋花，迎接着万里风霜。

她，没有丝毫的退却。

“好。”

她淡淡回答了一声，将指上的鲜血，洒在手中那古老的卷轴上。

卷轴仿佛有了生命一般，急速地将鲜血吸干。一声闷哑的呼啸声传了出来，卷轴爆发出一股强大的力量，猛然挣脱了苏犹怜的掌握，飞到五行定元阵上面。

卷轴上飞起一道道鲜红晶亮的血光，凌空组成一个小小的光之五行定元阵，然后慢慢降落，光之阵不断涨大，终于与地面上绘出的阵图融合成一片，亮光不断自阵图中腾起，将整座圣殿都耀映成血红色。

轰隆轰隆的爆响声，不断自阵图中发出，仿佛洪荒时的巨啸。那阵图似乎变得极为沉重，连禁天之峰都承载不起，被压得不住颤抖。阵图越降越低，在圣殿正中央形成一座巨大的黑洞。血光升腾九霄，盛开一朵血莲之花，上面托着那枚小小的，三生石。

李玄的身体忽然变成了透明的一片，清凉钥清清楚楚地显露了出来，发出一片诡异的光辉。九天清凉气升腾而出，如幽冥之月色，瞬间遮蔽了长空。

另外三件暗之秘宝，也纷纷转动起来，随着一阵清亮的啸声，龙鼎血华中精光大盛，无边血涛夹杂着黏稠灼烈的阴火，轰然爆发。而泥梨盘中则现出万千地狱变相，饿鬼修罗，畜生天人，全被禁锁在漆黑阴森的暗狱之中，受无边酷刑，不得逃脱。雪天锋涌起三千弱水，将另外三宝所放出的幻相威能包裹起来，巨浪排天，不住幻化，形成一个个梦幻泡影，渐渐碎裂。每一泡破，便是一个世界幻灭。

暗之秘宝，秉承暗之地水火风而生，司掌毁灭与崩坏，此时被五行定元阵激发，立即在人间张开了无穷地狱幻境。

洪荒巨啸不住响起，血浪浊液在漆黑的巨洞中不住地翻腾着，猛然一声爆响，暗之四宝铿然坠地。

它们全都消尽了光芒，散尽了灵气。它们体内汇聚的暗之地水火风，全被五行定元阵吸纳而去，在圣殿正中飞速旋转，化成黏稠的一团浊光。

宛如天地初生时的混沌。

阵中光芒变化，骤然静止。

一蓝一红，两道光芒冲天而起，高几万丈，刹那间天地间仿佛全都被这两种颜色充满，再没有第三色。

所有的颜色都分解，消散，只剩下红与蓝。

轰然巨响中，两种光幻化，降临。

冰之圣殿早就被这巨大的威能摧毁殆尽，露出空晴的天。

那天空，竟也被这两种光芒充满，红与蓝纠缠着，拥抱着，在天幕上张开一幅太极图来。

禁天之峰上，阵图聚拢的暗之元气，也开始分化，蓝追逐着红，红拥抱着蓝，也形成一座巨大的太极图。

苏犹怜与石星御，就分别站在太极图的两只鱼眼上。

组成太极图的湛蓝与血红不再有丝毫的波动，蓝与红的交界处，那枚三生石闪着静静的光芒。

一片一片虚淡的影子不住自石上剥离，融入到蓝红的太极光芒中去。但它们并未消解，而是在太极上镂刻出一幅幅斑驳陆离的画面来。

他们两人，就被这越涌越多的画面包围着，无法挣脱。

每一幅画面，都带着一个九灵儿，有的欢喜，有的忧愁。红色的欢喜，蓝色的忧愁。

浓妆淡抹，宜嗔宜喜。

石星御刹那间怔住，身周是一个个娇小可爱的九灵儿，绣面芙蓉一般，桃笑李妍。一双双秀目盈盈向着他，宛如有说不尽的缱绻相思。

而苏犹怜的四周，九灵儿尽皆含着浅浅的怨愁，宛如秋花带露，白璧微翳，凝蓄着万种娇愁。

一斛明珠万斛愁，关山漂泊腰肢细。

石星御刹那间怔住。

这是他无论如何都雕不出来的娇柔，是他梦寐中想了一千遍、念了一万声的爱怜。

百年离恨，消得愁肠几许醉?

而今，他终于见到了这份容颜，终于清晰无比地看到了他的思念。

是那么带着笑、带着嗔、带着刻骨柔情、十分眷恋、盈盈注目的九灵儿呀!

是他三生之中，揉碎了、拥进血肉里的爱!

热泪已满襟。

每一滴泪水滚落，都映着一个九灵儿的影像。

纷纷覆覆，都是他自己的眷恋。

那是何等幸福。

他伸出手去，九灵儿穿过他的拥抱，在他耳边细细地呢喃着。他听不尽这无限清柔，只想靠得更近一些，让那淡淡的影像能更真实一些。

欣喜在他心底跳跃着，求了一千遍一万遍，他终于又见到了她，又得到了她。

他要好好爱她。

这一世，他只为爱她而活，不再关心天下。

他不由得焦躁起来，禁不住伸出手，似乎想揽过这些影子，紧紧相拥。

这喜悦是煎熬啊，即将得到的喜悦，是最刻骨的煎熬，连多等一秒钟，都无法忍受。要御着马，乘着风，奔到你面前，好好捧着那张脸，将相思一遍一遍说。

九灵儿的幻影却同时飞了起来，无论嗔还是喜，都飞舞成一道红蓝交糅在一起的龙卷。

石星御的怀抱猛然空了，他禁不住有些慌乱。

纵然以龙皇之威严，却也不禁双目中露出彷徨之色。

因，这是他唯一的致命弱点。

但他的眸子中随即露出了欣喜，只因那龙卷慢慢静止，里面露出一个人影来。

那不再是如幻似虚的影像，那是鲜活的，血肉凝结的人。

那是真正的梦寐以求的爱恋，正在一点点具现，由苦苦相思变为真实。

石星御刹那间周身电震，再也无法动弹分毫。

他曾经无数次想象过他再度见到九灵儿时会怎样，但当真正见到时，他无法言，无法动。

他的灵魂，在这一刻坠入虚空。

他的热泪再度盈眶，却没有一颗滴下来。

心忍不住跳了起来。

这一刻，他情愿第一次跪拜在命运脚下。

这一刻，他情愿信仰天上地下任何的神明。

九灵儿微笑着，那是无比真实的微笑，在瑰丽的龙卷包围下，向石星御伸出了手。

那是一只完美的，洁白的玉手，纤指尖尖，就像是刚生的春笋一般。

天狐的妖媚潜藏在这只手中，让她如芝兰静开，纤柔妩媚。

这只手，带着淡淡的香气，点向石星御的额头。

石星御缓缓闭上眼睛，等待着那点芳香的降落。他不禁想起，当年九灵儿就是常常这样向他撒娇着，而他却从未理会。

他欠她，欠她多少深情厚谊。

用这一刻，用心去体会吧，他将再也不会失去她，即使天地崩坏都不会。

这时，一点细细的声音响起。

心碎的声音。

第六章 天若有情天亦老

石星御周身一震，冰冷仿佛藤蔓，伸出尖锐的触脚，瞬间爬满整个世界。

他仿佛感受到什么，惊恐地睁开双眼。

他看到的，是一点点淡碎的烟尘，呈现出七彩之色，宛如最通透的琉璃，在他眼前飘散。他从未见过这么美丽的景象，忍不住心神一窒。

这美，美得凄艳，美得窒息。美得让他的心，抽搐般痛了起来。

他用尽全部心力，嘶叫道：“不！”

九灵儿，就在他面前，化为最凄艳迷离的琉璃尘埃。

从点在他额头上的那一指开始。

那一指，点点破碎。

那破碎，蔓延开去，无可挽回。

她就像是一个美丽的梦，在缓慢无比地醒来。醒来，无论多么美丽都将失去。

石星御狂叫道：“不！”

他冲了上去。

五行定元阵立即被他狂乱的威严冲得四分五裂，他冲上去，抱住了九灵儿刚刚凝聚的身躯。

身躯在碰触到他的瞬间，亦化为琉璃之尘。

九灵儿在微笑，但她的微笑是在告别。

——放开我吧，我们的缘分已尽了。

“不！”

石星御用力抱住她，她的身躯立即化为无数七彩的尘埃，飘空舞着。无论他多么用力，都无法抱住一片真实。

他狂乱地伸出双手，想要将九灵儿化为的尘收束，龙皇之威严在禁天之峰上咆哮着，化为无边的龙气，化为能顷刻间屠城灭国的可怕招数——但无法收束住这越散越细的香尘。

“不！”

他狂乱地在峰顶踉跄行走，宛如一条在上古破碎的天穹下绝望飞舞的巨龙，幽蓝的长发就是他在天地间唯一的伴侣。他眼睁睁地看着琉璃之尘越来越少，越来越少。

他的双目血红，充满了绝望。

失去，在得到的一刹那！

巨大的喜悦逆转而成的绝望，几乎将他击溃。

他猛然一把将苏犹怜拖过来，五行定元阵化生出的太极丝毫无法阻挡他的愤怒。

已具化出鳞片的手掌紧紧卡住苏犹怜的脖子，将她的身体悬空抵在巨大的冰柱上。

龙皇咆哮：“为什么？这究竟是为什么？”

苏犹怜静静地看着他。没有抵挡，没有恐惧，没有怜悯。

她只是静静地看着他，带着早就接受天命的宁静。

“我骗了你。”

“五行定元阵无法凝聚九灵儿的魂魄。”

雷纹噼啪作响，一枚枚巨大的鳞片在他肌肤上不断凝形，破体而出，将那袭蓝衫撑得支离破碎。

血泪迸落，他断然摇头：“不可能！五行定元阵明明能聚敛任何人的精气，用暗之秘宝催化的阵法，能够打开冥界，将死人的魂魄拘来，这绝不会错！”

苏犹怜静静地看着他。

那是一个秘密。

足以杀死龙皇的秘密。

她带着这个秘密，带着五行定元阵的阵图，来到禁天之峰，为了杀死龙皇，为了成全自己的爱情。

“只因为，九灵儿已经没有魂魄了。”

“她临死的时候，将自己所有的魂魄都震碎了。”

“她要你完全忘记她。”

那是心魔一战中，九灵儿死在她怀中时，对她说的话。

也是杀死龙皇的秘密。

这秘密，只有苏犹怜一个人知道。

只有她知道。

龙皇像是突然受到了雷击，滔天的龙威骤然收缩。

——要完全忘记她么?

他仰天发出一阵惨笑。

她要他完全忘记她。

忘记了，他还要生命做什么？忘记了，他还能证明什么?

灵儿，灵儿，你是要让我终生为魔么?

我摈弃了魔之原罪，带着连诸天都恐惧的神之光辉再度降临时，你让我忘记你么?

可我无法做到啊!

泪，再度纷纷流下。

血泪。

龙皇的双眸完全陷入了深红色，那是血，化成了泪。

那张冰冷如玉的脸上，一道道裂纹破碎开去。

龙鳞之纹。

血泪沿着道道龙纹，无声坠落。

苏犹怜脸上现出了一丝怜悯。

“对不起。”

龙皇一声咆哮。

“住口！”

他的手掌猛然用力，禁天之威严轰然四击，整座冰峰为之哀鸣。

“你从一开始就骗了我！”

“卑微的蚁虫，你竟敢践踏龙皇之尊严！”

苏犹怜一声惨叫，光芒在她面前轰然炸开。

石星御不见了，禁天之峰也不见了。

浩瀚无边的星空再现，星辰，银汉，却全都散发着蓝盈盈的光芒，看

上去是那么妖异而璀璨。

她就漂浮在星云中间，浓烈的光芒将她紧紧包裹着，腐蚀着她的衣物。衣衫如蝴蝶般片片飘飞开去，她仿佛融化成一片雪。

寸缕不着的雪。

她甚至来不及感到寒冷和羞惧，灵魂就燃烧起来，痛苦宛如从骨髓深处滋生而出，瞬息布满全身。

那些光像针一样刺入她的身体，侵吞着她的意识。

她用力地挣扎着，却无法动弹分毫。

这片星云，包含着强大的力量，让她无法抗拒，只能顺从地接受着一切。

她忍不住颤抖，因为她知道，更大的痛苦将降临到她身上。

她将承受龙皇那狂乱的暴戾。

因为，她是这阴谋的始作俑者。

她用力挣扎，却在这一刻，发觉那道拥裹着她的光，在变化。

钧天雷裂。

一条威严至极的蓝色巨龙自光中生出，将她的身躯紧紧缠绕住，她宛如裹在蓝茧中的蚕。

她的呻吟激发了巨龙的咆哮，带着山峦崩摧的威严，一层层炸响在她身周。

她无法抗争，只能恐惧地看着巨大而狰狞的龙首渐渐靠近她的脸。

森冷的恐惧伴随着龙之威严降临，将她颤抖的身体围裹住。

她从未如此惊恐过。

龙皇也从未如此震怒。

他化为怒龙，在星云中破空狂舞，将一颗颗星辰击成粉碎。星火夹杂着陨石，从他们身边呼啸而过，燃烧着雪妖战栗的恐惧。

“你的轮回，都是罪孽！”

巨龙的咆哮贯穿雪妖，坚如钢铁的龙爪死死按住她，让她无法逃避审判。

“我要从你魂魄中剜出你的轮回，让你也魂飞魄散！”

随着一声怒吼，巨龙猛然撞在了雪妖的身上。

雪妖凄声惨叫，剧烈的疼痛感仿佛炸开一般，在她身体中蔓延。那是她不能承受的痛楚，宛如天地开辟时的第一斧，重重斫在她娇弱的躯体上。

痉挛，抽搐，断续的呼吸，都无法消减半点痛苦，她用尽了全身力气，只能发出一声细细的呻吟。

这呻吟却更激发了巨龙的暴怒，龙尾怒卷，猛然缠紧。她纤长的双腿顿时被禁锢，宛如一只努力绷紧的鱼尾。

巨龙腾身缠绕，缓缓收紧，粗大的鳞片一点点磨过她赤裸的身体，发出细碎的声响。她冰雪般莹洁的肌肤上顿时现出道道嫣红。

龙鳞烈火般灼热，寸寸凌迟，似乎将她的灵魂都要剜出！

这是比泥犁炼狱的万种酷刑还要残忍的折磨。

雪妖用力咬住嘴唇，不让自己痛呼出声，淡淡的腥甜在烈烈飙风中迸散。

龙尾突然用力，将她苍白的身体拉长，强迫她极为痛苦地后仰着，玉体横陈于幽蓝夜空中，弯曲如一道雪白的彩虹。

四周涌动的飙风刹那间静寂。

仿佛天地突然停止了崩裂、劫灰突然停止了翔舞，怒涛卷涌的星海中，突然撕开一线琉璃天地。所有的光芒，都投照下来，静静瞩目着这宇宙间最后一抹凄伤顽艳的虹。

只有飞扬的星之尘埃，无声陨落。

万点幽蓝的流萤，落到她被紧紧捆缚的身体上，却又被迅速炽热的龙鳞烤成灰烬。

巨龙也在看着她，血红的龙睛死死盯住她的双眸。

她的眸子因惊惧、痛苦而涣散，再也不复那冷冷的宁静。

这让巨龙感到一丝残忍的快意——任何冒犯了龙之威严的人，都将遭受惩罚。

巨龙伸出一只尖锐的龙爪，强行托起雪妖消瘦的下颚，一字字道：“她在哪里？”

雪妖无力地摇了摇头，轻声道：“消……消失了……”

她的话还未说完，就被自己的痛呼打断！

低沉的龙啸声宛如狂雷，撞击着雪妖孱弱的躯体，激打出一簇簇雪艳的浪花，将她千年修炼的娇盈身躯扭曲、揉碎。

最严酷的虐刑，都无法舒缓巨龙的震怒。

巨龙感觉到自己的怒火越来越炽烈，燃烧着雪妖的同时，也焚毁着自己的躯体。巨龙急需发泄，否则，也许会将这片天空刺穿。

饱含怒恨的龙尾收缩，将雪妖牢牢禁锢身下，一只巨大的龙爪紧紧扼住她的脖子，寸余长的指甲已刺入了她的血肉。

“她，在，哪，里？”

雪妖勉强睁开双眼，气如游丝，但她的话却是如此残忍，每一个字却都仿佛带着尖刀，划出血淋淋的口子。

“她消失了……”

“永远。”

厉啸破碎了苍穹，龙身猛地一震，撞上雪妖的身体。

雪妖连惨叫的力气都已丧失，只能无力地承受这一切，细微的呻吟孽生着，像是一朵被风雨蹂躏尽了的花。

她孱弱地依偎在巨龙那强大的躯体上，沾湿的长发贴上她苍白如纸的双颊，凌乱而无力。

几乎死去。

昏沉的意识中满是撕裂般的痛楚，她能感觉到，巨龙正在一点点进入她的身体，车裂她的尊严，刀剐她的灵魂。

她的灵魂是一片洁白的处女地，从未有人侵入过。

那是雪妖不同于任何物种的洁白，不能承受半点污秽。

那是千年的苦难中，她为自己保留下的仅有。

但现在，却被龙威一点点侵入，恣意横扫着灵魂中所有的一切。

巨大的痛楚与羞辱袭来，雪妖泪流满面，几欲昏迷中，她凄声呼喊道：“杀了我，也改变不了这一切……”

“……她消失了，永远消失了！”

巨龙停止了举动。

它垂下巨大的头颅，紧紧帖靠着雪妖被汗水濡湿的额头。

嘶哑而低沉的咆哮，在她耳边发出阵阵雷鸣：“杀你千万遍，也抵不过你的罪。”

“我要你永远沦为我的奴隶。”

“你体内将被种下蛰龙，永受炼狱之苦！”

巨龙猛地一蹿，雪妖细细的呻吟声中充满了痛楚，全身剧烈地抽搐着。

巨龙完全进入了她的躯体，如此暴虐，带起一串细细的血珠。

她苍白地抖动着，想要将巨龙摆脱。但巨大的龙爪死死按住她，让她无法做任何的抵抗。

血红的龙睛盯着她，冷冷地玩赏着她的痛苦，她的恐惧，她的屈辱。

她竟然敢欺骗伟大的龙皇！

那就让她品尝到地狱的滋味！

巨龙缓缓在她的意识内探索着，这让雪妖激发出一阵阵的抽搐。她的躯体娇拧，扭动，粗长的龙身却越缠越紧，禁锢她的每一分挣扎。

龙皇神圣的威严，宛如潮水将她淹没。渐渐地，她的意识越来越涣散。

痛苦，仿佛消失了一般，化成暖洋洋的潮，将她吞没。

她知道，这代表她的意识，在龙皇的侵吞下渐渐消灭。

但她不想动，不想抵抗。

迎接着巨龙越来越猛烈的冲撞，她知道自己无法抵抗，她所有的力量，都将在这摧毁一切的威严面前，融化成一滴春水。

那是雪的本相啊，她又如何拒绝。

轻轻地，雪妖抽泣起来。

那是最无力的抵抗。

巨龙的身躯猛然停止。它仍停留在雪妖的躯体内，侵吞着她的意识，它的动作却遽然停止。

雪妖的抽泣，宛如一柄尖刀，轻轻地撩拨着巨龙的心。

巨龙的心，忽然感到一阵深深的刺痛。

它忍不住抬起头，发出一声茫然的龙吟！

一个淡淡的声音传来。

“第一重大礼，龙皇可喜欢？”

万千星辰，突然崩毁。

星空陨落，他们仍然站在圣殿之中，没有丝毫改变。

石星御伫立于破碎的苍穹下，蓝衫落落，不染尘埃，他依旧如执掌天下的帝王，高贵、庄严、冷静、强大。

只有苏犹怜知道，那一切都绝非幻象，都是最残酷的真实。

巨大的冰柱前，苏犹怜轻轻战栗，在石星御紧扼的手中枯萎、凋谢。

石星御猛然抬头。

湛蓝永晴的天上，倏然出现了一轮圆月。

金黄的圆月。

月中一株桂树扶摇飘洒，随风而动，天香淡沁，笼着一座黄金宫殿。

太子与药师老鬼，就站在宫殿之前。

太子脸色冷冷的，没有喜，也没有怒。但那份得意，却无论如何都掩蔽不住。

老鬼站在他身后，却是满脸疲倦之容。

折扇缓摇，轻轻敲击着那张阴冷而清俊的脸，太子悠然道："喜欢么？"

龙皇血红的双眼抬起，惨然地盯着太子。

"汝敢逆我？"

皇者之气伴随着无上龙威轰然爆发，卷成一道无形的宏大气流，上冲于天。宛如鲲鹏抟风运海，振北图南一般。清凉月宫也不禁簌簌而动，似乎无法抗拒这逆天之威严。

太子却并不惊慌，反而以鉴赏的目光悠然凝视着龙皇的禁天之威。就像是欣赏着自己的无上功勋。

是的，这个天上天下独一无二的人即将成为自己的功勋，随着那一一布设下的十重大礼。

十面埋伏。

"谁叫你是龙皇呢？这个世界上只能有一个皇，那就是我人中之皇！杀了你，我的功勋便无人能及，在帝位之争中，我的那几个笨蛋哥哥又怎能胜得过我？"

折扇在脸颊上轻轻地敲着，太子阴沉沉的脸难得的明亮起来："说吧，龙皇，喜欢我的第一重大礼么？被亲信的女人欺骗的感觉如何？"

"住口！"

龙威曼舞，天地风雷俱变。他的威严与天地同在，天为之怒，地为之惊。

雪妖已让他震怒无比，太子的出现，更让他的怒气狂烈无极，欲焚裂天下。

"天上天下，唯我不灭！谁能杀我？"

太子的笑容倏顿，他的温煦与儒雅在这瞬间尽皆隐去，面容变得有些狰狞，宛如一条剧毒之蛇，嘶啸着自黄金面具中游出，死死地盯着眼前的敌人。

他的瞳仁呈一条细丝，垂直悬在眼眸的正中间，养在一团惨白的眼白中，看去妖异无比。

他轻轻道："是的，我能杀你！"

桂树披拂，枝条曼舞，一个人影被桂枝绑缚着，提到了龙皇面前。

那是李玄。无数枝条自他体内生出，跟那株巨大的桂树之枝攀附在一起，将他缚得紧紧的，不能动弹分毫。

他的脸色，仍是那么平静，仿佛整颗心，都已空了。

苏犹怜的心轻轻抽搐着。

太子好整以暇地看了李玄一眼，又看了龙皇一眼，悠然道：“龙皇，你忘了他。”

龙皇傲然不答。一个小小的李玄，能够做得了什么？

“不错，他的确做不了什么，但他却是我的第二重大礼。龙皇，记得么？我将他带到大魔国，当作礼物送给你。他就是我的第二重大礼，因为他的体内有清凉钥！”

太子一把将李玄的胸衣扯开，冰凉的手指沿着他的脖子划下，划到左胸不停跳动的地方。

“知道么，龙皇，就连清凉月宫中，也只存有三枚天香桂实。传说每一枚桂实都要千年时间才能养成，有着无穷妙用。但我却用在了他身上，只为将清凉钥锁在他体内。一旦失去清凉钥，我将再无法自如地驾驭清凉月宫，而九天清凉气与九天罡风这两大利器，也就无法施展……但，他是我的第二重大礼。”

“因为……龙皇需要清凉钥，就必须将他留在身边。而只要他在，就能凑齐光之太初四宝！”

龙皇脸色骤变。

光之太初四宝！与暗之四宝相反相成的光之四宝！

——四极逍遥剑在他身上，九灵御魔镜跟两藏千佛珠在苏犹怜身上，玄陛天书在李玄身上。

光之太初四宝，竟以这种巧妙的因缘，聚齐了。

五行定元阵，本就有两种用法。

暗之五行定元阵，搜索重塑亡灵。

光之五行定元阵，打散封锁生魂。

阵法，从那一刻逆行。

由暗至光，由生转灭。

第七章 帝家玉龙开九关

“龙皇，再度在封印中沉睡吧，永远地沉睡！”

“承受我的第二重大礼！”

太子折扇倏然一合，凌空向下一指。

摔在地上的五行定元阵之阵图宛如受到了牵引一般，倏然跃到了空中！

精光大盛，不住地自阵图中撕裂而出，灌满禁天圣殿。

那是晶亮、纯粹的光，没有半点渣滓，无形无色，纯粹至极。

光的一段，聚拢在药师老鬼的手里，而另一段，则聚合成一座巨大的五行定元阵，将整个圣殿都困在中间。

圣殿中本来布下的那个暗之五行定元阵，那个用来聚敛九灵儿魂魄的阵法，此时化为暗夜妖红的赤黑之洞，与天上月宫中晶亮的光之阵图相映衬，一光一暗，将龙皇封锁在中间。

龙皇脸色激变，左手倏然抬起，上指苍天。

“我威……”

一句清啸才呼到一半，倏然止住。

因为那苍远的青天已经不见，永远晴朗的北极天空，竟阴云密布。

那不是云，而是密密麻麻的甲胄，是万千精兵。

每一名精兵身上，都披着闪亮的盔甲，盔甲上布满了符箓，克制着龙皇的力量。他们的面容，却是苍白的骷髅，宛如征战千年的亡灵。

同时，光之阵图发出一阵山岳崩摧般的巨响！

禁天之峰猛然断裂成无数截，凌空瓦解。

龙皇的身躯却并不降落，因为那无形的光，已将他死死困住。

猛然一声清响，他体内的四极逍遥剑竟不受他的控制，冲霄而起，化为一道长几百丈的龙气，横亘在他头顶。清响之声不绝，玄陛天书，两藏千佛珠，九灵御魔镜，也纷纷暴散成清光，弥漫在龙皇身侧。

精光耀眼，横亘百里，将龙皇的一切去路全都围锁住。

龙皇一声悲啸，他的身体忽然变得透明。

普天之下，三界之中，他唯一惧怕的，就是五行定元阵。

那几乎是专为他而打造的阵法，绝不容他有丝毫的抵抗。

一道道影子自他身上剥离，整齐地排列成一行。水、金、木、火、土，玄、白、青、赤、黄，五个不同颜色而又透明的龙皇影子矗立在五行定元阵的光芒中，全都不能行动分毫。

他的无尽威严，无穷力量，也全都被分成了五重，每一重就是一片影子。

一重影子中只有水，为玄色。

一重影子中只有金，为白色。

一重影子中只有木，为青色。

一重影子中只有火，为赤色。

一重影子中只有土，为黄色。

这五行定元阵，乃是借助四种先天秘宝与天地清浊之气，将阵中之人分解为纯粹的五行之气。

五行之气相互混杂嬗变，是为万物。若各各分离，则为无知无觉之物。既然无知无觉，也就不难打败、镇压。

这就是五行定元阵的秘密。

这秘密说起来容易，但要想成功，却谈何容易。

人为万物之首，五行入体，已具灵气，是为魂魄精灵。尤其是修道之人，心神坚定，五行化为神通，稳固无比。要想将它们纯化、分离，是极为艰难的一件事。若有半点不纯，则不能完全封锢，功亏一篑。

尤其是龙皇这样的人，已得天命，秉天而生，一点细微的力量，都可化为绝杀。

所以，必须用太初四宝为导引，才能够将龙皇困住。

太初四宝，乃是由先天纯阳之气所化，阴阳二气，又是五行之源，因此，才能将五行之金木水火土轻易自龙皇躯体内分离出去。

五行定元阵能困住他一次，就能困住第二次。

这就是苏犹怜的绝杀。

她从上禁天之峰起，就筹划好了这一绝杀。

要杀龙皇，必须要用五行定元阵。

要布五行定元阵，必须聚齐光之四宝。

普天之下，也只有龙皇自己，才能重聚光、暗四宝。

而她，就利用龙皇的希冀，让他亲手集齐太初四宝，在自己的脚下布好阵图，然后投身进去。

她用他的爱情杀死他，来守护自己的爱情。

水为神，灵变。

金为心，神通。

木为意，太虚。

火为形，钧烈。

土为体，不朽。

然后分别镇压，只要封印稳固，则永世不得逃脱。

水金木火土，五行定元，五个影子越来越清晰。龙皇的本身，却越来越消淡。

他的手，仍然紧紧扼住苏犹怜，那是刻骨的恨意。

他无比地憎恨着这个苍白的女子，并不是因为她陷害他，而是因为她毁灭了他最后的希望。

他不是不知道，让五行定元阵重现世间有多么危险。百年来，他提到五行定元阵几个字，都禁不住因愤怒而战栗。

他也不是不知道，光暗四宝，彼此感应。集齐暗之四宝，光之四宝便在不远。他将亲手把自己的生命，置于极大危险之中。

但他依旧决然涉险，只因为那已是他唯一的希望。

——可如今，连五行定元阵都找不出九灵儿的魂魄，他还能有什么办法？

她为何这么残忍，将他所有的希望都打碎？

他憎恨她，甚至超过了太子。

就算身入地狱，也要拖着她一起下去！

绝不放手！

突然，其中的一个影子动摇起来。

那是玄色影子，五行中的水。

太子像是受了极大的惊吓般，一个箭步就窜到了药师老鬼身后，抓住他的衣襟，惨声道：“为什么会这样？为什么会这样？”

药师老鬼却丝毫都不动容，双目盯着五行定元阵中的影子，目中神光变幻，缓缓道：“我听说龙皇再出世之时，只取回了心意形体，留着神并未取回。也许，是由于不完整，才无法再度完整封印……”

他抬头，看着桂树上紧缚着的李玄。

“据说，龙皇之神，就封印在他体内。”

李玄目光安静无比，似乎根本听不到他们说的是什么。

太子跳了起来：“杀了他！赶紧杀了他！”

药师老鬼轻轻挥袖，挡住了他。

“不能杀。他一死，龙皇之神立即就会回归。神为龙皇前世修为，由于并未被五行定元阵封印，因此李玄一死，龙皇立即就会回复前世修为。”

“没有被五行定元阵封住的前世修为。”

太子脸色苍白。他自然明白，那是多么可怕的事情。

五行定元阵已经封住了龙皇的今世修为，绝没有办法再对付前世修为。

怎么办？

他脸上渗出细密的汗珠。

药师老鬼沉吟着，道：“立即将李玄带走，越远越好！只要离得足够远，以龙皇被困住的修为，是无法取回神的。而只要将龙皇封印住，他就永远都无法取回前世之神！”

太子大喜，厉声道：“赶紧将他带走，赶紧！”

他吼了一阵，忽然笑了起来。

“我是被吓傻了么？清凉月宫只有我能指挥得了。看来只能由我亲自押送了。”

玄影剧振，龙皇发出一声激烈的啸声。

“玉鼎赤！”

玉鼎赤叕龙终于逃出来了。

为什么说是逃？

因为它受够了五行定元阵，受够了雪妖。

四次进阵，它受了多少痛苦！连修为都减少了不少。虽然玉鼎赤非常不屑于修炼，因为有龙皇在就足够了，但它仍然很痛惜失去的修为。所以，它坚决不再进阵了，连五行定元阵都不愿看一眼。

离得越远越好。

所以，虽然龙皇告诉它，这次不需要它们配合，但聪明的玉鼎赤还是不愿意待在禁天之峰上。它扯了个谎就逃了下来。

反正龙皇大人能搞定天下任何事情，它待在那里也没什么用。

溜达溜达去。

它看到了三个娇俏可爱的女孩子。

三个女孩子几乎长得一模一样，打扮得也一模一样，手中拿着的剑也一模一样。

神圣的玉鼎赤对女人没有兴趣，所以玉鼎赤决定走开。

不如溜达溜达去。

三个女人却不让它走开。

“我叫崔蔼然，是大姐。”

“我叫崔嫣然，是二姐。”

“我叫崔翩然，是三姐……不对，是三妹。”

三人一齐叫：“我们要杀你！”

杀我？

玉鼎赤歪着巨大的脑袋看着她们。

为什么要杀这么有风度有爱心有幽默感有身份的龙呢？

难道她们不懂得欣赏与崇拜么？

还是说，这只是个玩笑？

它一动不动，眼睁睁地看着她们尖叫着冲了上来。

三把剑闪着光，刺在它身上。不痛不痒。连它那巨大的鳞片都刺不透。

果然是玩笑啊。

玉鼎赤放下心来。对于这么有风度有爱心有幽默感有身份的龙，谁忍心杀呢？

不保护珍稀物种了么？

还是溜达溜达去。

它倒背着手，悠闲地踱着步子，向外面走去。

咦？什么东西叮叮当当地响？它奇怪地转过身来，就见崔氏三姊妹正恶狠狠地朝着它的尾巴一阵猛砍，砍得火星四冒。

她们真的想杀我么？

玉鼎赤迷惑了。它巨大的眼睛中含满了泪水。连这么有风度有爱心有幽默感有身份的龙，都忍心下手？

玉鼎赤的双眼中长含泪水。

可是，就算我被五行定元阵和雪妖那妖女折磨得只有一半修为了，就算我还要分出一半的修为来封印妖魔，就算我是四大神龙中修为最低的，可也不是你们三个傻女人能欺负的啊。

玉鼎赤轻轻甩了甩尾巴。

三声惨叫，崔氏三姊妹全都暴跌出去。

强大的玉鼎赤满意地笑了，背着手又开始踱步。

继续溜达溜达去。

玉鼎赤燹龙溜走的瞬间，玄天霸海龙也立即就溜了。

它才不受这份罪呢！

它的修为，只能为龙皇跟自己使用，可不能便宜了那只小小的雪妖。玄天霸海龙轻轻吐出一阵水雾，将自己隐没。这样，它就不用怕别人发现了。

找个地方喝水去吧。

它溜下了禁天之峰，想找个有清澈甘甜之水的地方。

枕石漱泉。

突然，它身体周围出现了无数细小的剑芒，每一把剑芒都是圆鼓鼓的轴形，并没有尖锐的锋。玄天霸海龙有些奇怪，倏然，那些剑芒全都打开，却是一本本的书形，无数的文字在上面滚动着，同时，朗朗读书声在他耳边响起。

玄天霸海龙立即头晕眼花。这辈子它最怕的就是读书了！

它宁可去撞墙去挖山去赴汤去蹈火，也不愿意读书啊！

为什么呢？

因为它体型太大了啊！

这么大，这么巨大的一条龙，拿着一本小小的书在认真地读，这是一幅什么样的景象？一定会笑死人丢死人的。所以玄天霸海龙谈书色变，一生跟书绝缘。

但有的时候，龙就是会有这样的强迫症，越怕的东西，就越无法避开。这些书跟文字才一出现，玄天霸海龙的目光就忍不住盯了上去，紧紧盯着。书旋转，文字滚动，它的目光也跟着旋转、滚动。

它的双眼变得一圈、一圈、又一圈，越转越晕，终于忍不住仰天摔倒在地，巨大的身躯砸得周围的山都振动起来。

它闭着眼睛，一阵狂吼，龙气冲出，将这些剑芒全都炸裂。

头晕才稍微好了些，它摇摇晃晃地站起来，就见面前站着四位白面书生，每个人手中都拿着一卷讨厌的书。

玄天霸海龙立即就准备撤。

秀才遇上兵，有理说不清。可一般说不清的，都是它这个兵，而不是秀才啊！何况他们每个人手上都拿着一本书！

太可怕了！

卢家四兄弟也吃了一惊。

他们没有想到，他们焚香沐浴，诵读了一整天圣贤书后的一击，居然只是将玄天霸海龙打了个跟头，丝毫未伤。

如果他们知道，玄天霸海龙之所以会摔倒，根本不是因为剑芒之威力，他们又会多么吃惊呢？

四大神龙，真是太可怕了！

他们心中不由得升起一阵无力感，在校小学生跟神龙之间的差距，实在太大了。

他们会死么？

那就舍生取义吧。

卢家四兄弟挺起了胸膛，目光坚毅地看着玄天霸海龙。

玄天霸海龙不由得倒退了一步。

他们……他们要干什么？

它那颗多疑的心，禁不住胡思乱想了起来。

难道他们想抓起我来，逼着我念书念到老么？

太悲惨了！

一想到它的下半生将要与书相伴，一双硕大强壮粗暴的爪中拿着一本书，玄天霸海龙就觉得简直是末日景象。

龙威怒发，伴随着一声惨叫：“不要过来！”

海涛声自虚无中飘起，那是玄天霸海龙的身外灵台，怒发而为天崩地裂的海啸，轰然卷出。

可怜卢家四兄弟根本没有这种恶毒之心，就被灵台怒涛击中，遍体鳞伤，摔倒在地。

而玄天霸海龙也目光呆滞，受迫害妄想症发作，不住喃喃道："书！书！书！"

皇极惊世龙身子重重砸在山峰下面，没事。

玄天霸海龙足足诱惑了它半个时辰，才让它同意一起逃走。

"干吧！"

随着一声强健有力的吼声，皇极惊世龙砸在了禁天之峰下面。玄天霸海龙早就没有了影子。

皇极惊世龙不知道该去哪里，它就走向自己本命的方向。

它秉地而生，地为西，它一摇一晃地向西走去，心中很茫然。

它习惯了待在龙皇身边，龙皇说做什么，它就大吼一声"干吧"，执行皇命。现在让它逃出来，它反而有些无所适从。

它采了一朵冰花，拿在爪里，觉得百无聊赖。

——还是回去吧。还是待在皇的身边舒服些。

皇极惊世龙转身向回走去。

一只暗红色的灯笼在它面前隐约出现，刹那间鬼气森森，四周忽然暗了下来。红灯在万条黑气中载沉载浮着，发出一声悠长的鬼吟。

皇极惊世龙并不怕鬼。身为四大神龙之一，它无所惧怕。何况，再狞厉的鬼也禁不住它龙威一振。

它摇了摇巨大的脑袋，猛地红灯爆开。

一点剑光迅捷无伦地向它刺了过来。剑光一闪，已到了面前，直取它的左眼！

皇极惊世龙一呆，不明白红灯怎么会变成了剑光。它还没想明白是怎么回事，龙尾已横扫过来，"啪"的一声将剑光击成粉碎。

郑百年一个倒翻跃回，脸色已苍白。

方才那一剑，已出尽了他的全力，又在红玉掩护之下，却仍不能创伤皇极惊世龙。

皇极惊世龙歪头看了他们一眼。

敌人。

它发出了一声嘹亮的怒吼。

敌人就要歼灭。

“咚咚咚”一阵爆响，皇极惊世龙庞大无比的身躯冲了过来。

封常青一声惨叫，双腿一动不动。他已经吓晕过去了。郑百年抓住他的衣领，使劲一甩手，将他丢了出去。身前涌来一阵大劲，皇极惊世龙狠狠撞在了他身上。

郑百年一口鲜血喷出，喀喇喇几声响，左胸八根肋骨一齐折断。

边令诚抱着红玉一阵狠跑，远远听着皇极惊世龙嘹亮的龙吟声，他腿肚子一阵抽筋，“扑通”一声摔倒在地。

第八章 曳云拖玉下昆山

青帝真炁龙化成一阵烟，飘然而下。

三条龙都走了，它才不会那么笨，还留在峰顶呢。

要是有什么出血出力的事，还不轮到他头上？龙皇虽然伟大英明，但当只有一个选择时，无论多么英明，作出的决断都是一样的。

它什么都不想做，只想好好睡上一觉。

暖暖的秋天，暖暖的北极冰雪，睡上暖暖的一觉，该是多么惬意的事情啊！

它忍不住打了个哈欠。

一阵哈哈狂笑自天空降落，青帝真炁龙抬头观看，只见一只很好看的玉舟停在空中，一朵透明的曼荼罗花自舟中缓缓降落，一人银盔银甲，站在曼荼罗花瓣中，手持一柄光华闪亮的宝刀。

似乎还有那么一点半点高手的样子。

可一看到那人的模样，青帝真炁龙就像是被打了一拳一样。

太丑了！

“鼻屎。”

青帝真炁龙用精准的语言给他下了个定义。

胡突干雄姿英发地站在它面前，期待一双赞叹的眼睛。

他就是美之化身，不是么？这凌空一跃，凝结了他多少美学的心得啊。

他为青帝真炁龙这一句话而窒住，感到困惑不已。

“鼻屎？什么鼻屎？”

青帝真炁龙轻蔑地瞥了一眼，道：“你长得像鼻屎。”

胡突干暴怒了。

怎么可以将胡大老爷与那么恶心的东西联系在一起？怎么可以？

胡突干大吼一声，真气贯注进金刚刃！

刃身上那虚无的花影立即旋转起来，飙射出一朵朵惨烈的杀戮之花。胡突干一声大喝，身子倏然消失。

下一瞬间，他已出现在青帝真炁龙巨大的脑袋之后，金刚刃怒卷狂风，向着青帝真炁龙一刀劈下！

青帝真炁龙打了个哈欠，手指向后弹了弹。

胡突干惨叫一声，金刚刃脱手飞出，笨重的身子摔在了十几米外！

青帝真炁龙仰头，却看到龙薇儿花容失色，尖叫道：“你……你不要杀我！”

青帝真炁龙摇了摇脑袋，依旧觉得很无聊。

“鲜卑。”

这时，一声龙啸贯穿了周围千里空间。

“玉鼎赤！”

龙皇那宇宙一般浩瀚的威严瞬间弥漫整个大千世界。

玉鼎赤爕龙悚然动容！

玄天霸海龙悚然动容！

皇极惊世龙悚然动容！

青帝真炁龙悚然动容！

它们齐齐飞舞而起，向着禁天之峰飞去！

开小差被龙皇发现了！这下惨了！

而更大的惊惧笼罩着它们那颗强大但柔弱的心：龙皇有危险！

太子已经不那么紧张了：“不要呼唤四大神龙了，它们是不可能赶过来的！”

石星御没有回答。

他怔怔地望着虚空。

空中，是飘散的碎屑，三生石的碎屑。

一点点，微小的轻尘，浮在空中，飘过石星御的眼前。

他就眼睁睁地，看着它们从自己生命中飘走，飘过百年的轮回，飘过三生，永远都不会回来。

那一点点一丝丝一缕缕的三生幻影，已不在了。

它不再是寄托了三生影像的奇异之石，只是碎尘，浮屑，没有半点光彩，没有丝毫回忆。

没有回忆了，连最后的这点牵挂，也都消失殆尽！

一点泪光自石星御苍蓝的眸中溢出，消散，化成一样的微尘。

心，痛如尘。

那是向他最后的告别么？

只是为了最后见他一面，最后向他道一次别？

石星御的身躯剧烈地颤抖起来，他无法接受。

无法接受！

没有了你，我的生命有何意义？

天香月桂扶摇而起，缚着李玄缓缓向天外飞去。随着李玄离得越来越远，石星御那玄色的影子，振动就越来越小。五行定元阵精光大盛，拉得那五只影子越来越透明，越来越远。

阵法的力量，已几乎将石星御完全控制住。只需要再多加一点，就可将他封印。

石星御的脸上，却没有惊惶，只有怅惘。

仿佛沉浸在三生的一回眸里。

不再关心生死轮回。

他紧紧执着苏犹怜的手，紧紧的，带着怨念与执著。

他唯一憎恨的，就是这个苍白的女子。

上天入地，他都不会放过她！

青帝真炁龙昂起巨大的龙头回望，禁天之峰上冲天的光芒映进了它的眼帘。

它的龙颜立即变了。

这么强大的光芒中，居然看不到龙皇的威严！

皇，出了什么事？

它骤然一个转身，身子腾空而起，向禁天之峰冲去。

猛地，一个人扑了上来，一把抱住它的大腿，用哀求的声音道：“你

能不能告诉我，‘鲜卑’究竟是什么意思？”

青帝真炁龙不耐烦地道：“快放手，我要去救皇！”

胡突干大声道：“你要是不告诉我，我死都不放手！”

那好办，青帝真炁龙一声龙吟，一道巨大的龙卷骤然出现，饿龙一般卷起胡突干的身躯，“砰”的一声狠狠砸在地上。

青帝真炁龙嘟囔了一声：“鲜卑！”就要腾空而起，去救龙皇。

但就在它刚离地的瞬间，大腿又被紧紧抱住了。胡突干炽烈的目光中充满了求知的渴望：“你一定要告诉我！我感觉到这之中充满了语言的艺术之美啊！”

“我要领略它！”

青帝真炁龙歪着头看了他一眼。

它确定，它看到的是一个秃着头，满脸黝黑，暴牙环眼，面目丑陋的家伙。

这样的家伙居然也谈什么语言的艺术之美？

但胡突干那炽烈的目光强烈地感染了青帝真炁龙。它想起了那段岁月，那段它尽全力用语言的艺术之美感染皇的岁月。

啊，多么美丽的回忆啊！

呕……有这样的回忆的时候，能不能不用你那张脸对着我？

青帝真炁龙使劲一腿将胡突干蹬开。它不能再在这里多做停留了，皇需要它。

胡突干冲上来抱住它的左腿：“求求你，告诉我吧！”

狠劲一脚，蹬开，肚破肠流！

胡突干冲上来抱住它的右腿：“我一定要了解这份美啊！”

巨大的龙卷，吹开，血肉横飞！

显然，青帝真炁龙轻视了胡突干对于美强烈的攫取欲望。几十个回合下来，青帝真炁龙都气喘吁吁了，胡突干眼中的炽烈表情却丝毫都不减。

尽管他已经遍体鳞伤，但美的诉求让他不屈不挠一次又一次地扑了上来。

龙卷，一次比一次大，却无法击退蟑螂一样的胡突干。终于，青帝真炁龙精疲力竭，它抓着胡突干，声嘶力竭地吼道：“你究竟要怎样才肯放过我？我要去救皇！”

胡突干：“求求你，告诉我，什么叫鲜卑！”

青帝真炁龙热泪盈眶。

这个人，真有着为语言的艺术之美而献身的精神啊。

——从某种意义上来讲，他们有着同样的执著。

所谓佞臣，难道不是将语言的艺术之美运用到巅峰境界的执人么？

“所谓鲜卑，就是鲜有之卑鄙的意思。”

他不耐烦地打发了胡突干，想要飞起。没想到他的大腿被更紧地抱住了，胡突干的眼神更炽烈，求知欲更强：“什么叫执人？我能感觉到渗透进这个词中的美啊！”

“执人就是执著之人！你不要再问了，我现在处于哽咽期。”

“哽咽期！哽咽期！好美的名字！告诉我告诉我！”

“你……你难道从我的表情上看不出来么？我在哽咽啊！当然是处于哽咽期！”

一人一龙，紧紧拥抱着，探讨着伟大的语言之艺术之美。谁都无法离开谁。奇怪的是，青帝真炁龙居然颇有知己之感。

皇，伟大的皇，不是我不肯去救你，实在是因为我脱不了身啊！

太子疯狂地大笑起来。他准备的第三重陷阱，已然发挥了效用。

矫圣旨之名，以摩云书院的弟子去牵制四大龙神，断其左膀右臂。

这是他送给龙皇的第三重礼。

胜利的曙光，一点点自地平线下升起，终将撕裂苍蓝的天穹。

从胡突干被第一下龙卷击中，鲜血飙出之时，龙薇儿就知道自己必须要做些什么。人与龙之间的差距太大了，胡突干绝对没有办法战胜神龙的，连挡都挡不住！

当然，她不知道后面戏剧性的发展。

她一定要做些什么，拯救胡突干。否则，他一定会被杀死的！

但她的修为实在太低了，连剑羽都未修成，囊中宝贝虽多，但以她的修为，还运用不了。

怎么办呢？怎么办呢？

回去搬救兵！

龙薇儿眼睛一亮，想到了这唯一可行的办法！

她驾起逐日旭光舟，一溜青烟地跑回了书院。那时，青帝真炁龙正吐出那句“鲜卑”。

先找紫极老人！不在。

再找谢哥哥，不在。

又找六大常傅，咦，怎么也不在？

龙薇儿没有主意了，驾着逐日旭光舟，在书院中乱窜。猛然，她发现一个人，正躺在绛云顶上晒太阳。

那是龙穆。书院中一个人都没有，对于龙穆来讲，实在是难能可贵的清闲片刻。他很想躺下来，好好想想最近的事情。可惜他刚刚合眼不多久，就被一声尖叫惊醒！

“龙穆哥哥，快救命啊！”

龙穆睁眼，就见龙薇儿一脸惊惶地奔过来，抓着他的手就向外拖。

龙穆有些奇怪：“没有人追你杀你啊，救什么命？”

“同学们在挑战四大神龙，死的死伤的伤，你再不去，就全军覆没了！”

“我不是说过了么？我对这样的事没有兴趣。”

“可是……你要是不去，胡突干哥哥就没命了！”

“没兴趣！”

“李玄哥哥就没命了！”

“没兴趣！”

“苏犹怜姐姐就没命了！”

“没……什么？你说什么？”

龙穆脸色一变，翻身而起。虽然梦魔已经死去，他心中的阴影几乎完全解开，但他仍记得跟李玄的赌约。对于这个美丽的雪妖，他的心依旧有着一份牵挂。

龙薇儿吓了一跳，怯怯地道：“苏姐姐被龙皇抓在手中，咬牙切齿的，边上好几个人围着打……我远远地看到的……好可怕……”

龙薇儿这语无伦次的描述让龙穆的行动骤然快了起来，他一声长啸，窜上了浮空岛。轰然暴响中，流星般向北极飞去。

“龙皇么？难怪我无法找到她的踪迹啊……”

龙穆英俊的面容渐渐冷肃下来，地狱之国打开，王子率领着万千暗黑军团，蜂拥而出，即将扰乱这片大地。

北极大魔国就在眼前。

透过浮空岛的彩光，他看到了正和青帝真炁龙纠缠的胡突干。

他才不会去救他呢。他要给龙皇一个惊喜。

他眉峰抬起，目光锁住了禁天之峰之顶。

那上面，沉沉的阴云也锁不住一片紫芒。

那是龙皇运用无上威严，从九极定乾旌中提炼出的大绝灭光线，也是龙皇用以镇压群魔的秘宝。

若是这个宝贝粉碎的话，被镇压的群魔将破空出世。

伟大的龙皇会如何呢？

龙穆嘴角浮现出一丝阴冷的微笑，浮空岛迅捷无比地向绝灭紫珠飞去。

龙薇儿静静立着，目光渐渐变得空洞。她整个人都失去了生机，就像是一只木偶一般。她静静地躺了下来。

她的使命，就是将这个讯息带给龙穆，然后，就会成全第四重大礼的杀劫。

一团金黄在她身侧出现，托着她慢慢升起，飞入朗朗的天空中。

那里，有一轮无比巨大的圆月。

极地深处，紫光笼罩。

紫珠泛着淡淡的光芒，似是在警告每一个靠近者：近则必死！

无数绝灭光线自紫珠上腾起，汇聚成一朵紫色莲花，缓缓降入禁天之峰下的巨大深洞中去。一阵哀号隐隐腾了起来，大魔国的地面也随之引发一阵轻微的震动。

以龙皇之威严与四大神龙之元气贯注的绝灭紫珠，正承担着大魔国最重要的任务——镇压群魔。

如果毁掉这枚紫珠呢？

就算不能重创龙皇，也势必会闹得他手忙脚乱。

而元气贯注于其中的四大神龙，是否也会随之重伤呢？

龙穆嘴角斜斜挑起一丝嘲讽的笑。这让他像极了筹谋着恶作剧的孩子。

极地温暖的阳光照在他的脸上，投下淡淡的影子，宛如照耀着一株初春的花树。

他始终都交织在花树的光与暗之间，是恶魔与孩子的结合。

双手合十，背后，浮空岛上那巨大的佛像也跟着双手合十。一点精光自他额头迸发而出，佛像的双眸之间，却张开了一只天眼，毫光柔和，聚成一条线，与龙穆额头的精光相连。

那一瞬间，龙穆身上一切芜杂全都被剥离，他双手缓缓张开，升到半空中，脸上尽是慈悲柔和。

光芒绽放，聚成一朵巨大的光之白莲，浮沉在龙穆周围。龙穆盘膝静坐，庄严之光芒将他环绕住，他低眉闭目，就似是一尊古佛，在宇宙的烦嚣中寂静。

然后，他双眸倏然张开。脸上又恢复了光与暗之王子的冷傲，一片庄严，尽皆化为一朵莲花，在他手中蓬然开放。

“和我一起陨落吧，龙皇！”

白莲轰然暴涨，向绝灭紫珠飞去。

紫珠也仿佛感受到白莲中蕴含的巨大威能，绝灭光线骤然顿住。

禁天之峰上的青天忽地大放光明，那轮烈日是如此大，如此亮，阳光如同实质一般，轰进了紫珠。

紫珠顿时盘旋宛如山岳，周围尽是密密麻麻激烈旋转着的绝灭光线，向白莲绽开。

白莲与紫珠撞在一起，却无声无息。

白莲就似是一抹含愁的影子，沁入了紫珠之中。

紫珠倏然收缩。

一声悠长的佛号在大千世界中回响，龙穆突然一口鲜血喷出。

紫珠缓缓散成三瓣，每一瓣中，都包着一朵莲花。莲花盛开，中间坐着一尊小小的佛陀。白衣，肃穆，头上顶着小小的金冠，面容与龙穆一般无二。他们齐齐望向龙穆，脸上显欢喜之容。

龙穆也合十做欢喜之色，手向下一指。

三尊佛陀脸现慈悲之色，亦是双手向下一指。

紫珠宛如天人五衰时的病垢，自白莲上坠落。

刹那间，紫芒大盛，幻化成纯粹的封神炼魔绝灭光线，向禁天之峰下、龙皇封住群魔的无底洞轰去。

群魔一齐悲号，似乎看到了他们的命运。

那是注定的，它们永远都不会获得救赎。

群魔出世，只会成为牵制龙皇的第四重礼物，陨落在它们曾拜为王者的脚下。

第九章 昆山玉碎凤凰叫

太子眉中蕴着一丝笑意，四重礼物之后，他似乎已看到了胜利的影子。他一面指挥月宫缓缓升起，一面垂首鞠躬：“恭请简主降临。”

凤啼声回响在清凉月宫中，纷落成漫天漆黑之羽。

一袭黑色的鹤氅，仿佛兰之初绽，在月宫的正中间徐徐打开，被散乱的罡风一吹，立即舞起暗夜之清华，映衬着那张青铜之魔面清冷旷绝，宛如神魔。

简碧尘轻轻踏在月宫黄金砌就的土地上，所有的情感都被那青铜面具隔绝，宛如霜之羽人，夜之灵仙。

太子躬身行礼，恭谨无比道：“请简主出剑。”

简碧尘的眉头皱了皱。

太子起身，道：“五行定元阵只能将龙皇分解为五行之神心意形体，只有借助高绝的修为，将五行之影打散，分成互不相连的五部分，才能够分别封印。百年前，这一剑由君千殇出手，百年之后，却只有简主能胜任。”

他细细的眸子蕴出了笑意：“君千殇已鸿飞天外，无迹可循。天下修为再没有人能胜过龙皇。但简主却是唯一的例外，因为简主受祈天神术[注]福佑，有着不败的天命。

注：祈天神术为上古秘术，秘藏于华音阁中。聚合星辰力量，为人改换天命。据传说一个时代只能施展一次，历代华音阁主皆得到祈天神术的庇护，从而拥有不败的天命。

“就请简主出剑。这一剑出，要不是龙皇被封印，就是龙薇儿死。所以，务必请简主尽全力才是。

“简主总该知道，那小丫头身上已被我种下符咒，一切意识都为我所控，我随时都可以杀她。”

简碧尘显然很明白这一点。他的目光落在龙皇面上。

五行定元阵的光芒，将龙皇分成了五部分，水金木火土，已然分离。只是，五只手都死死地攥着一件东西，那就是苏犹怜。

他在怨恨这个女子么？

简碧尘心中生出了一丝不忍。

他虽未亲自莅临，但禁天之峰上发生的一切，却无不历历在目。

他的目光渐渐冰冷，真气缓缓提起。

偌大的清凉月宫，骤然冷却。

罡风，桂树，宫殿，阵法，所有的一切，它们所蕴含的力量全都疯狂地向简碧尘聚拢而来，在他身周三丈处，结成一个巨大的光轮，然后崩解、分化，变成纯粹的力量，为他所吸纳。

他就仿佛是君王，在他的天下恣意抽调百万大军。

力量结成光，光结成羽，片片飞散，仿佛是太空中飞舞的玄鸟，渐渐凝成一柄剑的模样。

一尺，两尺，三尺……

羽剑不住增长着，摄人的锋芒映得众人须眉尽碧。

清凉月宫，都不禁受了它的影响，轻微地颤抖起来。太子脸上闪过一阵恐惧之色，单单是站在这柄剑旁，就能感受到那刺骨的杀气！

这柄剑若是斩出，又有谁能够接下？

天地震荡，太子脸上脸上慢慢泛起一阵喜色。

“龙皇，这就是我送你的第五重大礼！”

所有的振动全都停止，那柄剑，已凝为实体，剑身上的杀气，也增至最强。

简碧尘目中寒光，也最为彻骨。

封魔之绝剑，一触即发。

突然，一声娇叱传了过来：“住手！”

一道紫色的身影倏然飞起，剑羽暴射，瞬间穿透了清凉月宫的层层防御，直透而入！

太子脸色立变。

失去了清凉钥，九天清凉气与九天罡风无法调动，清凉月宫的防御几乎是降到了最低。而为了潜入大魔国，引动五行定元阵，清凉月宫只能停在禁天之峰上。这也就予偷袭者以可乘之机。

但龙皇被困，四大神龙未曾赶回来，又有谁会偷袭?

那人身形快捷无比，一闪之间，已窜过了三人身侧。

简碧尘与药师老鬼都一动不动，太子舞动扇子，将三人护住。那人影却对他们连看都不看，一蓬猫眼般的剑光闪起，飞射到了天香桂树之上。

清啸声再起，剑光明亮，桂枝断成两截，那人一把将李玄抱起，身子落雷般贯下!

那人腿长剑长，不是别人，正是石紫凝。

而她投向之处，不是别处，正是五行定元阵!

李玄一靠近，本被阵法钳住住的龙皇五行幻影，立即剧烈地晃动起来!

龙皇低垂的眼眸，猛然抬起!

巨大的威严，再度君临这片天地。

太子脸色惨变，石紫凝，难道不是他为龙皇准备的礼物之一么?

她是石国后人，也是普天之下，龙皇唯一不会痛下杀手的血脉，本是最好的护体利器，为什么会在这个时候脱离了控制，来坏自己的好事?

他的眼睛毒蛇般钉在石紫凝脸上，似乎要钻入她眉心处的阴霾，将那个虚弱的影子生生剜出。

——心魔，难道你要背叛我们的契约么?

太子厉声道："拦住她！拦住她！"

皇极惊世龙甩开郑百年、封常青、边令诚，迈开大步，笔直地向禁天之峰冲去。

它向来都是这么直，说话直，行事直，连走路也直。绝不拐半点弯。

咪呜咪呜。

一阵奶声奶气的叫声传了过来。

皇极惊世龙不由得停住了脚步。啊，多么可爱的小猫咪啊，你看它通体雪白，长长的绒毛将小小的身子覆盖住，露出一双大大的、纯洁无瑕的眼睛来。它就蹲在路边，两只后爪坐着，两只前爪蹲着，仰着脸，冲着皇极惊世龙奶声奶气地叫，让皇极惊世龙心中不禁涌起了一阵柔情。

小宝贝，你怎么了？找不到妈妈了么？

皇极惊世龙将脚步放轻，温柔无比地走近小猫咪，低下头去，一面低低地发出轻柔的声音，一面举起前爪，想要抚摸一下它那软软的，可爱无比的小额头。

哪知那只小猫咪骤然身子暴涨，瞬间变成了一只三头巨身的怪兽，六眼如铜铃，大口如血盆，冲着皇极惊世龙一声“哇呀呀”地怪叫。

皇极惊世龙一声惨叫，吓得掉头就跑！

它完全忘记了要去救龙皇，也完全忘记自己是天下最强大的神龙。这突如其来的惊吓实在太可怕了，皇极惊世龙那颗耿直的心完全无法拐弯，无法承受，就这么闷头疾冲，向外奔去。

它奔过了山，奔过了河，也不知奔到哪里去了。

咕噜乐得在地上打滚。

谁说四大神龙是天下最强大的？明明是我们咕噜么。

咕噜乐了一阵，又变回了那只玉雪可爱的小猫咪，蹲在路边，奶声奶气地叫着，准备伏击第二条龙。

多年之后，当四大神龙跟三大宠物成为同事之后，皇极惊世龙犹然对这只乖巧无比的小猫咪充满了恐惧。

石紫凝显然胸有成竹，身子暴射而下，手猛用力，将李玄甩向阵中，跟着嗡然震响，猫眼般的碧光自额头暴散而出，护住全身。她凌空悬浮，冰冷的剑芒已然聚成一朵杀气之羽，向着月宫疾刺而去。

摩云书院中的学生，石紫凝的剑术最高。气、华、羽、神、仙、圣，剑道中的六重境界，石紫凝已隐然突破剑羽，而晋为剑神。一剑怒冲，嗡然声响中，剑身上突出一道八尺长的剑气，带起一阵星辰般的毫光。这一剑，已颇有高手风范，绝不容小觑。

太子钢牙几乎咬碎。

要打败石紫凝并不难，但要在李玄坠入阵中之前打败石紫凝，就千难万难，几乎不可能。

一旦李玄落入阵中，前世修为觉醒的龙皇，又如何挡？如何破？

太子顿足捶胸，如丧考妣。

他绝不该这样轻信，居然和心魔这样反复无常的人结盟；更不该如此大意，没有早早将李玄带走。这家伙真是个祸水啊！

哪知就在这一刻，奇变陡生。

石紫凝一剑刺出后，身子倏然降落，竟抢在李玄之前，落入了阵中。

这一剑的威势，也跟着她一起降落。她姿势不变，真气更提，这一剑威力嗡然暴涨了几乎一倍，带着悍然决然之杀意，猛刺而出。

剑锋所取者，赫然是苏犹怜。

玄天霸海龙最服膺一句话：读书可以误国。

这书太可怕了，连国都可以误，何况它一只神龙？

它虽然自命不凡，但论起修为来，只有皇才可以轻易屠灭一小国。它们四大神龙都没有这分能耐啊。读书可以误国，自然可以屠龙。

所以，它人生的信条就是：少跟读书人打交道。

卢家四兄弟虽然摇摇晃晃，被他打得遍体鳞伤，他心中的恐惧仍然未减少分毫。

那是四位读书人啊，四个书生！

简直太可怕了！

这时，龙皇的啸声传遍了神州大地。

“玉鼎赤！”

玄天霸海龙吃了一惊。

虽然呼唤的不是它，但它知道，龙皇有难。

皇有难，它们必须要赶回去！

它心中的敬畏更增——这四位书生才到大魔国来，就让皇陷入险境，书生太可怕了！

它的斗志几乎降到了最低点，甩头摆尾，就要向禁天之峰飞去。

太可怕了，还是待在皇身边安全些。皇是无所不能的。

卢家四兄弟忍痛咬牙，同声道：“休走！”

玄天霸海龙应声住脚，四只粗大的龙腿都开始颤抖起来。

他们会不会再拿着书砸自己？

还会不会用读书声那样的贯耳魔音折磨自己？

太可怕了！

玄天霸海龙使劲克制着，才没有叫出声来。但看在卢家四兄弟眼中，这幅景象就变成了这样：这只庞然大物转过身来，幽深的眸子充满杀机地安静看着他们，大嘴忽张忽翕，似是要将他们吞噬。

不能再等待了啊……

剧痛自他们骨髓深处崩生，卢长涣一声清啸，长吟道：“黄河远上白云间，一片孤城万仞山。羌笛何须怨杨柳，春风不度玉门关。”

卢家四兄弟精神陡然一长。

玄天霸海龙立即一阵头晕眼花。它那颗多疑而敏感的心完全被一个念头充满。

他会不会也让自己吟一首？

他会不会也让自己吟一首？？

他会不会也让自己吟一首？？？

我不会啊！

我不会啊！！

我不会啊！！！

玄天霸海龙又急又躁，又羞又愧。只听轰然一声暴响，一面巨大的旌旗缓缓自卢家四兄弟面前升起。

旌旗样式奇古，没有任何花纹，只在中间绣着九只太阳，每只太阳中间跳跃飞舞着一只三足火乌。日乌宛如活的一般，迸发出炽烈的火气，那柄旌旗就宛如燃烧着一般，呈现出一朵烈焰之红莲之形。

玄天霸海龙神色骤变：“九极定乾旌？”

他心中的敬畏惊惧更胜，忍不住尖叫道：“你们怎么知道我最怕九极定乾旌？”

书生难道是无所不能的么？

玄天霸海龙乃秉水所生，水能克火，连玉鼎赤爕龙那么凌厉的先天真火，都无法对它造成任何伤害，但天之九阳并非普通的先天真火，那是宇宙开辟时初孕的阳火真炎，不灭不死，后为天帝十子所得，修成大日之身。天帝十子修为突飞猛进，变得骄狂起来，不守天条，十日同时悬照大地，几乎将亿万生灵全都烤死。终于惹怒了上古大神后羿，伐建木为弓箭，连歼九日。后羿也因力尽而死。

那时，玄天霸海龙还是一条小小的龙，十日临空，火海遍天的场景让它印象深刻，永远都无法从心底抹去，已成为心理阴影。此时重与九日相逢，而且操纵九日的还是最可怕的读书人，怎不让它面容惨变！

卢家四兄弟哪里想得到它这么丰富的心理活动？一曲吟罢，四兄弟都是精神一长，口中不停念动各种咒语。

“有朋自远方来，不亦乐乎……人不知而不愠，不亦君子乎……”

“大音稀声，大象无形……无名天地之始，有名万物之母……”

“太史公曰……其身正，不令而行……”

“赵客曼胡缨，吴钩霜雪明……千秋万岁名，寂寞身后事……”

随着一声声长吟短咒，九极定乾旌上的九枚太阳，一一迸射出炽亮的光芒。日中神乌发出嘹亮的啼叫，似要离旗而出。只是它们的双目全被剜去，神魂受了九极定乾旌的制约，一时未能脱躯变化，展现阳火金炎的真正威力。而封神炼魔绝灭光线被龙皇抽去之后，神乌威能又减了一半。饶是如此，阳火金炎暴射，仍将玄天霸海龙的身外灵台销蚀了极大一块。

但最创伤玄天霸海龙的，不是九极定乾旌，而是那不住贯耳而入的念书声。

那个念头也不住在它心底翻腾：

他会不会也让自己吟一首？

他会不会也让自己吟一首？？

他会不会也让自己吟一首？？？

我不会啊！

我不会啊！！

我不会啊！！！

卢长涣双目精光暴射，他们四兄弟的修为别出蹊径，可借圣贤之书将真气凝结，灌入九极定乾旌中。杀招已然成型。

九只神乌全都鼓涌奋飞，脱离旌上太阳束缚，显出几丈长的本身，傲然骄啼，围着九极定乾旌激烈飞舞，有时撞在一起，便迸射出一团激烈的火花。

九阳聚首，一击破天。

这就是卢长涣敢于挑战玄天霸海龙的秘密武器。

但他看到了什么？

只见玄天霸海龙巨大的身躯轰然倒地，四只龙肢不住抽搐着，口吐白沫，竟然晕了过去。

卢家四兄弟面面相觑，不知道这头威力无双的神龙怎么了。

难道它忽然发了羊角风？

太可怜了。卢家四兄弟对敌人是仁慈的。他们围坐在玄天霸海龙身边，决定念《往生咒》《斩鬼录》《逍遥游》《易经》来超度它。

他们说做就做，琅琅读书声立即响起。

为什么玄天霸海龙口中的白沫越来越多、眼越翻越白呢？

第十章 剑光照空天自碧

这一剑，直斩苏犹怜！

这一剑，石紫凝几乎出尽全力。

这一剑，各方势力全都被巧妙地牵制，无论谁都无法救这一剑。

这一剑，必杀苏犹怜！

这一剑，石紫凝眸中浸满了痛楚。她知道雪妖是无辜的，但又不得不牺牲她。

龙皇绝不能死！

所以，一定要破五行定元阵。

要破五行定元阵，就要破掉太初四宝。她不能杀李玄，就只能杀苏犹怜。

她紧紧咬着薄薄的嘴唇，全身劲气都灌入了剑中。

“不要恨我！”

苏犹怜骇然变色，死死盯着那柄剑。

她被龙皇紧紧攥在手中，无论如何都无法躲过这一剑。

她不能死。

她不能死在即将成功的一瞬。

她的爱情，即将成全。只要这个阵法成功，她就会永远封住龙皇，而后，她将与李玄两心相知，天荒地老。

千余年来，她遍身冰雪，站在雪原上仰望着人世之繁华，不就是为了这一刻么？

为这一刻，她受了多少苦楚！

可这一剑，就将她对幸福的所有憧憬斩为乌有。

她为什么要受这一剑？

她为何不能恨？

剑光宛如一片温柔的清凉，沁入了苏犹怜的身体。

多么像是最初的那个吻。

苏犹怜只能看这个世间最后一眼，只能看她的爱情最后一眼。

这一眼，恍惚看到李玄正落到石星御面前，而石星御的右手，正扼向李玄的脖子。

冲天龙气爆发，似是从李玄身上腾起了一个龙的虚影，向石星御飞去。

石星御额间暴射出几丈长的精光，似是迎接着那龙影的到来。

整个大魔国，都开始震荡起来！

太子疯狂地大叫道："出剑！出剑！杀了他们！杀了他们啊！"

他抓出玉玺，抓出无数的毒药来，狂乱地举到简碧尘眼前，大叫道："快些出剑，我以大唐储君的身份命令你！我用龙薇儿的性命要挟你！"

他就像是疯了一样，完全没有半点风度。

简碧尘轻轻叹息了一声。

就算太子没有提醒，他也知道，如果让石星御取回囚禁于李玄体内的"神"，这里的每一个人，都将死于非命。

此时的石星御全身都充满了疯狂的杀机，也许，只有杀戮才能制止他。

他淡淡道："剑奴。"

"铮"的一声响，天地间所有的声音仿佛全都沉寂了下去，只剩下简碧尘身前的这支羽剑，在清啸着。天下臣服的清啸。

而一切万物，也都在这一刻静止。

普天之下，只有这柄剑在动。

这是君临天下的一剑，是司掌杀戮的王者之剑。

这柄剑因简碧尘轻轻吐出的这两个字而具备了灵魂，散发出滔天的杀气来。

漳河之上，破釜沉舟。

这柄剑，一如西楚霸王。

天下悍烈，尽出己身的西楚霸王。

是指着始皇帝，谈笑：“彼可取而代”的豪气，是乌江之上，血战千万骑的杀锋。

万物静寂，因霸王之威而臣服。这柄剑嗡然震响片刻，似是在检阅着自己的臣子，随即轰然击下！

惨烈之杀戮之气也随之引发，千里晴朗的大魔国，顿时被天惨地变的战云杀气充满！

这一剑，才一出现，立即将龙皇的须眉都映成碧色。

龙皇一声低吼，双手虚虚扼住了李玄的脖子。

李玄完全没有办法抵挡，就算是在五行定元阵的封锁中，龙皇的威严也绝非他所能比及。

他只觉全身精气都被控御住，被极大的力量撕扯着，向龙皇涌去。

痛楚就像是一条河，在他体内翻滚着。

奇怪的是，这痛楚是那么熟悉，仿佛他曾经全身都浸沐其中一般。

他的心已空了，空了很大很大一块，让他无法清醒地思考。那空出的形状，像是什么呢？痛楚蔓延，似乎将那个形状凸现得越来越清晰。

他忍不住向苏犹怜望去。

他的眸子中，是完全无助的光华，像是一个被抢去所有玩具，孤零零站在荒原上的孩子。

苏犹怜全身的疼痛骤然止住。

李玄的目光落在她身上，就像是凌迟。

剑芒，再不能给她任何疼痛，因为，心是如此的痛，掩盖了一切知觉。

苏犹怜忍不住泪流满面。

守护了爱情那么久，那么残忍、那么恶毒，难道结果就是这样的么？他将死于龙皇之手，而自己则毙命于石紫凝剑下？

不能。

苏犹怜最后哀怜地看了李玄一眼。

我可以死，他不能。

他要好好活着。

他会遇到一个新的爱人，将心填补完整。

他若是死，一定要带着一颗完整的心死去。

爱我，或者，爱另一个人。

泪，落下，沁在心中那轮荧荧的宝镜中。

泪如火，灼伤在明净的镜面上，灼出一团火来，慢慢聚合成一个人的样子。

苏犹怜忍受着剑芒撕裂的痛苦，强行转身，将九灵御魔镜对准了李玄。

李玄的痛楚在瞬间爆发。

一道火影自他体内轰然拉出，铮然声响中，定远刀出鞘，悬在他身前。火烈的影子倏然张开，化成一个傲岸无比的身形，护住他全身。连龙皇这样的修为，紧扼住李玄脖子的手，都不禁被弹开了一寸！

瞬息之间，李玄全身都变成了火红。

他发出一阵痛楚的吼叫，定远刀猛然喷出万丈烽火，一刀向龙皇劈了过去！

轰然一股清光怒冲而出，将苏犹怜完全包裹住。

九灵御魔镜的虚影连绵怒发，悬驻在苏犹怜身侧，将她密密护住。石紫凝的剑，竟被硬生生地挤出一寸。

那是九灵御魔镜感受到李玄心中的狂乱，将定远侯潜埋的力量完全发挥了出来。

虽然镜中囚禁的九大神兽已不在，但全力施展的九灵御魔镜，仍非石紫凝所能抵挡。

清光之中，是一抹烽火飞舞，卷绕着定远侯傲岸的身影。宛然是李玄的样子。

烽火鼓涌着力量，直逼龙皇，也同时灼烧着苏犹怜。

一滴滴鲜血，滴落在苏犹怜赤裸的双足上。她的全身，都变得苍白，完全变回那个荒原上立着的雪妖。她看着无尽的烽火，仿佛多年前，注视

着的人世繁华。

一如美丽的烟花。

那么远，那么温暖，永远永远都是只能看到，却无法拥有。

她的嘴角升起一抹微笑。

她可以死去，但她要看着她的郎君，如火绽放。

那烽火，保卫着李玄的同时，也在保卫她。

那是多么幸福的感觉。

烽火连天，怒冲向石星御。而在同时，简碧尘那柄君临天下的玄凤羽剑，也疾刺而至。

华音阁主的不败神剑，定远侯的辟天狂刀，取向的是同一个敌人。

两种力量竟奇异地融合在一起，化成同样的杀招！

烽火，如万千甲兵。

羽剑，则是舞旌指挥的将领。

兵、将相合，便变成战无不胜的铁军，带着战云杀气，将整座禁天之峰包围。

石星御，就在杀阵的正中央。

亦在五行定元阵的困锁之下。

李玄体内定远侯的力量觉醒之后，全身被烽火包围，封印在他体内的龙皇之“神”再也无法引动，剧颤着的玄色水之身，也渐渐静止。

刚刚恢复了一点自由的龙皇，又被封锁了起来。

烽火羽剑，向着龙皇疾刺而下！

这一剑，势必会将龙皇神心意形体打散、封印！

玉鼎赤燹龙狂奔。

崔氏姊妹完全无法拦住它那庞大的身躯，它一面奔，一面狂号：“皇！我来救你啦！皇！你等等我！”

哀切的龙号，响彻整个大魔国。

石紫凝银牙紧咬。她知道，能够改变当前局势的，就只有她了。

但她的剑，却刺在苏犹怜体内，被九灵御魔镜锁住。

烽火羽剑，卷舞起漫天战云，将整个禁天之峰全都笼罩住，云外是五行定元阵的青光，是清凉月宫的封锁。这一切，将构成石星御的死地。

她必须有所抉择，否则，她就再也没有任何机会。

“杀了她吧。”一个淡淡的声音在她心底响起。

那是心魔，缓缓睁开了沉睡的眼睛。重瞳的光华透了出来，将她的眸子淹没。

“杀了她好么？”

心魔轻柔地诱惑着她。一股力量自孱弱的心房中透出，精妙地调配着石紫凝体内的剑气。插在苏犹怜体内的长剑，嗡嗡响动起来。

连太初四宝之一的九灵御魔镜，竟都在这股力量的拨弄下，颤颤发抖。

那是心的力量，亦能直指人心深处。

石紫凝紧咬着唇。

真的要杀了她，杀了自己的同学？

虽然只有不到一年的时光，虽然都没见过几面，但那是她的同学啊，是人世间最纯、最真的几种情谊之一。

她将永远记住在摩云书院中度过的这段岁月。

因为，她注定要走入血，走入火，走入杀戮与疯狂。这段岁月，也许是她唯一的青春，唯一的光明。

杀了她，就是亲手终结这段光明，亲手为自己的青春画上句号。

那她就只能走上一条漆黑之路，再也无法回头。

心魔幽幽叹了口气，漫漫黄沙在石紫凝心头闪现，随即隐没。但那淤积的回忆，却仿佛一下子被剖了个口子，一连串令人窒息的地狱景象，冲击着石紫凝孱弱的心。

一瞬间，由安宁的小城，变成一片废墟。铁马纵横，能清晰地听到马蹄重重踏在沙上的声音，锋利的尖刀甩过空气的声音，以及骤然哑在喉咙里的呜咽……

她在风楼上，哭喊着、乞求着他们住手。

但没有人聆听。

没有神明聆听。

他们的目的只有一个，杀光石国人，不让一个人留下。

龙皇的血族，要彻底自这个世界上消失。

“杀了她吧。”心魔轻柔地提醒。

石紫凝握剑的手不由得一紧。

是的，杀了她。

杀了她，就可以施展心魔所说的夺舍之术。然后，她就会得到龙皇的力量，以无上之威严屹立在大地之上。想复仇便复仇，想复国便复国。

那是多么开心的一件事啊。

石紫凝悲戚地抽泣了一下，她用力抱住苏犹怜。

“对不起。”

随着一声深深的呼吸，石紫凝的所有力量都随着血脉聚于心房，融合了心魔那奇异的灵力，轰然怒射而出。

长剑透体而过！

死亡的剧痛在苏犹怜脸上一闪而过，九灵御魔镜的光芒被长剑深深洞穿，两具身躯凌空飞起，向满空飞羽烽火迎去。

就像是两只联翩的蝴蝶。

一滴清泪自石紫凝眼角滴落，她的双眸紧紧闭上，不敢看她的剑，也不敢看世间的一切。她知道，这一剑刺出后，她将再也无法回头。

再也无法！

蝶影翩跹，在猫眼形的碧绿光华笼罩下，直贯长空。

那被剑洞穿的柔弱身影，不知怎地，让李玄的心忽然痛苦起来。

他对这个影子没有任何印象，但那痛是如此之重，让他不由得力量顿失，双手捧着心口，痛到无法呼吸。

那是怎样的痛啊，顷刻间让他泪流满面。

他试着摆动定远刀，让烽火阻住玄鸟羽剑。但简碧尘御下之羽剑本就是这惊天一剑中的主导，李玄用尽全力，也不过让烽火微微散乱，却仍然被羽剑约束着，归拢成横贯长虹的一道。

李玄终于忍不住，嘶吼道：“不……”

“砰”的一声巨响，仿佛什么破碎了，又仿佛什么也没有。

羽剑骤然安息。

一片片镜光自苏犹怜身上剥落，每一片，都带着无数淡淡的影子。一片一片，从虚无中来，又归往虚无中去，掠过李玄的双手。

这双手空空地张在空中，无法把握住哪怕最微小的一片。

心在颤抖，仿佛被什么东西疯狂地撕扯着，却偏偏说不出来究竟是为何而痛。

李玄昂头向天，就见那片身影如落雪般飘下，他急忙抢上前去，紧紧抱住。宛如注定的一般，他们恰好身在五行定元阵的正中间。

一个满身烽火的男子，怀抱着苍白如雪的女子。

男子涔涔泪下，却连一个字都不知道该怎么说。

女子温柔地笑着，大片大片的雪涌出，她伸手，轻轻帮男子理平额头的覆发。

男子似乎要想起什么，却又始终不能，痛苦而迷茫地道："你是谁？"

"我是雪妖……"

女子柔声说着，意识越来越模糊。大片的白光不住从她的体内溢出，在周围飘荡着，一团一团，就像是温暖的雪。

她知道，自己即将回归那片孤独的雪原，永远沉睡在那里。

她吃力地抬起头，看着眼前这个男子，心中充满了悲伤。

还是无法想起我么？

她苍白的笑容中有无尽的苦涩：本来，我以为还有漫长的时间，把你空白的记忆填满；本来，我承诺过，要让你重新爱我。

可是，却没有了时间。

她抬起头，越来越淡的眸子，在白光的萦绕下，显得那么通透。

这目光，宛如一束来自九天之上的光芒，深深刺痛了李玄的心。

他几乎不敢直视她的眼睛，心却在剧烈地抽搐。他似乎能感到，眼前这个正在死去的女子，在他心中是那么重要，但却始终无法想起她是谁。

苏犹怜注视着他的挣扎，痛楚一点点攀爬上她苍白而美丽的脸。

——在我弥留的这一刻，你能想起我么？哪怕只想起一瞬间？

李玄将头埋入她胸前，紧紧抱住她纤弱而柔软的身体，似乎要从那越来越微弱的心跳中，听出他们曾共有的记忆来。

她透过他散乱的发，微弱地呼吸着，眼前是一片青苍的天幕，蓝得让人心碎。

他的拥抱几乎让她窒息，但她没有挣扎，只任他将自己抱得越来越紧。

她的心轻轻颤抖，每一次跳动都是一次述说。

诉说着书院窗棂外明媚的阳光，终南山上飞落的桃花。

诉说着两个人的誓言。

诉说着那个来自遥远故乡的七重考验。

终于，她的心跳微弱到连自己都无法感知，再也无力将那个故事讲下去。

——郎君，你想起来了么?

她濡血的脸上浮起一缕苍白而甜美的微笑：“——认识我么？我是谁？”

这一问，带着痛彻骨髓的战栗，带着生生世世的期望。每一个字，都那么艰难，每一个字，都铭刻上她的灵魂。

问出后，她仿佛耗尽了三生的力气，再也不能说出一个字，只默默地，抬起通透如琉璃的眸子，等着李玄的回答。

李玄全身剧颤。

她的目光就仿佛是岩浆般烧灼着他，让他痛彻骨髓，却无法摆脱。

痛得越剧烈，就越像是要想起什么来。一个影子模模糊糊的，在眼前飘动着，仿佛再近一点，就能看得无比清楚，但偏偏无论如何都无法跨近这一步。

焦躁，让李玄几乎疯狂。

“我不知道！我不知道啊！”

他觉得头好像要裂开，拼命地甩头，才能稍微清醒一些。

雪妖看着他，眸中的光芒渐渐黯淡。

这一刻，她心中还有无数的问，却再也无法问出口。

——愿意跟着我，到荒原去么?

——那里没有人，什么都没有，只有雪，只有寒冷。那是我的故乡，你若是去了，就是我们两个的故乡……

——你愿意么?

他甚至无法想起她，又如何能和她一起去那荒凉的雪原呢?

这一刻，她的目光是那么悲伤。

悲伤得让人害怕。

李玄紧紧抱着雪妖的身躯，声嘶力竭地痛哭着。他不知道自己为什么害怕，只觉得自己一生的珍爱，就要永坠黄泉。

渐渐的，雪妖脸上露出一抹微笑。

这微笑褪去了方才深深的失望、悲伤、创痛，显得晶莹无尘，仿佛天地间第一朵坠落的雪花，带着初冬的新凉。

这朵雪花缓缓飘坠在李玄心灵深处，无声地诉说着雪妖最后的祈求。

——如果，不能记起我。

——如果，不能陪我去冰冷的雪原。

——那么，留下来，不要离开，陪我度过生命中最后的时光。

愿意么?

李玄怆然痛哭，他读懂了她的祈求，拼命地点着头。

雪妖笑了，艰难地想伸出手，去拂去他脸上的泪痕。但她的笑容忽然凝固，冰冷慢慢包围她，她在李玄的怀里融化。

李玄失声痛哭起来。第一次，他感到自己是那么无助。

就算是紧紧抱住，再紧紧抱住，也一样会失去。

“我认识你么？”

“告诉我啊！”

那一刻，李玄的心仿佛被命运的齿轮寸寸碾碎，一次次化为灰土。

第一次，他无比希望，定远侯的神识从另一个世界赶来，来侵占自己的躯体。

我不要做李玄了。

那个坚毅的男子，应该不会有这么痛苦吧……

悲怆的声音，每一个字都传到了石紫凝的耳边，这令她的心一阵收缩。

她在伤害，伤害一段真爱。

石紫凝突然感到一阵厌恶，无比厌恶自己。但她不能停下来，因为她与她的石国，第一次见到了曙光。

她深吸一口气，心魔的力量隐秘地增生，将所有将落未落的力量全都聚合起来。心，会有这样的妙用，只要心向着一起，力量便会完全溶进羽剑中，向五行定元阵飙射而下。

剑华已不由她控制，激天而起。

太子看着这一切，慌乱的心终于渐渐安定。

还好，心魔最终没有背叛他们的盟约。

无论中间有了怎样的变化，这封魔一剑终于挥出。

虽然，这本该出自简碧尘之手的一剑，最终汇聚了定远侯、心魔的力量，借石紫凝之剑牵引而出。

但这又有什么分别?

他不知道心魔为什么要安排这些变化，但只要结果一样，就无所谓。

一丝阴沉的笑容，在太子唇际浮起。

第六枚棋子终于回到原来的轨迹，划出完美的弧度。

第十一章 黑云压城城欲摧

剑如雷落。

这一剑，聚合羽剑、烽火、心魔三种力量，在五行定元阵之助下，已隐隐有当年君千殇破天一剑之威。

即将承受这一剑的，仍是被困在五行定元阵中的石星御。

百年的光阴，仿佛被剑光劈开的巨大罅隙。

百年前，大散关外，那封魔的一幕，即将重演。

天地隐隐震响着，似乎要随着这一剑而陨落。

但九天之上，却传来太子一声惊呼。

惊呼声摇曳在苍凉的天幕上，这一剑太快，太急，连声音都无法追上。

这一剑，本是必杀之剑，却因为这声惊呼，骤然变得不祥起来。

五行光芒交织成禁锢住一切力量的阵法，以太初四宝为元枢，封印任何强大的神明。

但现在，五行的光芒，却在渐渐消失。

被禁锢在光芒中的五个影子，也慢慢聚合为一。

——合为那威严无比、连苍天都无法掩盖的龙皇。

石星御静静地凝视着苏犹怜，看着她一点一点死去。

就如他亲手杀死的一般。

九灵御魔镜碎裂后，五行定元阵就不再完整。

不完整的阵法，是困不住龙皇的。

于是，灭世之威严再现。

这一刻，他却不再杀戮，只是静静地看着这个他曾经最恨的雪妖。

看着这个曾用他最大的希冀骗了他、一心想要杀死他的女子。

看着她渐渐死去。

他心中兴起了一缕淡淡的怅惘。

太子满脸都是惊恐。

他难以置信，如此精妙的一个杀局，最终怎会演变成这样？

龙皇应该已经被封印起来啦！眼前所看到的又是什么？是噩梦么？

他使劲掴着自己的脸，想让自己赶紧醒来。

但，噩梦是没有终结的。

他悄悄地，向月宫移去。他要逃，若是还待着这里，他一定会被杀死！

封魔一剑，在龙皇面前碎成片片飞羽。

因为，五行定元阵已死去。

龙皇抬起头，看着石紫凝。

石紫凝眼中闪过一阵惊慌，随即便宁静起来。她紧紧握着手中的宝剑，任由鲜血滴在地上。

如今，她只有自己可依靠。

龙皇淡淡道：“今日你可明白？”

石紫凝盯着他，目光中渐渐充满了仇恨。

对于这个男子来说，天下太小了。

他将目光投向苍穹深处，轻轻道：“你体内有我的血脉，我不杀你。走。”

石紫凝一言不发，提着剑冲了出去。

大殿外，是无尽的晴空，万里寒光生积雪。

她禁不住踉跄起来，刚走了几步，就晕倒在冰雪中。

她已耗尽了所有的力气，所有的希望。

她的影子徐徐演化着，最终凝聚成一个消瘦而苍白的人影，从她的体内逸出，悬浮在空中。

心魔。

他凌空伫立，久久注视着昏迷的石紫凝，金银重瞳在阳光下，缓缓凝成猫眼般的一线，似乎在发出无声的叹息。

夺舍大法、复国之力，都是骗她的。

他本已和太子订立盟约，操控石紫凝来到大魔国，成为绝杀之局中的第六重大礼。

他无法改变这场绝杀，却有自己的打算。他的真正目的，只是为了在这最后关头，借她的生命阻止刺向石星御的羽剑。

封魔一剑。

他并不关心石星御的安危，也不关心这一剑被破坏后，将给天下带来多大的灾劫。他只是不能看到这封魔一剑，出自简碧尘的手下。

所以，他才苦心安排，让这一剑聚合了一切的力量，借石紫凝之手发出。

如此，龙皇被封印时那足以毁灭天地的反噬之力，就不会由简碧尘来承担。

——那是几乎吞噬天地的力量，在百年前，曾让君千殇也身受重伤。

心魔抬起头，目光投向那悬停九天之上的黑色凤羽，点点幽光从金银双瞳深处浮起，幽光中竟满含了绝难一见的柔情。

他破颜微笑，低声道："阁主……"

这两个字仿佛耗尽了他全部精力，他剧烈咳嗽起来，鲜血染红了破碎的衣襟。

良久，他止住咳嗽，拭去嘴角的血痕，叹息道："属下这样做，只因不愿看着你……独自和龙皇对决。"

"也不想，看你承受半点伤害。"

他将几乎难以凝形的右手抬起，轻轻抚在胸前。这个极为简单的动作，却用尽了他全身的力气，冰光下，那亦真亦幻的身体都因虚弱而不住颤抖，宛如一片灰白的落叶。

心魔用尽全力站直身体，抚胸向九天上那黑色的羽凤深深一躬，苍白的嘴角浮起一抹微笑："属下只能侍奉到此……以后的事……阁主要多保重……"

他的声音越来越低，终于被风吹散在虚空里。他的身形也缓缓破碎、消散，再度消灭为石紫凝的影子。

他已耗尽所有力量，在宿主心中陷入沉睡，久久不会醒来。

龙皇并没有去看这一切。

他只是沉默。然后，慢慢抬头。

苍蓝的眸子渐渐冰冷，月宫，却是那么清晰，悬在清凉天界之上。

杀戮，即将开始。

那是灭世的舞蹈。

每一个凌犯龙皇尊严之人，都将死！

太子惊恐地四下张望着。他发现，清凉月宫已无法庇护他。龙皇之威严才出现，便仿佛笼盖住了一切。巨大的恐惧紧紧攫压着他的心，他丝毫不怀疑，只要龙皇手一抬，他的身体就会裂为齑粉！

他再也不敢隐瞒什么，尖声嘶啸道："叶法善！"

他已不敢再提这是他的第七重大礼，现在，这些礼物都只有一种用途，那就是保命！

一个淡淡的影子在他身侧一闪。

那是个清癯的影子，羽衣长剑，星冠芒鞋，面相苍古，萧然冲淡。

他只出现了一瞬间，对着太子微微一躬，随即消失。

清凉月宫的光芒，却忽然亮了起来。

一缕金黄自桂树那巨大的躯干口腾起，迅速地升到了树梢上。树梢沉浮的金篆玉箓立即闪耀起来，映得整株桂树通透无比，宛如翠玉雕成的一般。点点金黄不住浮动，升沉在翠绿之间，幻变成数丈余长的黄金光泡，慢慢地溢出月宫，浮沉在月宫周围。

天空立时变得绚烂，一轮金黄的圆月周围，闪烁着千万点明星般的光点。

沉闷的战鼓声缓缓响起，宛如一个顶天立地的巨人，在以大地为鼓，震撼着每个人的心灵；又仿佛一只巨兽的心脏，被剖开在上古的残阳下，声声悸动。

鼓声越来越响，光泡仿佛幻影浮动一般，中间尽皆浮现出淡淡的影子。

每个影子都身长八尺，金盔金甲，手握金戈，肃穆而立。他们仿佛是上古战神，经历了一场血战，满身疲惫，驻马休息，一息就是千万年。直到那战鼓声响，才将他们的意识渐渐唤醒。

逼人的杀气，也自他们身上慢慢沁出。黄金色的光芒越来越亮，鼓得那光泡渐渐涨大，由一丈而扩为两丈。光泡内的人影，也随之长大，完全清醒过来。

每个人影都发出一声嘶吼，十万光泡，十万战甲连绵成一片，顿时形成一声惊天动地的战嚎!

天地风雷立即骤变!

光芒冲卷着凌厉的杀气，形成一片黄金色的战云，十万点光泡迅速挪移着，组合出乾、坤、巽、震、坎、离、艮、兑八种符号，战云亦同时分成八份，隐约呈现天、地、风、雷、水、火、山、泽八种形状，壮丽无比地耸立在北极天空。

那轮金黄圆月，就嵌在八阵的正中间。天地间的一切元力，都仿佛受了极大的牵引，疯狂地向阵中汇聚而去。

八种战云越来越烈，风雷之声轰得人几乎目盲耳聋。

天空与大地都在轻微地颤动着，仿佛无法承受这天地大阵的威能。

叶法善那消失了的身影慢慢在月宫之前凝结。八种战云形成的力量在他周围冲撞着，他就像是怒海中的一叶浮舟。

他双手抬起，一连串透明的符文自他手中飞出，消失在战云中。

顿时，战云疯狂地鼓涌了起来，慢慢地向他手中汇聚。

八种力量，八种天地间的玄妙，慢慢聚合成一个八卦图的形状，在他掌心缓缓旋转着，终于凝结成型，化为一张高达数丈的金色战旗!

战旗徐徐升起，悬停在叶法善身后，周围阵云翻滚，战旗却一动不动，仿佛在天穹中张开了一双金光灿烂的羽翼。

一声轻响，叶法善将旗轴从战旗中抽出。

——那不是旗轴，而是一柄没有锋芒的宝剑，黑黝黝的，似是桃木刻成，上面绘满了各式各样的符咒。

空气仿佛瞬间被抽空，金色战旗脱离了旗轴的束缚，顿时获得了无尽的生命，砰的一声临风展开，在虚空中猎猎作响，挥出数十丈的华彩，随时要笼盖万方!

同时，清音袅袅，自那柄剑身上发出，剑也仿佛有了灵气。

猛地，一点精光仿佛睁开了眼眸，倏然自剑身上腾起，贯入天宇深处。苍茫天穹上，一枚紫色的星辰同时闪亮，紫气透下，跟清光缠绕在一起。剑身上不住有眸子般的光华闪眨着，片刻功夫，一共闪烁出七点精光，而天地之间，也被七道清光、七条紫气贯满，天表之上，七枚紫色的

星辰闪耀着，肃杀至极，却又带了种莫名的凄艳。

叶法善小心翼翼地托着那柄剑，全身被剑上宛如眸子一般闪烁的七星之光笼罩。那柄剑渐渐伸长，直至百丈，所有的人，在它之前，都显得那么渺小。

药师老鬼的眉头深深皱起："太子，你竟强行将天地大阵的甲兵扩充到十万，这又该造下多少罪孽！"

太子狞笑道："为了杀掉龙皇，本王早已不惜一切代价。早知道李卫公心怀不忍，本王特意将此阵交予叶先生驾驭。这上承天地七星之力、下驱十万鬼兵的天地大阵，便是送给龙皇的第七重大礼！"

他猝然回头，满脸的狰狞立即全都化为了谄媚之色。

"简主，请与叶先生一齐出剑，杀了龙皇！"

简碧尘不动，淡淡摇头。

"我从不与人联手。"

太子的嘴角抽搐了一下。他的身形丝毫不动，只是背在背后的手，猛然抓紧。

"轰隆"一声响，一座玉台凭空在他身后出现，玉台上的玉刀铮然轻响，跃进了他的手中。太子看也不看，一挥手，刀准确无误地架在了玉台横躺着的人的脖子上。

龙薇儿仍在沉睡着，完全感觉不到玉刀上的杀气。

太子脸上的谄媚丝毫不减，柔声道："简主，请与叶先生一齐出剑，杀了龙皇。"

玉刀斜斜挑起，刀尖上发出一点光，牵住龙薇儿娇弱的身体，向外摔去。

龙薇儿的面容，安详得就像是刚开放的昙花。

摔出了清凉月宫。

无数金戈在她身周出现，金戈上的光芒将她围住，固定在空中。金戈缓慢地刺向龙薇儿。而同时，万人金甲组成的天地大阵闪电般移动，护住了清凉月宫。

太子柔声道："简主，龙薇儿只有一刻钟的性命。一刻钟后，要不是龙皇死，要不是龙薇儿死。"

他谨然一躬，缓步后退。

简碧尘的身形僵了一僵。

他居华音阁主之尊，纵横天下，从无人敢要挟于他。

只有这位太子，只有龙薇儿……

他默默存想了片刻，眼前光之凤羽再现，具化成一柄玄凤之羽剑，横亘身前。

就在此时，一柄金戈已刺穿了龙薇儿垂下的脚踝。

萦绕在李玄体外的定远侯之影，猛然回头。

火一般的目光，直灼空中急速旋转的天地大阵。

李玄的痛苦，让他心甘情愿地被定远侯的神识侵入体内，代替他，取代他。他不想再感知、再清醒。

此时的他，九成的神识都已为定远侯控制。

龙薇儿的血，从空中洒下来，慢慢溶进这丛火影之中，火影立即怒张。

那团模糊的火之面容，倏然变得清晰起来，李玄的心感到一阵灼痛，疼痛缠搅成一簇簇凌乱的力量，透过他的血脉灌输进定远刀。

一串心跳的声音自定远刀上传出。这柄闪烁着烽火的古刀，似乎变成了一枚灼热的心脏，滴着燃烧的血，不住地鼓荡着。

火影越来越清晰，定远刀直指苍穹，刀气隔空冲撞着天地大阵。

“公主……”

一个模糊的声音在李玄心底震响。

他的目光忍不住望向天空。

血，化成微尘，自龙薇儿的身体中溅出，纷纷洒向他的瞳孔，就像是漫天的落梅。

他的心凄痛无比，忍不住站起身来。

怀中紧抱的苏犹怜，摔倒在地上。

李玄的目光无法收回，他的身子凭空跃起一丈，向空中飞去。

苏犹怜像是雪，静静卧在地上。

她的眸子，在慢慢闭合，却仍执著地望着李玄。

——认识我么？我是谁？

李玄脸上现出一丝痛苦之色，双手用力抱住了头。

一些散碎的画面出现在他脑海中，他无法看清楚那是什么，只是觉得好痛苦，好痛苦。

龙薇儿的血缓缓滴下，那些画面倏然变化，无比清晰地闪现出来。每一抹都如在目前，每一抹都带着那个洁白的影子。

神山，妖湖，魔宫，大漠……

巨大的声音在他脑颅中贯响着："公主……"

那是多么深情的呼唤，穿越了无比沧桑的岁月，带着漫漫黄沙铁血，将他深深埋住，无法呼吸。

但他只想看清楚那些模糊的画面，他不想去想什么公主，魔王。

他的双手使劲撕扯着自己的头发。

他狂乱地怒吼着，但他的神识，已为定远侯控制。

他的痛苦，也已那么渺小，无法撼动那个坚毅的男子。

"公主……"

他的一只手伸出去，想要拥抱苏犹怜。

但另一只手，却执着定远刀，傲然怒指苍穹。

他就像是上古的巨人，被从中劈成两半，面临着截然相反的命运。

苏犹怜的眸子慢慢闭合。

龙薇儿的血缓缓滴下。

都是一生的眷恋，无法割舍。

认识我么？

记得我么？

记得曾经的许诺么？

记得那彻骨寒冷的荒原，与孱弱孤独的雪妖么？

记得绛云顶上的风么？

记得为我而刺入胸膛的一剑么？

记得苏犹怜么？

李玄的泪涔涔而下。

他不记得。他不记得啊。

但那又是多么深的眷恋，纵然被剜去了，却依然留下痕迹，永远无法填补。

他终于看清了，他心中的空，就跟这只雪妖一模一样，一样大小，不差分毫。

但是他不记得她啊。

烽火轰然怒烧，无数透明的火之旌旗、战甲在他身周隐隐出现，带着西域之黄沙，大漠之苍凉，更助长了烽火之威势，幻化成无边之战阵，逆天而起，激荡成杀伐之风云。

那是定远侯在催促他。

李玄的脸色惨变，火烈之战纹在他脸上出现，他的心已几乎完全被烽火控制。

那是从他心中迸发出的力量，完全无法抵挡。

他要完成定远侯的传奇，他要拯救他的公主。

这是他的宿命。他无法抗拒，只能用全部身心，去迎接烽火的洗礼。

但，为何那么悲伤?

他已无法再拒绝。

李玄的意识逐渐模糊，已无法再看清楚躺在地上，正在死去的雪妖。

迷迷糊糊的，他仿佛看到了一幕幻景。

那是个美丽的雪原，干净，通透，不染半点尘污。

那里，飞舞着一只小小的雪妖。

雪妖也是那么美丽，美丽而温柔。

“愿意跟我在一起么？”

“愿意！”

“永远永远陪着我么？”

“永远永远。”

他们像孩子一样拉着手，笑着，跑远了。

那是多么美丽的梦。

让人泪流满襟。

李玄腾空跃起。一串火泪坠下，在苏犹怜身侧熊熊燃烧。

李玄化成一道流星，向天地大阵投去。

他所有的怨恨悲伤，全都贯注进了定远刀中，一道燃开火焰之河，向天地大阵怒轰而去。

那个幻境，只出现在李玄心中。那美丽的故乡，只有两个人的世界，却无法让苏犹怜看到。

她只能迷蒙地看到，李玄驾驭着漫天烽火，飞向前世的承诺。

离开了她，飞向别人的传奇。

无法忍受的冰冷，像是雪，将自己慢慢包围。

在自己的荒原上。

幸好，就要死去了……

她合上双眼。

这样，就不须看着他飞向另一个女人。

不须看着他与别的人生死缠绵。

不须看着最爱的人的三生轮回，不是与自己。

静静地，感受生命的河流流淌到了尽头。她的血，漉尽了，沥干了，全都洒进了北极冰冷的土地中。

第十二章 玉星点剑黄金轭

李玄如一团火，撞进了天地大阵中。火与金立即搅成了一团。

那是他的宿命，永远永远无法摆脱的宿命。

那是刻在荒漠绿洲之崖，镌在幻蜃天堑之墟上的铭言，永远不能违背，永远无法解脱。

“定远遇承香公主于此，千秋万世，永不相弃。”

“心远自定，唯香是承。”

两柄剑，两道闪烁于天地间的杀气。

如上古玄凤，御飞翔而为杀戮之羽剑。

如诸天星辰，挟阵云而为肃杀之星剑。

双剑并张，沉凝灵动之气共舞，组合成完美的杀阵。

直指龙皇。

天地大阵，十万神兵，第七重礼物。

龙皇的手缓缓抬起，苍蓝色的发垂下来，在他身后形成一束流泻的星之尾羽。

星御。

他就像是刺破苍穹的彗星，带着来自另一个宇宙的无上光华，瞬间照亮了万古沉寂的夜幕。

无论什么杀戮，在他的威严面前，都显得那么可笑。

他随时都可打破它，就像是打碎一只盛满葡萄美酒的琉璃盏。

却倏然停止。

五行定元阵，重新迸射出毫光。

那是绘在禁天之峰上的阵图，此时一段段连接起来。巨大的五行影像凌空出现，疯狂地吸噬着夭红的新血。

苏犹怜的血。

龙鼎血华，泥犁盘，清凉钥，雪天锋，被次第点亮，却全都是血红色。

苏犹怜的血。

即将死去的雪妖苍白如纸，无人问津地躺在阵法中央，她的血成了引导这个阵法的关键。

于是，五行定元阵再现，不是封印龙皇的光之阵法，而是由暗之秘宝催发的魂魄聚敛之阵。

龙皇猝然动容。

星之杀气自他身上消失，完完全全地消失。

他转过身，死死盯着这个阵法。

光之羽剑，暗之星剑，都无法引起他丝毫的关注，他盯着这个阵法，脸上呈现出一抹震惊。

他忍不住一步步向这个阵法靠近。

近得能沐浴阵中的光芒。

龙皇的威严与力量宛如冰雪砌成的圣殿，在这光芒的照耀下缓缓崩摧。

他仿佛能真切的感受到，百年杀戮的无边罪孽，化为沉沉实质，坠压着他的身体。只有这座法阵的光芒能完成他的救赎。

他饱含泪光，死死地盯着阵中的每个变化。

一道清光自苏犹怜胸口腾出，直冲苍天。

湛蓝的天幕，两个淡淡的身影。

“相信自己的心，替我活下去。”

“替我看着，这一切的终结。”

“替我埋葬，这所有的因缘。”

一个身影将手轻轻按在另一个的胸前，淡淡的光自她身上发出，传递进了对方的身体中。

于是，温暖的光在苏犹怜心中汇聚，幽幽闪烁着。

一声悠长的叹息响起。

天地间最后的那缕光芒，终于停止了孤独的漂泊，找到了栖息之地。

慢慢地，一个娇媚的笑容在光中凝结，向着石星御盈盈一笑。

石星御周身剧震。

九灵儿……九灵儿……

我终于见到你了……

你为什么不肯见我？

我的威严、我的国度、我的生命都是为你准备的啊！

我的痛苦、欢喜、威严、尊荣，都只为你。

为你盛开，为你凋谢。

他不禁伸出手去，想要触摸天幕中那缓缓消失的幻影。

泪洒衣襟，一点点冷却着他狂乱而残忍的杀意。

九灵儿……我终于知道你在何处了……

原来，你将三生石交给这只雪妖时，最后的一线魂魄，已寄身在她的体内。

难怪，我上天入地，遍索三界，也找不到你的踪迹……

他猛地上前一步，紧紧抱住那具将要死去的身体。

你不会死……

我绝不会让你再度在我面前死去……

我不能失去你两次，绝不。

光芒，自他体内腾起，中间包裹着一条小小的，精光闪耀的龙。

泪水，从他苍蓝的双目中无声坠落，温暖着苏犹怜渐渐冰冷的脸。

光龙夭矫翻腾，向她身体降下。

你不会死的……一定不会！

我要永远、永远跟你在一起，再也不会失去你。

九灵儿……

大地轰鸣，禁天之峰的残骸猛然陷落，迸发出一阵剧烈的震荡。三团百丈大的紫芒，缭绕着无穷无尽的封神炼魔绝灭光线，向龙皇轰去。

那是悬挂在半空中的紫珠，被龙穆以大乘佛法震碎，所形成的巨大冲激。

这紫珠乃是九极定乾旌的精华，九十九名妖魔均非泛泛之辈，却被这紫珠死死镇压在地底，紫珠威力，可想而知。

此时，受了大乘佛法的引发，紫珠中蕴含的绝灭光线宛如煮沸了的水一般，滚涌不休，三团紫火挤压爆炸着，向石星御猛轰而下。

石星御却仿若无觉，只凝视着怀中这个正在死去的女子。

他的全部神思，都倾注在她身上。

绝不能失去你两次……

他的龙力化成细细的光，牵引成龙形，没入那具几乎没有温度的身躯，一点一点，引发着早已枯竭的生机。

此外，就算天塌地陷，他都不看一眼。

紫芒电转，轰然击在石星御的背上。

冲天龙气迸发，化成一条透明的巨龙，将石星御护住。三团紫芒宛如天雷一般怒震着，幻化成千余丈长的一道紫电秘雷，完完全全地、毫无阻挡地击中巨龙。

莽苍的龙啸贯穿宇宙，这条龙影慢慢变淡，消失在北极冰冷的风中。三团紫电也逐渐暗淡，嘶嘶作响着，化为尘芥。

石星御一口鲜血喷出，脸色立即变得苍白。

这条巨龙乃是他的身外化身。是他在元神之外、用超凡入圣的修为所炼成的第二元神。若是正面对阵，有他的威严指引，什么样的攻击能够伤巨龙分毫？但现在，他的全部心神都在怀中女子身上，那巨龙几乎是自发地保护他，又怎能受得了封神炼魔光线的雷霆一击？

巨龙消散，他的心神立即受了重创。

但他全然不顾。

他的世界中，只有怀中这个娇弱的身躯，这苍白的面容。

他全身，全心，都在维系着她渐渐消逝的生命。

“出剑！”

太子一声厉啸。

简碧尘脸上闪过一丝怒意，但终于强忍着，手向下一划。

玄凤纷飞，无数光羽散乱，化成漫天剑华。

玄凤，盘旋直上天宇，刹那间天地晦暝，无数星辰在玄凤身周闪现，化成一道道凌乱旋绕的星图，与玄凤相合为一，轰天而下。

七枚紫辰全都暴散，化成最精纯的力量，沿着紫气清光盘沿而下，灌输到星剑之中。

这一剑，连一座城池都能劈开！

但七星剑如是威猛，都无法掩盖玄凤羽剑的光辉。升腾的四翼之凤，就像是一切生灵的王者，在它面前，万物皆只堪臣服，只有罪孽，只能等待它的垂罚。

清凉月宫一阵剧烈的摇晃，竟被这爆发出的巨大力量震得倒退三里多，巨大的桂树轰然飘移，良久才稳住。

北极之地，仿佛遭受过灭世天劫一般，满目疮痍。

禁天之峰，或者大魔国，全都不在了，只有一个巨大的深坑，深得仿佛已洞穿了地肺。幽微的火光从深不可知处透出，隐约照出炼狱的影像。

一切已成废墟。

没有人，没有建筑，没有声息。

整个大魔国，仿佛成了一片死寂的空洞。

太子爆发出一阵狂笑。

“石星御，你终于死了！”

药师老鬼咳嗽了一声，道：“太子。”

太子的狂笑立即扼住。

尘埃飞扬，徐徐散开。

巨坑深处，石星御依旧双臂环绕，紧紧护着怀中的女子。

龙气微淡，自他口中吞吐，没入女子体内。淡淡的光芒，自她体内升起，化为身周萦绕的光影，将她与这末世浩劫隔开。

他已完全不具有龙皇的威严。

先被紫珠击散身外化身，又经简碧尘与叶法善联手一击，他原本百劫不灭之躯，已遭巨创。

一道剑痕，自肩胛贯下，斜斜划过整个背脊，露出森森白骨。

但没有一丝血流出。

这道剑伤，在入骨的一瞬间，就被巨大的力量灼焦，将所有创痛全都封入骨髓，让这伤口永不愈合、永远燃烧着蚀骨的剧痛。

苍蓝长发几乎全都焦灼，化为漆黑的色泽，被乱风吹散在女子苍白的

娇靥上。那女子却没受到丝毫伤害，连衣角都没被掀动半点。

石星御的脸上依旧浮着淡淡的笑容，静静凝视着她。

如果这个世间没有真爱，那我就相信我的心。

天地崩摧，星陨月坠。

我也要亲手为你隔绝出一片世界来，让你一尘不染地活在里面。

为此，我不惧满身疮痍，形神俱灭。

太子的惊慌慢慢消散，他终于看清楚，此时的石星御不再是那个无所不能的龙皇。

他长舒了一口气："降天罚。"

梦幻泡影再度明亮起来，战云缓缓凝结。

北极之上的天本是湛湛晴空，呈现出纯粹的蓝色，此时被天地大阵一逼，天幕竟染上了一层妖异的金黄。战云带着浓重的肃杀之意，慢慢地向阵中心的月宫汇去。

月中桂树在一片金黄中，显得那么清晰，那么宁静。

叶法善星剑铮然一弹，剑上七眸一阵闪烁，清光暴散，掺杂在翻滚的战云中，向桂树涌卷而去。

天香披拂，桂树枝条仿佛接受了极大的滋润，渐渐滋长，几乎攀爬上了空中那张金色的战旗。战旗卷着九天罡风，将清光、阵云一起包裹起来，循着桂树枝干慢慢纳入梢头浮沉的金篆玉箓中去。

"啪啦啦"一阵巨响，空中突然炸开几千朵雷火。

雷火寂静，悬浮空中，就仿佛是琉璃烧就，光莹婉转，夺目至极。叶法善的面容却极为凝重，星剑缓缓移动着，生恐惊动了这些雷火。符咒雪片一般飞去，打在雷火之中，那些雷火慢慢汇聚在一起，猛地爆发开来。

一条千丈雷芒倏然在空中拉开，带着灭世之威绝，向石星御凌空劈下！

这一击，蕴含了天地大阵与清凉月宫的至高威能，这一击施展后，叶法善脸色骤然苍白，一口鲜血喷出。

这一击，绝非血肉之躯所能承受。这是叶法善与太子在战前精心推演的一击，融合了天地大阵、清凉月宫、叶法善、太子的全部力量，本就是与全盛状态下的龙皇决战用的。

永劫雷火，便是他的第八重大礼。

他对之有着绝对的信心。

石星御却只是淡淡微笑望着怀中女子，不避，不闪。

金黄的雷霆轰在他身上，他一动不动。

鲜血，自他嘴中沁出。他咬住牙，不让它喷出。

他静静地承受住天劫地变，用温柔与坚忍，守护她。

这是他为她隔绝出来的世界，不能让任何人打搅。

哪怕是自己的血。

所有人都禁不住动容。

雷火轰击下，天地万物、芸芸众生都被强行剥夺了所有色泽，化为惨白的影子，只有这个男子脸上的一抹微笑，还保存着动人的颜色。

那么沉静，那么温柔，仿佛天空中最后一颗星辰，孤独照耀着这即将化为劫灰的世界。

山岳哀鸣，似乎也被这静静的微笑所打动。

北极之地，已完全成了一片废墟，就算上古黄帝与蚩尤的洪荒一战，也未必惨烈到这种程度。

焦灰中，石星御缓缓抬头。

他仿佛受了千年酷刑一般，人世间所有的折磨，全都具现在他身上。

他的蓝发，化为墨黑；他的血，几乎干枯；他的一半身躯，几乎化为了骷髅。

龙皇宛如苍天之威严，在神雷暴轰之下，陨灭殆尽。

但他仍执著地用那只完好的手臂，轻柔地搂着怀中的女子，静静微笑着，守护她。

他轻轻低头，龙气微茫，几乎只剩下游丝般细，从口中吐出，毫无保留地灌输到她的身躯里。

无论什么样的伤，什么样的灾难。

他不放手。

叶法善呆了呆。

他没有想到，石星御居然完全不招架，不还手。

这还是魔么?

他迟疑了良久，长剑再指，金黄色雷火慢慢凝结，具现，化成千丈绝灭神雷。

这是他的使命，他无法停止。

石星御必死。

这一雷轰下，石星御残存的龙气，就将灰飞烟灭。

一切都会结束。

然而石星御的身躯，仍然一动不动。

因为他已感受到了一线微茫的心跳，只要再多一点、再多一点时间，他就可以救活她。

他与她的爱情，就将跨越天人生死之隔，重新相聚。

而只要他的手一离开，只要龙气断绝分毫，怀中的这个女子，就会死去。

他不能失去她两次。

所以，就算魂飞魄散，形神俱灭，他也不放手。

神雷轰然落下，星陨月坠。

石星御温柔微笑。

苏犹怜的脸渐渐透出一抹娇红。

这一切，却都将在神雷击下的瞬间，化为灰烬。

石星御嘴角沁出的血，在他残破的衣衫上，划出一道浅浅的皱纹。

突然，一道烽火逆天冲起，重重击中神雷。叶法善全副精力都放在龙皇身上，哪里还能防得了这一击？烽火炽烈地燃烧着，透入到神雷中，立时就仿佛两军交战，万千兵马轰然撞到一起一般，那道神雷搅着烽火，立即炸了开来。叶法善躲闪不及，一条左臂立即被炸得粉碎！

他急忙连画几道符，将伤势镇住，就见烽火漫天，向天地大阵上罩去。他不由得骇然变色，星剑一引，一道剑气向烽火刺下。

铮然声响中，烽火中探出一柄刀，叶法善与之一接，身子不由得剧震，几乎摔落空中。那柄刀也不管他，向着天地大阵又是一阵怒冲。

漫天烽火，片片洒落，合着一声声暴响的雷霆。

却无法遮掩石星御嘴角的那一丝微笑。

因为，他终于看到，她慢慢睁开了眼睛。她的脸颊上，泛起一点嫣红。

他，终于，挽回她的生命。

他，还求什么？

他三生中许下的无数诺言，都在这一刻兑现。

第十三章 欲说春心无所似

苏犹怜静静地望着他，目中神光变幻着，有时冰冷，有时温和。有时纯洁无瑕，有时饱经沧桑。有时欢喜，却又有时冷漠。

重生后的身躯，在风中轻轻颤抖，无比脆弱。

她的心也是一样，宛如一丛已破碎的琉璃，本已散落空中，却又被强行聚拢。新生的痛楚剥离了它的一切防御，将它变得如此柔软，哪怕最轻的一粒微尘，都会进入心灵深处，带来刺骨的痛。

记忆，仿佛千丝万缕的线，交缠在一起，不停地在她心中蠕动着。她的心，反而变成了一个空壳。

那是无数的记忆。

仿佛一只雪妖，赤足站在冰冷的雪原上。

仿佛一只天狐，飞翔在美丽神秘的禁天之峰中。

仿佛遭受万种凌迟，却仍默默看着人间的灯火。

仿佛独坐在巍峨的宫殿中，却感受着情人离别的苍凉。

她爱着，被爱着，伤着，被伤着。

隔了万丈红尘，隔了生死轮回。

隔着一个拥抱的距离，看着那张无比陌生，无比熟悉的脸。

凝望，漫长得就像是一场凌迟。

天外，烽火灼烧成剧烈的云，猛烈地撞击着十万鬼兵组成的天地大阵。

阵中困着一个注定要备受疼爱的公主，也在静静等待着英雄的拯救。

隔着一个拥抱的距离。

苏犹怜不敢去看，因为每看一眼，都是深深的伤。

每一次，烽火出现，九灵御魔镜在她心中运转，都会带来重生重死般的剧痛。

伤的是她，守护的却是别的女子。

始终是别人的生死，别人的传奇，别人的三生啊。

她伤尽了自己，都无法成全。

她不看，所以她也无法看到烽火紧密包围中，那一滴被焚尽的泪。

她只记得，就是这个人，这个最爱她的人，在那一刻，口中喃喃唤出“公主。”

而后，他秉着她给予的羽翼，飞向他的公主。此后，他们将不再分离。

没有什么能够阻挡他们，因为，他的心已经空了，恰好可以承受一份爱情。

然而，她不是他眷恋中的公主。

那个静静躺在天地大阵中的人，不是她。

她的心也空了很大的一块。那是九灵御魔镜被击碎后的空隙。

但，谁来填补这块空隙？

谁来拯救她？

她被抛弃了，像垃圾一样丢弃在寒冷的北极大地上。丢弃在对别人的传奇的成全中。丢弃在她最需要他的时候。

那么决断，那么无情，任她无人问津地死去。

这是第一千零一次背叛。

她曾那么那么爱他。

那么那么爱他。

石星御微笑地看着她，泪水风干在衣襟上。

苏犹怜仿佛是一块冰，反射着照射过来的陆离的光。

她已经一无所有。

石星御轻轻抱住她，他们之间的距离，已不再是一个拥抱。

“你是我的九灵儿。”

石星御温柔而坚定地说。短短一句话，牵动创痛，鲜血不住从他的嘴角流下，点滴坠落在她的唇上。

她忽然感到，自己的唇竟是如此干涸。

九灵儿。

这三个字像是清水，流进她早就枯竭了的心中。却又迅速化为刺痛，深深没进她的灵魂深处，再也无法拔出。

轻轻地，她抬手，犹豫着，指尖触上了石星御伤痕累累的胸膛。

一股熟悉的力量立即钻进了她的身体来，给她带来温暖。

那湛蓝的眸子是那么苍远，仿佛有什么东西快要想起，却又始终不能。

泪水，立即沾湿了她的双睫。

她的双手，慢慢向上，滑上了石星御的脖颈。在这里，她感受到了同样的力量。她用力搂住了他，紧紧贴了上去。

“——认识我么？我是谁？”盈盈浅笑，说出重生后的第一句话。

同样的问，她曾提起过，在垂死的那一刻。

这一问，对她那么重要，带着三生的祈盼，也带着死亡前最后的记忆，带着重生后脆弱的期望。

上一次，那个口口声声说最爱她的人，没有回答。

她静静地看着眼前这个男子，目光是那么迷惘，似乎还没有把他看清。

但她却认真地等待他的回答。等待着命运亲手弥补，她上一次生命中最大的亏欠。

她等待着，若还是那句冰冷的话，她宁愿立刻重坠死亡的炼狱。

然而，这一次，这个温柔拥抱着她的男子，却没有一丝犹豫：“九灵儿。你是我的九灵儿。”

那一刻，所有苍白的一切坍塌，化成一样白，但却是如禁天之峰一般妖白的雪。

是的，雪妖已经死去，她已经重生。

她该翕动着九对羽翼，飞舞在那双臂膀为她撑起的天空上。

因为，那里，有着只有她一个人享受的爱怜。

她曾经经历了三生，听过无数遍那个允诺。

她笑了，笑得很媚，很妖。

笑得眼泪落下。

原来，我是九灵儿。

烽火，重重斩在天地大阵上。

赤红色的战云随着凌厉的刀锋出现，与天地大阵腾起的金黄色战云撞在了一起。惊天动地的杀伐声，随着这一击而具现。

冲天烽火中，隐隐出现无数西域勇士，混杂在旌旗，烈风，黄沙，号角中，向着天地大阵怒冲而下。而天地大阵中风雷水火之势大作，八种战云相互为用，组合成一个巨大的太极形状，仿佛世间万物，都可包容其中。金黄光泡飞舞着，金戈将士们宛如降世神将，威猛灵动至极。

烽火风雷，刹那间搅在一起，合着沉闷而激烈的战鼓声，奋战冲杀。李玄双目如血，似乎已被烽火完全控制住，定远刀带起血海般的浪涛，向着天地大阵不住轰击。

那股悍烈之势，就连天地大阵也不由得受了压制，金黄战云渐渐有凌乱之像。

亦是因为，大阵的八成威能，已被叶法善以秘法提取，去对付龙皇。残余的两成威力，当然无法抵抗定远侯那穿透三生的强悍意志。

太子吃惊地看着这团烽火，一时竟忘记了向简碧尘、叶法善下令。

他尖叫道：“他在发什么疯？”

他笔直指着李玄，声音中充满了愤怒：“他发什么疯？”

药师老鬼叹了口气，微摇着头，没有说话。

太子脸色骤转狞厉：“我杀了你！”

他的左手重重一握。

李玄一声惨叫，猛地自空中跌落。

九天桂实已在他的体内生根，裹住那枚清凉钥，蔓延在他的经脉中。太子在这虚空重重一握，李玄就觉得自己的心被绞痛缠住，所有的力量都不由得一窒！

李玄砰然跌在地上，身外火影涣散，昏迷了过去。

太子阴笑了一声，五指就要再度捏紧。

药师老鬼的警告声突然传来：“太子小心！”

太子脸色一变，立即退后三尺，他的身子猝然顿住。

石星御终于站了起来。

却已不再是傲绝天下的龙皇，而更像是跋涉了一千年的流徒。

他历尽了尘世间所有的苍凉，受尽了天底下最残酷的酷刑。

他如同上古的修行者，用坚忍的苦行来乞求上天的仁慈。当岁月灰飞烟灭，遍历肉体所不能承受之痛后，他的手中，终于放满了神明所降的礼物。

而此时的他，满身创痛。

残缺，血污，尘土，尽皆覆盖在他身上，他本傲岸如龙的身躯，此时满是血秽。

但，他的脸上仍绽放着温柔的笑，轻轻拥着苏犹怜。

他抱起她，另一只手抚过她的鬓边，将被风吹起的乱发拢住。他的动作是那么轻，生怕多用一分力，就会弄痛她。

苏犹怜偎依在他坚实的胸前，孱弱得就像是一片雪羽。她轻轻闭着眼睛，安享在他为她营造出的小小的空间里。

——这就是千年来，梦寐以求的幸福么？被爱，被守护，被纵容的幸福，终于借另一个女子的名义，错误地降临在她身上了么。

她睁开双眼，新生后的目光有些迷茫，穿过石星御飞扬的长发，轻轻拂过熟悉又陌生的天空、大地、浮云，最后再度投向墨云翻涌的天地大阵。

她看到了龙薇儿，心中泛起一些酸涩。

承香、龙薇。

三生轮回，也抹不去命运对她的眷顾，她是注定要受宠爱的公主。

前生，定远侯为她挥戈西域，决战黄沙；后世，谢云石、简碧尘……或以倾绝天下之风华，或用强极一时之力量，执著地为她遮蔽风雨。

当然，还有李玄。

注定要受宠爱的公主……为什么，不是我？

为何上天总是如此残酷，剥夺苍生的幸福，却只将眷顾集中在少数几个人身上？

绛云峰顶上，她对龙穆说，我不是公主。

那一句话刺痛了龙穆，也刺痛了自己。

是的，她不是公主。她不过是一只被命运剥夺了幸福的雪妖，离群索居在冰雪覆盖的荒原上。

一千年来，也曾有人、魔、仙灵来到她的雪原。他们觊觎她的身体、她的元丹，一次次欺骗、伤害她，无情地破碎她所有的梦。

却没有谁将她当作公主。

公主，在世间多情女子的心中，不是一个封号，不是一个权位，而是骑士那甘心跪于裙下的挚爱，和王子温柔捧于掌心呵护啊。

她不是公主，只是一只小小的雪妖。

可谁又不想成为公主？谁不愿在如花的年华中，安享锦衣玉食，也安享父皇的权位、万民的敬仰、王子的爱情？

苍穹辽远，命运的声音仿佛在遥不可知处响起。它原本残酷的威严，第一次显示出一丝仁慈：

——以前的雪妖已经死了，你是九灵儿。

——在他的怀抱里，你可以享有天下最强者的爱情，得到比一切公主都要尊贵的荣光。

——我曾亏欠你的一切，都将给予补偿。

这些，没有任何人可以质疑。

苏犹怜的眼泪却禁不住坠落。

命运啊，你曾经那么多次，残忍的夺走属于我的所有，这次却把一份本属于别人的眷顾，错交到我手上。

这是多么残酷的补偿！

石星御静静地看着她，仿佛也感受着她心中的痛。

他抬手，拂去她脸上的泪痕，柔声道：“我再也不会让你受任何伤害。”

“再不会。”

寒气，自他背后散出，迅速地在空间中弥漫开来。他的怀抱仍是那么温暖，但森寒却在这瞬间充斥了整个大魔国。

冰，自虚无中凝结，在他脚下具现，形成一座巨大的透明之峰，托着两人慢慢升起。

渐渐支入苍天，以那轮金黄的圆月为背影。

禁天之峰，重新在大魔国的土地上崛起。

苏犹怜合上眼，她能感受到，巨冰清脆地响着，垒砌出一座崭新的苍蓝圣殿。

幕幔缓缓飘摇着，覆盖在她的周围。

他轻轻松手，将她放在一座巨大的冰座上。幕幔降落，将她的视线遮蔽。

他将最柔软的丝绒覆盖上她的身体，又轻轻掖好被角，哪怕最轻柔的微风，也不许碰触她的身体。

这是他为她隔绝出的一个小小的世界，只有温情，没有打搅。

苏犹怜的身躯在轻轻颤抖着。这个世界能维持多久呢？她能感觉到，龙皇的力量已降到了最低，维系她生命时所受的伤，几乎夺走了他所有的生机。而重铸禁天之峰与苍蓝圣殿，差不多耗尽了他残存的力量。

他要让她成为公主，有自己的山峰，自己的城池，自己的宫殿。

她却不敢睁眼看他一眼。

她怕看到生死的悲伤。

龙皇的声音柔和地传了过来：“你等我。”

苏犹怜有些错愕地抬起头。

他的微笑是如此温柔，却又仿佛带着天空的青苍，广袤，深远。仿佛只要笼罩其下，就一切都不必再担心。

苏犹怜还未来得及回答，左手已被他握住。

他轻轻抬起她纤长的手指，温柔地放到唇边，却并没有轻吻它们，而是久久沉默，似乎在用心感受指间传来的每一丝温度。

苏犹怜苍白的指节碰触着他的呼吸，禁不住有些颤抖。

石星御抬起头，湛蓝的眸子望向远方翻滚的阵云，目光中渐渐透出深邃的寒芒。

然而他声音却那么轻柔，仿佛诉说着只属于两个人的誓约：“看着我。”

“为你，斩将、夺旗。”

他将她的手放回绣被中，轻轻盖好，仿佛在呵护一株易碎的花。

苏犹怜的心一恸。

眼前这个男子，就仿佛传说中的武士，在即将出入千军万马的前夕，不问天下，不问强敌，只怀着爱与虔诚，来向他的公主辞行。

而后，他将血洒大地，摧城拔寨，挥剑将敌将的首级斩落，在千万人惊惧的目光中，轻轻捧到公主的面前。

这多么像是一个梦啊。

每个想成为公主的少女，都曾做过的梦。这个梦曾在荒凉的雪原上，被苍古的风吹冷，结为冰雪。如今，终于在不知从何处垂照的阳光下，点滴融化。

热泪禁不住落下，打湿了苏犹怜的眸子。

——这多么像一场梦啊。

——或者，我刚才已经死去，正沉睡在冰冷的雪原上，现在的一切，不过是走向死亡时最后的幻景？

她心底深处突然升起一种恐惧，害怕自己会在某个不经意的时刻惊醒。

那一刻，天空的青苍、微风的清凉、拥抱的温暖都将无情的离她而去，然后，她将永远沦入那无穷无尽的黑暗。

重生后的躯体禁不住战栗，她感觉到，龙皇慢慢走出了苍蓝圣殿。他的力量忽强忽弱，就像是萤火虫在夜间闪烁着。

她感觉到，他站在禁天之峰的峰顶，俯瞰万千兵马。

那一个爱着她的男子，走入千军万马，为她而战，为她斩将，为她夺旗。

这是多么让人心碎的传奇。

然而，这个传奇，似乎在刚开始的一刹那，就注定要破碎。

小小的禁天之峰下，布列着怎样的战阵？

封魔之阵、十万鬼兵、清凉月宫、玄凤之剑、天雷劫火……

她不禁轻轻哭泣起来。

傲岸天下的龙皇，拿什么来对抗这些？

第十四章 黑旗云湿悬空夜

石星御仰起头，盯着已化为墨黑的天空。黑云翻滚，一面金色的七星战旗猎猎迎风，上面不时有七彩符咒显现，满空杀气蒸聚。

简碧尘，叶法善，羽剑星剑横空，宛如两道天堑，横亘在他面前。清凉月宫桂树披拂，不时蕴藉出金黄色的天雷，以及月宫之外，密密麻麻布列的以秘法炼成的丁甲神兵。

这些，的确不是现在的他所能抗衡的。

石星御轻轻咳嗽着，吐出一口血。

血在掌心中摊开，是淤黑的颜色。伤口深邃的疼痛侵蚀着他的神髓，他的身躯在迅速地残破，崩坏。

自百余年前顿悟剑道以来，今日是他力量的最低点。

他从来没有想象过，他会以这么弱小的力量去仰视别人。

就算百年前，对战强绝天下的君千殇，他依旧威严如天，不逊分毫。

只是如今……

他苦笑了一下，手掌握紧，将淤血握在手心。

手扬起，指向叶法善。

“我要杀你。”

声音淡淡的，遍身鲜血自创口流下。

石星御傲岸地伫立在十万甲兵、滚滚阵云前。

一个人的傲岸。

太子吃惊地看着龙皇，忽然捧腹狂笑起来。

“你要杀人？”

他轻蔑地瞥了瞥龙皇那傲岸的姿势，冷笑道：“该做这个手势的是我，不是你啊！”

他学着龙皇，攥紧手，指向禁天之峰。

“我要杀你。”

伴随着疯狂而得意的笑声，太子下令：“简主，叶先生，杀了他！”

简碧尘微微蹙着眉，盯着龙皇。

他的鹤氅纹丝不动，青铜雕出的魔神像闪着诡异的光芒，却透出一丝悲悯。

他淡淡道：“如此情形，何须我出手。”

他伸出两根手指，抓住羽剑，轻轻一拗，玄凤羽剑“啪”地断成两截，光羽碎了满地。

简碧尘淡淡道：“太子请自便。”

太子双目中闪过一阵狠辣的恼意，但随即格格笑了起来，似乎简碧尘临阵退缩，并非对他的大不敬。

他缓缓鼓掌，道：“简主果然仁心义骨，对敌人都这么慈悲。那就请叶先生出剑吧。”

叶法善点了点头，携十万阵云之威的七星剑横出，指向龙皇。

他并不怜悯龙皇，在他看来，除魔即是卫道。

龙皇没有看他，淡淡道：“谢谢。”

这句话是对简碧尘而说。叶法善心中闪过一阵恼怒。

天地大阵乃大唐国护国大阵，而他身膺大唐国师之位，何等尊崇、何等威风？此时星剑引动大阵战云，他的战力傲气达到了空前绝后的地步，龙皇居然无视他？

龙皇目光回拢，盯着星剑剑尖。

他轻轻摇了摇头。“不够，远远不够。”

“拿出最强的力量来，你才有成为献祭的资格。”

叶法善怔了怔，他确认自己没有听错。他的符咒从不会出错，他能够清晰地感知到，龙皇此时的力量，只有昔日的百分之一不到。以这样的力量，还说什么大话？

他疯了么？

他忍不住笑了起来。

“哈哈……”

“哈哈哈哈……”

“哈哈哈哈哈哈……”

这一笑就收不住，连太子也跟着狂笑。

这实在太好笑了。

龙皇尖锐的目光盯着他，骤然一声怒喝：“出剑！”

“嗡”的一声狂响，叶法善手中的星剑猛地一阵鼓动！叶法善心灵一震，星剑几乎脱手飞去！

天宇上那张金色的战旗瞬间展开，遮蔽了天穹。旗上七颗荧荧的星辰，宛如受了什么强力冲击般，骤然暗淡，星剑中封锁的战云失去压制，猛然爆发开来，石火风雷之劲横溢，向叶法善疾涌而至！

叶法善大吃一惊，左臂断折的他来不及画符，一口鲜血喷出，暴散成万条红光，死死钳制在剑身上。星剑嗡嗡之声不绝于耳，叶法善面容煞白，勉强将剑势镇住。

太子的狂笑声噎在口中，叶法善惊恐至极，急忙后退十几丈，死死盯住龙皇。

战鼓郁闷地响着，充塞着山雨欲来的躁动。

金色战旗停止了飞扬，静静悬挂在天空中，宛如清凉月宫外，晴空中升起的第二轮明月。

风定，墨黑色的长发披散，聚拢满天月光，皎洁地照在龙皇脸上。

龙皇淡淡地，一字一字道：

“我。”

“要。”

“杀。”

“你。”

叶法善发出一声恐惧的长啸，星剑骤然旋转。

无数巨大的光之符咒自金色战旗上不断涌出，化为猎猎长风，吹进天地大阵中。由秘法丁甲组成的八卦符形明亮起来，疯狂地吸噬着天地元气。

战云呼号而出，瞬间遮蔽苍穹。金色旌旗砰然一声巨响，在叶法善身后张开，旗帜上七枚星辰光华猝显，随即倏然沉下，纳入了七星剑中。

百丈长的剑身，宛如银河般，在叶法善身前怒涌冲荡，卷起千堆雪。

叶法善清癯的面容上露出了一丝笑容，这样的剑势，何人能够抗衡？

然而，他看到了龙皇的眸子，他的心忽然有些乱。

那眸子中只有深邃的蓝色，就像是一片天。

一片只有在童年的记忆里，才有的天。那么清，那么远，那么辽阔。

美得就像是一个做不醒的梦，却又遥不可及。

龙皇的手缓缓抬起，向着漫天剑气。他似是看到了一片浮尘，想要用手拈下。

横亘百丈的七星剑，对他来讲，就是一片浮尘。

“我威……”

两个字刚吐出，他的面容猛然苍白，身子不由得一颤。

残缺伤痛的躯体已无法承受任何力量的运转，他痛苦地咳出一大口血，停止了动作。

这并未出乎叶法善的意料，他冷冷一笑，长剑倏然探出。

剑锋直指龙皇！

龙皇猛然抬头。

苍蓝的眸子消隐，取而代之的是深沉的血红。他的手抚在胸口，指尖几乎刺入了自己的血肉，艰难地吐出两个字：

“……如天！”

我威如天！

天地像是个可怜的孩子，受到了骤然的惊吓。它剧烈地抽搐起来，惶急地捶打着自己。

太子惨叫一声，全力发动月宫桂树！

他再也不怀疑，此时的龙皇，仍拥有瞬间杀死叶法善的力量！

他绝不能让叶法善死去，这是他的王牌啊！

叶法善也感受到龙皇眸子中血淋淋的杀意，他尖啸一声，催动天地大阵。

金色战旗烈烈展开，天、地、风、雷、水、火、山、泽一齐疯狂地运转，化成八种屏障，一一护卫在他身周，那柄倚天长剑，也顾不得伤敌，迅速回转，剑气宛如光幢，将他全身护住。

龙皇腾空而起，笔直向叶法善撞了过去。

“我威如天！”

他化身为血，直撞天地大阵。

十万阵云凄然哀鸣。

“我威如天！”

龙鳞纷飞，他用自己的血肉，撞击着清凉月宫。

万仞桂树瑟瑟摇曳。

“我威如天！”

他用自己的威严，用龙皇窥探天地之秘的修为，轰撞着倚天剑芒！

血，洒下，染红天幕。

龙皇绝不住手，渐渐地，连倚天剑芒，都被染成血红。

撞击之力，越来越响，连震天之战鼓，都被压了下去。

叶法善只觉神髓深处也被激烈地撞击着。战旗、剑芒、阵云虽仍护卫着他，但他的心却仿佛赤裸裸地悬在空中，每一次撞击，都结结实实地造成伤痛。

巨大的恐惧感攫住他的心，一个念头像鱼刺一样卡在他的心头，无法吞下去，无法吐出来：

他一定会撞进来，一定会！

他的精神被这个念头折磨着，几乎崩溃。终于，他忍不住惨叫道：“不……”

一只鲜血淋漓的龙爪探入，在所有人意识到发生了什么事之前，扼住叶法善的脖颈，将他的头颅生生拧下！

惨叫声戛然而止，叶法善须眉皆张，面容狞厉无比，粗重的气息仍不住向口里倒灌，却带着汩汩鲜血，从破碎的咽喉涌出，发出咝咝的诡异响声。

天地大阵一阵剧烈颤抖，众人只觉无法立足，几乎就要跪倒！

蓝光冲天而起，清凉月宫本能封印一切灵力的结界瞬息崩裂！一条蓝色巨龙挟着满天风雷，将这裂纹生生洞穿，盘旋直上。

叶法善那颗还在抽搐的头颅，就被巨龙牢牢控在指爪间，凌空乱舞，在天空中拖出一道道诡异的血泉！

巨龙嘶啸，逆着滚滚阵云，向破碎的天穹呼啸而去。

半空中，永劫神雷失去主持，化为满天乱火，本能地向巨龙轰落，炸起一道道炫目的金光。

龙鳞纷飞，蓝血溅落，巨龙却毫不退缩，它的目标，骇然竟是那刻画着七颗星辰的金色战旗！

战旗上的周天星辰，一齐发出惊惧的光芒。

这是毁灭前最后的璀璨，如此耀眼、如此美丽，让人禁不住叹息！

那一刹那，天空竟是如此宁静，宛如一块巨大的琉璃，不带半点风色。

照得人肝胆皆碎！

瞬间，数声巨大的轰鸣震响，一声声撕裂人的鼓膜。

巨龙腾舞，龙爪怒扬而起，一一击向苍天！

——七颗星辰竟被他全部击得粉碎。

天幕深处的星光也在这一刻黯然，世界仿佛瞬间陷入永劫。七色尘芥如末世的花雨般纷纷陨落，衬得裂痕交织的天穹是那么惨淡。

那张象征着七星威严的大旗，已被巨龙扼折！

轰隆巨响，月宫中那株一直遥遥支撑战旗的桂树，此刻也正如一支被斩断的旗杆，拦腰轰塌。

天地惶惶战栗，发出凄厉的哀鸣。

龙身缠绕，越升越高，将一切所见之物撞为尘埃。它呼啸着扫过正寸寸坍塌的桂树，洞穿满天飞舞的星尘，却仍然不肯停止，而是盘旋飞舞，直奔向九天深处，仿佛要将这永世的劫也一起洞穿！

众人惊惧地仰望，仿佛看到了即将来临的天劫。

龙首轰然撞向苍穹。

这苍穹本是最通透的蓝色，以天地威严隔绝了日月运行，化为一片湛然永晴的琉璃，永恒笼罩在北极上空。

却就在这一瞬，琉璃世界砰然碎裂，片片陨落，洒向焦裂的土地。

天空，终于显示出它本来的面貌。

夕阳如血。

满天残红，瞬间笼罩大地。

巨龙就在碰触苍穹的一刹那，沐浴着这如血的夕阳，从首至尾，寸寸消失。

隆隆空风雷、无尽劫灰也一点点随之溃散，幻化出龙皇那萧如苍天的身影，向着烈焰燃烧的大地，徐徐降落。

湛蓝的华光中，龙皇伫立虚空，缓缓将手抬起。

他五指虚垂，牢牢控着一团凌乱的血污。

猩红污渍的间隙中，隐约透出星辰的纹路——赫然正是那面刚刚折下

的金色战旗！

七星委顿，再不复昔日的光辉，而叶法善那颗血肉模糊的头颅，竟赫然被包裹于战旗中！薄薄的织物下，残破的五官森然凸显，显得格外狰狞。

众人禁不住后退！

每个人都感到了死亡的恐惧。

龙皇没有看任何人。

他缓缓抬手，将那团充满怨气的血污举过头顶。

点滴鲜血坠下，浸透了他褴褛衣襟，沾湿了他半身白骨，也染红了整个大地。

那浴血的身躯伫立在满天残阳血影中，傲然举起敌人的头颅，宛如灭世神魔，即将屠灭天下！

太子的瞳孔因恐惧而涣散，他还未来得及惊叫，已被老鬼药师一把抓住，退开了数十丈。

天地大阵本能地运转，将太子护卫在其中。

阵云，又开始涌动，潮水般退缩在大地一角，映得那片天幕黑沉如铁。

龙皇依旧不看一眼。

他缓缓举步，向禁天之峰走去。

每一步，踏过焦灼的大地，踏过残碎的夕阳，踏过滚滚的尘埃。

每一步，都仿佛践踏在所有人的心上。

每一步，也踏着他自己的血。

支离破碎的天幕仿佛也惶然瑟缩，退避出一片只属于他的间隙，任他独自行走。

众生陨灭，宇宙中只留下一道孤独的光芒，照耀着他化为墨黑的长发。

他的姿态无比坚定、执著，仿佛要走向无上圣洁。

斩将夺旗，撕裂苍穹，这是怎样的狂烈，怎样的悍然？

只有他自己知道，这一幕，几乎已耗尽了他仅存的力量。

污秽，肮脏，伤痛，疲乏，寸寸凌迟着他的躯体，一如百年来被他斩落的怨灵，带着连轮回也无法消散的积怨，在这一刻争相扑来，牵扯着他褴褛的衣衫，要将他拖入炼狱。

但他只是微笑着，努力站直身子，让每一步都无比沉稳，无比虔诚。

头颅仍在沁出鲜血，沿着他高举的手臂溅落，沐浴着他身上的创痛与罪孽。

他踏上禁天之峰，宛如踏上佛陀所在的乐国。

每一步，都那么优雅，也那么疯狂，仿佛踏着天地间至美的节拍，引领那灭世的舞蹈，破碎光明，走入黑暗。

他是司掌杀戮的神祇，本该执斩落的首级乱舞长空，享受鲜血的供奉，却突然停伫在夕阳下，展颜微笑，走向心中的一线温柔。

他奉着那只带血头颅，仿佛奉着神圣的祭品。

踏过天之虚空，禁天之峰，踏过苍蓝圣殿。

所有的人，都窒息般盯着他的背影。

他的每一步，都仿佛踏在他们的心上，将胜利的喜悦碾碎成恐惧。

众生惶恐，他就是那引领惊惧的魔。

第十五章 霜重鼓寒声不起

苍蓝圣殿深处。

透过幽蓝如海波的帷幕，苏犹怜看到他向自己走来。

每一步，踏过焦灼的大地，踏过残碎的夕阳，踏过滚滚的尘埃。

每一步，都踏着他自己的血。

每一步，也仿佛践踏在她的心上。

他身后，无数道剑华横亘长天，十万阵云滚滚翻涌，那是他为她隔开的万千红尘。

他身前，帷幕低低垂落，冰宫通透无尘，却是连微风也不能侵入的宁静。

——那是只属于他们的世界。

天地众生，都在他的威严下瑟瑟发抖，只有她能感到，在这个属于他们的小小世界里，他的气息是那样脆弱，萤火般明灭不定。

为了实践给公主的诺言，他不惜化身为龙，血洒大地。

而这种撕裂苍穹的力量，又岂是身披剧创的他能完全驾驭的?

苏犹怜心中一恸，几乎不忍看他。

她害怕那明灭不定的气息，会在下一刻陡然终止。

然后，她的梦也将醒来，就此沦入永恒的黑暗。

他却始终强忍着创痛，以最温柔、从容的姿态，一步步，向她走来。重重帷幕无声开启，仿佛发出无声的欢呼，在迎接君王的凯旋。

他在离她一步之遥的地方，止步，伫立。而后，他徐徐将手中的血污放下，用满是伤痕的手指，将那团污秽的旗帜层层展开，小心地捧在手中。

他是如此认真，仿佛在打开一件精心准备的礼物，奉持到久别的情人眼前。

一张布满星辰之纹的金色战旗，被温柔地捧于身前，旗上陈列的狰狞头颅，便是他从千军万马中带来的神圣祭品。

圣殿寂静，连血落的声音都那么清晰。

空寂的幽光中，那挥手之间可屠灭众生的魔王，轻轻破颜微笑。

这微笑宛如一道光芒，瞬息洞穿了幽寂的宫殿。

然后，魔王微笑着，轻轻地，单膝跪地。

就这样，带着淡淡的微笑，带着神圣的祭品，以最优雅而虔诚的姿态，跪在公主面前。

带着对爱情的最大信仰，带着对公主的无尽挚爱，第一次用他的膝，去碰触苍凉的大地。

仿佛西天传说中，那凯旋而归的骑士，带着无上的光荣与骄傲，带着万民的欢呼与敬仰，跪在公主面前，祈求那一吻的奖赏。

苏犹怜全身剧震，扶着帷幕的手禁不住颤抖。

重生后的心灵是这样孱弱，仿佛被剥去了疤痕的创口，连一缕微风都会将它触痛，又怎能经得起这样沉重的触摸?

她下意识地撕扯着帷幕上的流苏，将它们紧紧缠绕在手指上，仿佛要扼住那剧烈跳动的脉搏，让它暂时宁帖。

这样她就不会死去。

该怎样做?

苏犹怜低下头，注视着苍白指间的流苏，让它们彼此纠结，缠绕出各种图案，仿佛在寻求一个命运的启示，反反复复，却始终不敢抬头看他。

她怕哪怕是一个眼神，她都会沦陷。

沦陷入别人的传奇中去。

苍蓝圣殿中一片沉寂。

轻轻一声脆响，不堪重负的流苏在苏犹怜指间崩断，然后滑落下去。

苏犹怜似乎也终于挣脱开来，侧开脸，望向远方的天空，再不敢看他。

石星御依旧没有抬头，只是长发的阴霾下，那温柔挑起的嘴角，略微带上了一点苦涩。

——灵儿，还不肯原谅我么？

我的威严、我的国度、我的生命都是为你准备的啊。

苏犹怜凝望远天，仿佛能听到他心中的痛，却依旧固执地不肯回头，她的心充满了恐惧，害怕他说出哪怕一个字，她的心就会碎裂。

浴血的魔王，带着敌将的首级，带着满身创伤，虔诚地跪于裙下，祈求她的原谅，祈求她的爱情。

多么美丽的传奇。

比人世间任何公主的传奇，都要美丽。

就在她面前一步之遥，只要伸手，就可以触摸。

然而，她用什么来触摸，用什么来原谅？

如果，她是九灵儿。

一声极轻的微响在寂静的大殿上破碎。仿佛风吹起了尘埃，又仿佛有星辰从另一个宇宙中陨落。

苏犹怜心中却没由来的剧震，她禁不住回头，然后，看见了满地的鲜血。

蓝衫尽染。

他身上那道原本焦灼的伤痕突然崩裂，鲜血仿佛失去控制的河水，从那狰狞的创口中汩汩涌出。

苍蓝圣殿似乎感到了末劫来临，发出一声凄厉的哀鸣，帷幕一起飞扬，将那流萤般明灭的气息搅得更加凌乱。

魔王终于用尽了他最后的力量。

这个用他最后的威严与心底的挚爱砌成的苍蓝世界，即将分崩离析。

苏犹怜的心猝然收紧，扶着椅背的手指深深陷入冰冷的王座，指甲断折。

每一秒，都是一次残忍的凌迟。

石星御依旧只是默默的，跪在自己的鲜血中，带着夕阳般沉静而温暖的笑，耐心地等待着她的回答。

那一刻，她仿佛听到天空中传来诸天神佛的慨叹：

去吧，拥抱他的鲜血。

去吧，分享他的荣光。

去吧，触摸你的传奇。

去吧，做他的九灵儿。

苏犹怜咬住嘴唇，任泪水滑落。

鲜血滴落的声音，仿佛岁月的更漏，在天地中轻轻振响，传出圣殿，传向远方。

“他受伤了！”

太子露出狂喜之色：“他受伤了！”

他禁不住手舞足蹈，将所有的符隶、法宝、密钥一把捞了出来，嘶声道：“快，快杀了他！趁机杀了他！”

药师老鬼发出一声轻轻叹息。

天地大阵的十万阵云又开始卷涌。

一道夺目的光芒点亮在虚空中。光芒，沿着本已黯淡的轨迹疾蹿，瞬间就在空中化开一幅巨大的阵图。

那是光之五行定元阵。

玄陛天书、两藏千佛珠、四极逍遥剑同时发出一声清越的长吟，悬浮在阵图中。九灵御魔镜已然破碎，清凉月宫代替了它的位置，在无上秘法的催动下，强行让阵法再度运转！

那是曾经名震天下的卫国公李靖的力量，以傲视天下的战神之名，挟平生沙场从未一败的功勋，施展出的阵法。

一道赤红的光芒冲天而起，在即将洞穿天穹的一瞬折转，向石星御落下。

天地一阵战栗。

瞬息之间，石星御身上又幻化出五个极淡的影像，在阵图的牵引下，彼此纠缠挣扎，似乎随时要脱离他的躯体。

石星御猝然合眼，那些即将分离的影像一阵剧颤，终于又瑟缩着回到他体内，却宛如被煮沸的水，在血脉中一阵翻涌。痛苦袭来，似乎要将他的身体搅碎。

五行定元阵的光芒越来越盛，那些影像不住挣扎，在两股巨大力量的撕扯下，鼓荡、翻腾，随时都要崩坏。

残缺的五行定元阵，本不足以将龙皇的神心意形体打散，但现在的石星御，已没有了龙皇的力量。

光影变幻，石星御的脸色越来越苍白，突然，他轻轻低头，咳出一大口鲜血。但他依旧保持着刚才的姿态，捧着血腥的战旗，在血泊中，一动不动。

他依旧在等。

等待九灵儿的回答。

太子挥手，十万阵云滚滚翻腾，无数金色雷火缓缓汇聚，天幕已看不到一线光芒，化为纯粹的黑色，沉沉压在苍蓝圣殿的上空。

他不仅要将龙皇封印，还要抓住这千载难逢的良机，让他神形俱灭！

砰然一声巨响，一道百丈长的雷火破天而下，击打在冰之圣殿的穹顶上。

碎屑崩摧，整个大殿一阵晃动。

石星御一口鲜血呕出，仿佛这些击向圣殿的雷火也同时击打在他身上。

他依旧没有抬头，姿势也没有丝毫改变，只是剧烈的震荡下，他捧着战旗的双手一阵颤抖，沾满鲜血的指节也因用力而苍白。

过了好久，他凌乱的气息终于平复，苍蓝圣殿也陷入了短暂的安宁。

但这安宁只是一瞬间。

无数道雷霆化为乱雨，轰击而下。

苏犹怜骇然抬起头，满天雷火纷纷轰击在湛蓝的穹顶上，击得碎屑纷飞，穹顶撕开巨大的裂纹，整个苍蓝圣殿摇摇欲坠。

九天之上，更多的雷霆还在不断汇集。

光影变幻，刺得人几乎睁不开眼睛，隐约中，苏犹怜看到，石星御的脸色第一次如此苍白。

那一刻，他仿佛只是一个普通人，一个为爱伤痛的男子。

那一刻，时光仿佛被劈开深深的间隙。

一百年前，龙皇城。

玄陛天书、两藏千佛珠、四极逍遥剑、九灵御魔镜彼此交感，悬浮在同样的法阵中。

五行定元阵。

剑光、法宝、符咒、篆隶在青苍的天幕中交替明灭，黑压压的阵云潮水般涌来，要将阵中之人逼向绝境。

石星御的脸色和现在一样苍白，龙之圣血染红了大地。

那一刻，是九灵儿挡在他身前。她凄声道："不，放过他吧，他不是魔啊！"

这声音无比凄楚，颤抖着划破苍穹，让那封魔一剑也不禁略略停顿。

良久的静默，空气仿佛都被抽空。

一旁，一个苍老的声音响起：

——非我族类，皆是外道。

杀。

苍蓝的天穹破碎，鲜血迸溅。

一日后，大唐皇帝降下诏书，三日屠城，凡有龙皇血脉者，格杀勿论。

战马踏过宁静的小镇，在孩童与老人的啼哭中，鲜血染红了大地。

一年后，曾追随龙皇的妖魔们被赶得无处容身，终于被一一镇压在灭绝神光之中，日夜受真火炼化。凄厉的惨叫在三界之外久久回响。

十年后，长安最奢侈的酒楼上，达官贵人聚会宴饮，满座朱紫。人们饶有兴趣地停住手中的酒杯，望向酒楼中央。那里，一个相貌古奇的仙人凌虚指着一团浮在空中的彩光——那是一只琉璃熔铸的炼妖壶。

壶中囚禁着一只小小的花妖。她才刚刚修成人形，衣衫上还带着藤蔓的痕迹。她仿佛感到了即将来临的危险，惊恐地在琉璃壶中左冲右突。宴饮之人一面举杯，一面嬉笑赏玩。主人挥手，一个道童走出，以稚气而平板的声音介绍着花妖族类、年龄、修行地点。

众人的评头论足中，仙人骤然掐了个法诀，一丛金色火焰轰然蓬散，将花妖包裹其中。

花妖一声惨叫，在真火中挣扎，美丽的衣衫渐渐被火苗吞噬，露出白皙的肌肤来。

宴会在此达到高潮，所有的人都举杯大笑，说着最秽亵的话。

火苗并不太大，一寸寸凌迟花妖的躯体。剧痛中，花妖发出凄厉的惨叫，渐渐的，从衣衫到肌肤到骸骨，一点点化为灰烬，一直过了半个时辰，才终于神形俱灭。

众人为这出表演满意地鼓掌。主人遣仆从递上谢金，仙人带着童儿行

礼告退。

宴饮再度开始，没有人再提起那只花妖，她就像一片零落的花瓣，从欢宴的人们记忆中滑过，留不下半点印记。

因为这种戏码不过是他们司空见惯的娱乐。

在龙皇被封印的百年里，每个角落都在上演着相同的事。

无数妖灵、魔怪被人类贩卖、凌虐、奴役、残杀。

鲛人被劈开鱼尾，贩卖到最下等的妓院中。她们落下的眼泪会化为明珠，于是，在那一百年中，明珠贱如粪土。

蝶妖的双翅被残忍地折断，用十寸长的禁魂钉穿透手足，钉在富人的琉璃屋顶上，人们称之为美人旗，是长安城中最奢华的装饰。而她，要辗转哀吟十日十夜才会死去，再被破布般抛弃，换上新的。

狼族和虎族的斗士，全身被穿上燃着烈焰的锁链，投放到巨大的下沉广场上。无数面目模糊的人类躲在高高的壁垒后，疯狂地挥舞着手臂，鼓动它们彼此撕咬，在纷飞的血肉中沸腾、欢呼。

一切的残忍、猥琐、黑暗，都以降妖除魔的名义释放，并在“驱逐异类”喜悦下，被推向顶峰。

那是人性中最邪恶一面的百年狂欢。

那时，他们，称这个世界为盛世。

人类最灿烂的盛世。

大唐盛世。

苏犹怜禁不住泪洒衣襟，一百年来，妖魔们所受的折磨、凌辱、残害，同时降临在她身上，将她的心磨碎。

非我族类，皆为外道——这就是人类的正义。

她是一只小小的雪妖，也曾在这种可怕的正义下，被人类残忍地伤害。他们一次次来到她躲藏的雪原，欺骗她，剜出她的眼睛，玷污她的身体。

她怎能看着这一切重演？

雷火乱落如雨，苍蓝的穹顶即将破碎！

百年前的一切，注定要在她手中轮回。

“不！”

苏犹怜似乎从噩梦中惊醒，她冲下王座，跪倒在石星御面前。

她劈手将战旗夺过，狠狠抛开，任那颗狰狞的头颅滚落在冰雪地板上，发出空洞的回响。

她用力握住他沾血的手，嘶声道：“你不能败！”

他的手是那么凉，几乎没有了温度。

苏犹怜的心一阵剧痛，她咬着牙，一字字道：“为了你的国家，为了你的子民，为了天下妖魔，你不能败！”

石星御似乎用尽了三生的力量，才抬起头，微笑着看着她。那双湛蓝的眸子，褪去了神魔的颜色，如明月一般通透，不染纤尘。

他伸出手，一点点抚过着苏犹怜的脸，指尖的鲜血在她脸上绽出淡淡的痕迹。

——那是永世的爱怜，是如花的妖娆，是记忆中永远无可替代的眷恋。

他轻轻微笑：“灵儿，这就是妖的宿命。”

苏犹怜一震。

是啊，这就是妖的宿命！

她终于明白，为什么一千年来，那些来到雪原的人，都那样残忍，毫无内疚，毫无悲悯。

为什么那个口口声声说最爱她的人，会在她垂死的那一刻，将她抛弃在冰冷的雪地上。

为什么每一次九灵御魔镜的运转，伤的是她，而被拯救、被怜惜的，总是别人。

只因为，她不是公主。

她是一只小小的雪妖。

是人类眼中不被顾惜、也不值爱恋的异类。

注定被利用、被伤害、被歧视，永远得不到人类的爱情。

那就是妖的宿命。

苏犹怜的视线穿过他散乱的长发，投向圣殿外，那剑光纵横、阵云翻滚的世界。

五行定元阵运转着，仿佛亘古以来，一直悬挂在天幕。

百年前，君千殇、紫极、大日至……

百年后，李靖、简碧尘、定远侯……

那些洞悉了天地奥义、掌握着绝强力量的人啊，平时是那么高远清华，仿佛连踏足红尘都是对他们的亵渎。却在这一天，同时降临这座荒芜

的冰原，用他们所有的力量，只为了打碎一段真爱。

只因为，这怀着真爱的男子，是他们定义的魔。

苏犹怜的双拳握紧。

这就是人类的道德。

和人类的爱情一样，虚伪、造作。

轰然巨响中，雷火纷纷乱落。

苏犹怜收回目光，却发现，石星御眸中那湛蓝的光芒竟在渐渐隐去。

——灵儿，你还是不肯原谅我么？

苏犹怜静静地看着他，仿佛隔着无尽的时空，凝视一段传奇。

是的，他是一个传奇。

百年前，当诸神都在人类的鲜花与祭品中沉睡时，他带着滔天魔焰，降临在这个只属于人类的盛世上，以淋漓的鲜血与杀戮，来抗逆它的虚伪、荒凉、残忍。

如今，当芸芸众生在他的魔威下瑟瑟颤抖时，他却带着挚爱，带着承诺，轻轻跪倒在她面前，用他的威严、他的国度、他的生命来证明一段真爱。

他不能败。

他是妖族的皇，绝不能再被分散成神心意形体五部分，镇压在那些荒凉、漆黑、污秽的密境中。

他是一个传奇。是妖族的传奇，是九灵儿的传奇。

也是她的传奇。

天地动摇，冰之圣殿开始分崩离析。

一切都在陨落，宛如日之下沉，不可逆转。

还是得不到她的回答么？

他终于释然一笑，这一笑仍然如此温柔，没有一丝怨恨。

“如此，灵儿，你可愿意，随我去百年前那个渊薮？”

可愿意，随我一同沉睡在三生石中？

天地无语。

苏犹怜的目光却在渐渐坚强。

她缓缓摇头，轻轻吐出一个字：“不。”

不？石星御的微笑凝结，天地间最后的光芒在他脸上一点点沉沦，就要化为永劫的悲伤。

苏犹怜霍然抬头，甜美而苍白的笑容在她脸上如花绽放，她逆着他的目光，一字字道："我是你的九灵儿。"

手臂，宛如花枝，轻轻环住他的脖颈；字字耳语，仿佛要镂刻上他的灵魂："我要你——为我而战。"

然后，她紧紧搂住他，对着他沾血的双唇，深深吻了下去。

仿佛西天传说中，那守望宫阙之上的公主，带着无上的荣宠与幸福，带着万民的欢呼与敬仰，一步步走下高高的台阶，迎接凯旋而归的骑士，给他那一吻的奖赏。

她能感到，他微凉的唇渐渐变得炽热，带着三生的眷恋，带着刻骨的相思，带着百年的别离，凌乱地印在她唇上，是那么烫，几乎烧伤了她的灵魂。

那一刻，她的灵魂仿佛脱离了躯壳，飘离到正在坍塌的穹顶下。周围是乱舞的雷火，却仿佛为情人点燃的烟花。她仿佛就伫立在这死亡的烟花中，含着泪，也带着笑，凝视自己。

带血的头颅，跪倒的王者，被深爱的满足，被守护着的骄傲。

这一切紧紧包围着她，带着他的气息。

血的温暖，王的尊严，爱的悸动。

她的身体，终于随着心一起融化了。

她就是一团雪，融化在炽烈无比的光芒中。

这一刻，她完全沦陷在他的传奇。

她曾身着公主的华裳，随他纵横百年；亦沉睡一世，陪他苦恋三生。

一阵酸楚，自心底升起。

是的，她是九灵儿，她爱着这个人，恨着这个人。

她三生三世，苦苦追寻的，不正是这一吻？如此炽烈，如此忘情。

前生，他是这样望着远方。

今生，他是这样望着自己。

还有什么遗憾呢？

石星御紧紧抱着她，尽情感受着她微凉的唇齿。

圣殿正在他们身下寸寸坍塌，苍蓝的穹顶已然化为空洞，重重帷幕在

雷火的撕扯下，片片纷飞。

他却全然不顾。

时间，仿佛在这一刻停止。

恍惚之间，她似乎化了一团柔媚的藤蔓，紧紧缠绕在他身上，一缠就是三生。

他们历尽了生死苍凉，离别幻化，前世柔情，今生誓约。

那一幕幕是如此清晰，石星御忍不住泪流满面。

是的，她是九灵儿。

她若不是九灵儿，又会是谁?

钧天之上，重重雷火陨落，照亮了正在化为尘芥的苍蓝圣殿。

震耳欲聋的轰响，仿佛在这一刻停止，漫天劫灰中，天地一片寂静。

雷火洗礼下，十丈宫墙缓缓崩摧，重重帷幕缕缕粉碎，苍蓝圣殿变得通透无尘。

通透得只剩下两个紧紧相拥的影子。

那一吻，仿佛天长地久。

那一吻，诸天寂静，众生无语。

第十六章 空山凝云颓不流

太子惊愕地尖叫了一声。

他竭尽心力，布散在北极天空上的甲兵，那遮蔽天穹的埋伏，不知何时，消失了。他不知道他们消失到了什么地方，也不知道是什么力量令他们消失。

那片天宇，又恢复了空晴。

苍蓝色的空晴。

天，是那么纯粹，那么湛然，仿佛是上古留下的一块纯玉，没有半点渣滓，不受半点沾染。

那片天，干净得让人恐惧。

太子想要尖叫，却发觉自己已无法发出声音。他颤抖着伸出双手，掐紧自己的脖子。

只有这样，才让他能够呼吸。

他愕然发现，天空竟然飘起雪来。

大片大片苍蓝色的雪，带着淡淡荧光，自天幕落下，将北极大地覆盖上一层浅浅的蓝色。蓝色越积越厚，将整个大地与天空完全封锁其中。

太子用力地嘶吼，却无声息发出。他的心越来越沉，越来越凉。

龙皇之威严，再度君临这个世界。

“我再也不会让你受到任何伤害……”

“最好的世界，就是只有你与我的世界……”

“为你，我将杀尽所有人。”

魔王跪倒在公主面前，说着血的誓言。

龙皇再度站在禁天之峰的边缘，苍蓝色的眸子凝视着这片蓝天。

雪，纷纷而下，覆盖在他身上。

他已变得完美。

没有任何伤痕能驻留在他身上，他的力量已变得完整，甚至比未受伤时，还要强大。

苍蓝色的发逆风飞扬，与漫天蓝雪交缠在一起，在他身周摇曳成一团蓝色的舞，他就静静立在那里，却仿佛天地都在躬身听命。

蓝色的王者，用静静的目光，巡视着他的领土。所有一切，都是他的臣子，因他一个命令而灰飞烟灭。

蓝色越密，越冷，渐渐凝成王者眸中的一点锋芒。

太子的惊愕在这瞬间达到顶点。

他无法相信，方才还垂死挣扎的龙皇，怎会突然完全恢复！

这太不公平了！

为什么会发生这样的事？

为什么！

龙皇的目光落在他身上，寒冷瞬时冻入了他的骨髓。

太子忍不住发出一声惨叫。

“不要杀我，不要杀我！”

“天地大阵，清凉月宫，保护我！”

“我的十重礼物，替我杀了龙皇吧，杀了他！”

他语无伦次地狂吼着，拼力地向月宫深处退缩着。但他心中的恐惧却无论如何都无法减少，因为连他自己都无法相信，月宫能够抵挡住龙皇之威严！

龙皇的眸子偏偏盯在他身上，无比冷漠地看着他。

太子的惨叫声戛然而止，因为他已明白，他无法逃脱。

龙皇面容一沉，猝然出手。

天地大阵滚滚而动，十万丁甲卷起金黄色的风暴，八种战云，八种力量交汇在一起，向龙皇怒冲而去。

他知道，这并不能伤害龙皇，所以他闪电般窜到李玄身旁，双掌已扼住了李玄的脖子。

他必须要取回清凉钥，完全启动清凉月宫。

他再也不能有丝毫保留了，慢上一瞬，也许就会殒命于此。

突然，一个苍老的声音淡淡道："定。"

八阵战云倏然在空中顿住，宛如一条金灿灿的河流，永恒固定在天宇之上。清冷的雪光照着它，不带丝毫的杀气。

战云停驻在将要接触到禁天之峰的一瞬间。

龙皇肃然而立，仿佛完全看不到战云的临近。亦仿佛有足够的傲然，可以在瞬息间令它灰飞烟灭。

药师老鬼叹息着，自月宫中走了出来。

"老头子才隐退了几年，天地大阵怎就衰落成这样了呢？"

他伸出手，仿佛在抚摸着天地大阵。

就像是抚摸着最珍爱的宝贝，衰老的面容上透出一丝爱怜。

"这可是平吴、破突厥、定吐谷浑的阵法啊，你的锋芒怎会如此黯淡？"

大阵发出一阵哀鸣，仿佛在应和着药师老鬼的感伤。

天地大阵，本是亡灵之阵。

四万亡灵。

他们都是数十年前，跟随着李靖征战四方、平定大唐天下的将士。他们血染疆场，死为国殇，却并未冷却心中的热血。他们不愿落入轮回，于是心甘情愿，化为鬼兵，继续追随着他们的战神。

这就是天地大阵本来的面目。

当初太子为了困住简碧尘，向李靖借来阵图。随后又背着他，请叶法善施以邪法祭炼，强行召集役使四方孤魂，将四万鬼兵之阵扩大到十万之数，以对付龙皇。

然而，这些被强行囚禁阵中的亡灵，又岂能和情愿放弃轮回、也要征战沙场的将士相比？

是以，天地大阵中，怨怒充盈。

鬼兵数量虽然增加，但却牵制了天地大阵的真正力量。

药师老鬼轻轻叹息，缓缓伸出一指，虚点在阵中："走吧。这本不是你们的战场。"

他这句话一出，凄厉的鬼啸四起，阵中一大半甲胄鲜明的鬼兵发出痛苦嘶啸，身形渐渐扭曲、融化。

一阵阵黑烟从阵中升起，嘶啸盘旋，在阵中狂乱冲袭，仿佛在发泄被邪法囚禁、役使的怨气。

另一半鬼兵却一动不动，他们的盔甲略显陈旧，上面布满了刀痕血迹，但神色却极为坚毅，任由那些黑影在他们面前恣意穿行，却看也不看一眼。

也不知过了多久，这些黑影终于停止了发泄，凄声哀啸着，消散而去。

渐渐地，大阵在变化着。

八卦符形重新出现，却不再那么霸道，那么肃杀。天地元气在阵法中流动着，宛如风行草上，水自东来，是那么自然。这余下四万甲兵的天地大阵，自从有了药师老鬼后，就仿佛一个人忽然有了灵魂。

变得生动，活泼起来。

龙皇的眸子抬起，盯在老鬼身上。

他的威严，第一次，有了不能达到的地方。药师老鬼仍然衰朽、苍老，但龙皇的目光，却无法穿透他。

天、地、风、雷、水、火、山、泽，都不再有黄金色的浮华，而具化成真实，为蒙蒙白气所笼盖，浮沉在老鬼身侧，将一切力量隔绝。他就像是处在一片化外世界之中。

这片世界里，没有龙皇，药师老鬼是一切的主宰。

苍蓝之瀑流泻，龙皇的目逆起，望向这座让他摸不清虚实的阵法。

“好阵。”

药师老鬼沉吟着，似乎还沉浸在对往日荣光的回忆中，龙皇的称赞并没有打断他。

八卦元气不住变幻着，浓浓白雾将阵法完全遮蔽住，只剩下站在白雾之上的老鬼。

良久，老鬼抬头：“再好的阵法，亦无法困住龙皇。”

他的眸子中忽然透出一丝锐利：“可我有天地正气，只要有我在，就不许龙皇妄杀！”

龙皇淡淡一笑。

他张开手，仿佛想要环抱这个世界。

“这个世界有太多太多人了！”

“即使我尊为龙皇，亦无法守护我之所爱。我不能失去她两次。所以最好的办法，就是将你们这些人都杀掉。”

“那么，我就再也不会失去她，永远都不会。”

苍蓝之光芒自他目中爆出，激扬着漫天蓝发，仿佛一尊上古魔神，逆天而立。

那是血之誓约。

药师老鬼脸上的皱纹更深。

这是多么疯狂的想法啊。

但他又能理解眼前这个魔王。

他也有心爱的人，为了她能幸福地活着，他也愿意做任何事情。

但，天下那么多有情人啊。为自己的爱情而去毁灭别人的爱情，是卑鄙的。

仿佛要抬头，才能将这个蓝色的身影看全，药师老鬼发出一声轻叹。

他非常不愿意与这样的人作战。

龙皇之肃杀穿越长空，指向他。

“就自你开始。”

老鬼沉默片刻，遂即微笑：“老朽可真是荣幸啊。”

蓝色的光芒轰然在长空中爆发，流泻成一道冲天长河。

“我威如天！”

浩茫茫的龙吟声贯天动地，龙皇之威严再度降临，伴随着漫天晶蓝之雪，冰寒彻骨。每一朵雪花，都呈现出六龙之形，每一片雪，都凝结着龙皇无上之威严。

苍蓝之雪纷纷而下。

天哭。

药师老鬼倏然抬头。

“天地大阵，天惊地动，但战争，还是要靠人啊。”

他倏然抬手。

“火。”

漫天白雾中透出一道红光，离火符形的战云撩乱成一团阳火，怒冲奔涌进药师老鬼的身躯。药师老鬼体内红光迸射，身躯竟然渐渐涨大起来。

一丈，两丈，三丈……

一直涨到三十多丈高，涨势才渐渐止歇。老鬼踏在白雾之上，虽没有

禁天之峰高，但亦相差无几。这法天相地的神通施展开，所有的人都惊得挢舌不下。就连一直昏迷在地上的李玄，也被这隆隆风雷之声惊醒，骇然望向这顶天立地的巨人。

他虽早知道老鬼定非常人，但无论如何也没想到，他竟然“非常”到这种程度。

变大之后的老鬼双目中精光四射，躯内红光鼓涌，似乎随时都会奔逸冲出。他一声清啸，猛然一掌凌空劈下。

一股洪流暴射而出，带起百余丈长的巨涛，疾冲而出。烈火炎炎，上腾为万千火苗，霎时宛如火山爆发一般，满空都是光华乱舞，交织错乱成一片火海，将纷纷洒落的蓝雪尽皆蒸为水汽。

药师老鬼淡淡道：“风。”

白雾再度张开，巽风符形冲天舞起，幻化成一片透明的青雾，没入药师老鬼的身躯。药师老鬼高如山岳的躯体顿时变得轻灵了起来，空间猛然一阵模糊，那巨大的身躯已然消失！

他倏然出现在龙皇身后，巨拳蕴含着无上之风、火玄力，向龙皇猛然轰下。

这一击，才是天地大阵最强的力量。

天地大阵聚合天地元力，可透过平天三宝具化入体。若由大唐卫国公李靖亲自主持，可将阵中所有人的修为全都聚合到一人身上，造出力敌千万人的战神来。是以李靖平吴、灭突厥、定吐谷浑，全都依仗这个法阵的功劳。

此时三十年沉寂，牛刀小试，一击仍有天地之威！

龙皇眸子猝然抬起。

“我威如天！”

湛蓝色的天穹突然压下。

“我威如天！”

世间万物仿佛突然消隐，只剩下龙皇那傲岸的身躯。

药师老鬼若是顶天立地，他便已高出天外。

药师老鬼倏然有种错觉，自己就像是一只大鹏鸟，飞翔在宇宙之间。大鹏虽大，但宇宙浩瀚无极，就连大鹏也无法触及到边缘。

他轰出的风火一拳，仿佛一点微弱的萤火，只足够照耀出龙皇如冰玉雕琢的容颜。

“我威如天！”

药师老鬼身子重重坠下，风火一拳已粉碎。

他眼中闪过一丝惊恐。

“你……你竟然觉悟到如此强大的力量……”

“你是魔啊……”

巨大的身躯摔倒在地上，外面的风火劲力碎裂，现出他衰朽的身子来。

龙皇淡淡一笑。

“若堕身为魔能成全我爱，我又何妨成魔？”

他慢慢伸手，手中一阵光芒闪过，具化成一截小小的影像。

——那是一团火，凝结成离卦的形状。再仔细看的话，就会发现卦的每一笔画，都是由细小的人影组成的。

这团火托在龙皇的掌中，就像是个精致的玩具。

“想见到魔么？”

冰冷的弧度自他嘴角缓缓挑起：“我成全你们。”

他轻轻一握，离火之卦猛然破裂，粉碎。

天地大阵兴起的浓雾中，忽然爆出一团血光。惨叫声在响起的一瞬间，便戛然止住。

惨象，就停顿在发生的那一刻。

天地大阵的八分之一，结成离火战云的五千人，只剩下磷磷白骨。他们是身经百战的亡灵，他们虽早就死去，但魂魄却仍然寄宿在躯壳之中，为他们的国家而战。而此时，魂魄已完全碎散，化为尘埃。地狱之血自虚空中迸出，将骨架浸得血红。

五千死灵，五千身经百战的英魂，在一瞬间，从这个世界上被抹去。

陨落在龙皇手中。

龙皇的手再度张开。

巽风之卦。

五千灵魂，落入魔王之掌握。

第十七章 甲光向日金鳞开

死亡，究竟是什么样子？

是经冬蛰伏终于绽放的桃花，零落在第一场春雨里？

是红泥小炉上新煮沸的茶，被纤手红袖误洒在云竹盘中？

还是仿佛许久不见的故人，蓦然在心底浮现？

在这片蓝雪纷纷的北极之地，死亡是盈盈一握。

太子失控一般尖叫了起来："解散！解散！你们快逃！"

没有一个人逃。天地大阵也没有丝毫的起伏。

每个组成阵法的甲兵，脸上都露出一丝微笑。那是佛陀在枯荣双树下修行，终于觉悟后的微笑。那是对人间的生、老、病、死、怨憎会、求不得、爱别离、五阴盛全都无牵无挂，不碍于心的解脱。

龙皇轻轻握手，鲜血仿佛甘霖，带着曼舞般的柔和碎步，沿着他纤长的手指，轻盈地抚过每个人的躯体。

暮春，春服既成，冠者五六人，童子六七人，浴乎沂，风乎舞雩，咏而归。

人世之烦嚣，宛如轻衫剥落，流下彻骨清凉。

诸佛涅槃，天留清香。

太子哭倒在地，他的心，完全被惊恐攫住。

死亡，竟是如此妖艳，让人无法拒绝。

龙皇的手再度放开。

震雷。

生命就像是一件精致的玩具，最适合带着微笑把玩。

爱情，宛如一场献祭，用最虔诚的血，洗涤今世的誓约。

只有两个人的世界，是最美好的。

将爱情放在那样的世界里，才会永恒。

龙皇慈悲微笑，轻轻握手。

我要亲手为你隔绝出一片世界，让你一尘不染地活在里面。

为此，不怕满身疮痍，形神俱灭。

为此，天下人都该死。

冰冷的杀戮，苍蓝之雪纷纷而落。

静静覆盖着，那白骨支天、碧血满地的大地。

凤啼横空，掀起漫天飞羽，缓缓凝结成一只玄凤羽剑。

剑身横亘，飞羽明灭，宛如七宝楼台，在天地大阵上空蔓延，似乎要遮蔽那片湛蓝天穹。

龙皇略略皱眉，威严自虚空中透下，玄凤一声悲鸣，消散在空中。

苍穹又已是一片晴明。天地大阵中的甲兵却仿佛突然惊醒般，惊恐地看着垂天峰顶上，那个苍蓝之魔神。

血，流淌在他们身边，恐惧，深噬进他们的骨髓。

他们忍不住惊恐地惨叫起来。

凤啼满空，宛如末世之救赎，化成点点甘露，慰藉着他们枯萎干涩的灵魂。他们仿佛得救般抬起头。

就见漫天黑羽翕动，简碧尘踏凤啼而来。

冰冷之魔面覆盖在他脸上，闪烁着无尽清冷之光芒。鹤氅曳空，宛如暗夜之羽翼，浮动在他身周，冷然凝结出一柄玄凤羽剑，将他身躯缓缓托起。

与龙皇相比，他的一身沉黑，更像是魔，但这黑色却有着无上高华之感，映衬得他宛如夜之帝王，手握千万人之性命，时而慈悲无比，时而不尽肃杀。

他，亦是天生的王者，注定要踏足九天之上，接受万民敬拜。

就算在龙皇之威严笼罩下，他的风采亦未有丝毫黯淡，隐然有分庭抗礼之感。

龙皇的手在空中顿住。

对此人，他亦有着一丝敬意。

不仅仅是因为在自己最艰难的时刻，他放弃出手。

简碧尘凌空伫立，万千凤羽垂落，一如他沉沉风华。

“吾受祈天神术，上应天命，终生不败。”他淡淡道。

“吾就以这份天命，请与龙皇一战。”

他一举手，道：“请。”

凤啼声清亮，简碧尘静静站在龙皇之前，没有招式，没有动作。

他竟不肯先出手。

龙皇看着他，淡淡道：“据说每一任华音阁主，皆受祈天神术之庇，终生不败。”

简碧尘没有回答。

这些话，他刚刚说过一遍。

龙皇看着他，轻轻微笑：“也据说，华音阁主，绝不由女子担任。”

话音才落，四下一阵沉寂，随即激起一片惊声。

这个禁令并不是什么秘密，天下人皆有所闻，但龙皇为何要在这时提起？

难道，这意味着，简碧尘竟是例外？

众人皆将怀疑的目光投向简碧尘。

——难道这御凤临风、君临天下的华音阁主，竟是一位女子？

简碧尘目中神光变幻，一时无语。

鹤氅的阴霾下，他苍白的指节微微颤动，竟难以自制。似乎心中最痛的伤，也被这句话撕开。

是的。

“他”、华音阁主、简碧尘，的确是女子。

她的存在，打破了华音阁历代的禁令。[注]

注：祈天神术是至刚至阳的法术，只能施展在男子身上。简碧尘为承受祈天神术，不得不放弃女身，将肉身炼为灰烬，从此沦落到有形无质的地步。

若非有此禁令，她何须放弃了自己的形体，用真火将躯体炼化为灰烬？

若非有此禁令，她何须令自己有形无质，至今鹤氅下，仍只有虚幻的影像？

若非有此禁令，她何须受三圣主的诅咒，和相爱的人咫尺天涯，永隔参商？

这本是天下绝传的秘密，十年来，她为了保守这个秘密，承受了多少刻骨的创痛，付出了多少常人永难想象的代价。

却在此刻，被龙皇轻描淡写的一句话，生生撕开，鲜血淋漓地展现在所有人面前。

简碧尘沉静的眼波中第一次有了涟漪。

龙皇沉沉的声音在天幕中震响："既如此，你僭天越命，登此权位，又何言天命？"

这一问如雷霆陨坠，击在两人之间，激起阵阵尘埃。

天地默然。

良久，简碧尘轻轻抬头。

她目中的涟漪尚有余痕，却无损她高出尘世的沉静。

她一字字道："纵如此，吾既得此天命，亦要护此天下。"

龙皇看着她，目中渐渐露出一丝欣赏之意。

他缓缓道："可天命于我无用。"

"若真有天，我便是禁天之命。"

"你若向我出手，就死。"

他的声音温和，似是跟故人把酒清谈，不带有丝毫威胁。

却没有人怀疑他的话。

简碧尘笑了。

隔着狰狞的面具，她的笑就像是一缕清风，又仿佛天际淡淡的月色。

"龙皇，出手吧。"

只有这个女子，是让他先出手的。

她的年纪并不大，但自有一段高华，仿若自骨中生出，深深震撼着每一个见到她的人。

站在她面前，便会由衷地感觉到，能够君临天下的，绝不仅仅是力

量。

有的人用权力征服世界，有的人却以沉静、慈柔之风仪。

征服，或者关怀，都能让众生匍匐在脚下，拜服。

那亦是无法抗拒的力量，足以天下无敌。

龙皇略略抬头，看着这骄傲的羽凤。

该不该杀了她，让她的骄傲沦落成羞耻呢？

让她坚持的天命，成为可笑的东西。

龙皇稍微犹豫了一下。

苍蓝之威严，静静地在天宇中蔓延着。

“啪”的一声轻响，坎水。

五千未入轮回的死灵，神形俱灭。

与上几次不同的是，这次他们是在完全清醒的状态下目睹同伴的死亡。凭空消失的血肉，还未意识到死亡来临的白骨，仍然如生的姿态，被黏稠的血当头淋下，宛如刚被宰割的鱼肉，带着腥秽的热气，捧到每个人面前。

惊惧宛如雷电轰进每个人的心底，将他们的胃搅动着，有几个人忍不住呕吐起来。

他们生前都是身经百战的勇士，血污游魂对他们来说都是家常便饭，但如此血淋淋的一幕，而且是降临在曾同生共死的伙伴身上的惨状，仍让他们无法承受。

苍蓝之雪纷纷而下，恐惧一波波蔓延、攀升，终于，突破了他们承受的极限。

整个天地大阵中响起了阵阵哀号，他们的精神几乎完全崩溃。

那是以龙皇威严所释放的恐惧，死亡与鲜血的恐怖被无限放大，深深地印在他们心上。

龙皇纤长的手指缓缓勾动，艮山之阵的影像在他掌中具现。

随着他的动作，那组成五岳战云的艮山卦阵，倏然陷入了静止。

五千只陶瓷般的粉偶，静静地矗立在北极蓝色的冰雪中。

随着龙皇轻轻握掌，细细的血纹自粉偶身上蔓延，破碎。鲜血慢慢沁出，暴散成薄薄的红雾。

死亡，像是猫咪打的哈欠，慵懒如一缕阳光，慢吞吞袭来。

却又紧紧攫住每个人的心。

简碧尘面容缓缓凝住。

祈天神术从未失败过，每个接受此术之人，将受天之佑，绝不会败。

那么，如果她败了呢?

她凌空跨出一步，向龙皇袭了过来。

她要以钧天之命，来抗拒龙皇威严。

“哦，还有一个小东西。”

龙皇脸上露出温和的笑容。

手指轻挑，一只玉台破雾而出。

龙薇儿静静地躺在玉台上，仿佛刚睡去的百合花。

简碧尘面容倏变。

龙薇儿是人质，被太子置于天地大阵中，要挟简碧尘。此时，却为龙皇所掌握。

简碧尘的心前所未有的冰冷。

龙薇儿在太子手中时，是一个筹码，有求于她的筹码。她知道，只要自己执行太子的命令，就能挽救龙薇儿的生命。

但龙薇儿在龙皇手中时，却只是一个玩具，一个注定要破碎的玩具。

他无求于任何人，也不需要她做任何事。

他只是要在她面前、在天下人的目光下，残忍地破碎她最珍贵的东西，来嘲弄祈天神术的可笑。

嘲弄天命。

龙皇微笑：“身负天命之人，你能做得了什么呢？”

轻轻握掌。

简碧尘身子一振，玄凤羽剑倏然出现，带起一阵苍茫的凤啼，向龙皇斩下。

龙皇双目中苍蓝色的光芒一闪。

“没有天命，只有禁天之命。”

他冷冷地盯着简碧尘，手猝然一握。

简碧尘顾不得伤敌，玄鸟羽剑怒啸，向龙薇儿射去。她要抢在龙皇之前，护住龙薇儿。她绝不能让龙薇儿受到半点伤害，绝不能！

但，有谁快得过龙皇之威严?

简碧尘的心碎，玄凤羽剑划过天宇，竟是那么苍白。

没有天命，只有禁天之命。

若只有天下人都死，才能留下一份干净的爱情。

那么，就握紧吧。

一条人影倏然飞出，扑在龙薇儿身上。

苍蓝之锋芒一闪，那人一声惨叫，身上的火影碎裂。

鲜血，宛如最鲜艳的胭脂，点滴洇染在龙薇儿白玉般的容颜上，妆点着她睡去的宁谧。扑来的那人完全承受了龙皇这虚空一击。

肌肤立即大片大片地脱落，他将如粉偶一般，失去肉体，以鲜血沐浴自己的白骨。

但令人震惊的一幕在这瞬间出现。

肌肤才一脱落，立即便有新的肌肤生出。才坏死的肉体下，立即生出新的肉体，取代脱落的腐肉。痛苦像潮水般卷过他的身体，引起阵阵惨叫，他忍不住放开龙薇儿，躺在地上一阵惨叫，却就是不死。

“李玄？”

连龙皇，都不由得惊讶起来。

居然有人能经受龙皇威严而不死？

李玄挣扎着爬起来，在定远侯的坚毅神识下，他似乎恢复了不少，音容笑貌中，依稀有几分往日的无赖。他单手指天：“只要我不死，就不会让你杀龙薇儿！”

“那你就去死好了。”

龙皇淡淡道。

冲天威严再起，越过简碧尘的玄凤羽剑，向李玄凌空压下。

反正所有的人都要死，无所谓哪个先、哪个后。

他不介意先杀死这个小混混。

李玄面容立即惨变，方才的得意全部消失：“你来真的啊！”

他撒腿就跑。

头脑仍然昏沉沉的，不是很明白自己为什么会在这里，要做些什么。心里很空，很悲伤的感觉。有一大段记忆无论如何也记不起。

好在，定远侯的灵魂，替他弥补了部分雪天锋的伤害，让他恢复了些许往日的无赖。

但随着九灵御魔镜破碎，定远侯的力量也在缓缓消失。

他又变得一无所有。

于是，只有普通的李玄，正慌乱地躲避龙皇的惩罚。

但，跑，怎么能跑得出龙皇的掌心？

苍蓝威严似是随着天雪纷纷而落，将万物尽皆笼罩其中。一切都该死。

漫天战云倏然凝结，分化成天、地、山、泽四相，集结在李玄身周。龙皇之威严与战云撞在一起，凌空响起一阵雷霆般的剧震，吓得李玄跌倒在地，却躲过了这灭世一击。

他完全吓呆了，眼见龙皇手再抬，向自己指来，他伸手就将阿拉神雷掏了出来。

这被他倚为长城、屡建奇功的宝贝，又能干得了什么呢？

第一次，他感觉到自己是那么软弱无力。

一只枯瘦之手一把将他抓住，老鬼双目闪闪发光，盯着他，就好像李玄盯着阿拉神雷一般。

“年轻人，可不可以将你的身体借给我？”

这是什么话？老头子疯了么？

事实上这根本就不是在征求意见，老鬼一把抱住他，从头上揭下一块头皮，带着满头头皮屑，向李玄当头罩下。头皮屑似是满天星光，在李玄身边自由飞舞。

李玄恶心得惨叫一声：“老鬼，你做什么！”

药师老鬼的动作看去很缓慢，但李玄却无法躲开。“啪”的一声轻响，那张头皮紧紧粘到了他头上。

药师老鬼抱着他笑道：“不知好歹的家伙。我将平天冠送给你，平天三宝都凑齐了，你该感激我才是！来吧，我作为第九重大礼辜负了太子的期望，我就将你变成最后的一件大礼——第十重礼，你一定不要辜负我啊！闹他个天翻地覆吧！”

平天冠？怎么听起来跟浩瀚战甲、五云战靴差不多的样子？什么九重十重大礼？为什么受伤的总是我？李玄正在疑惑着，身上骤然一阵热力透出。

那块头皮，身上破破烂烂的衣服，胖乎乎的靴子就好像烈火一样燃烧起来，李玄就仿佛被扔进火山，惨叫声中，身体被烤成八分熟。

仅余的乾天、坤地、艮山、兑泽四阵，猛然大放光明。

四枚卦符就像是巨大的明灯一般，蒸腾起万丈红光，直冲苍天。四周的天地元气受了牵动，疯狂地搅动起来，瞬息之间被四大阵势销蚀、吸收，化为天地山泽之战云，直冲入李玄的体内。

李玄惨叫声震天动地，痛苦不堪。仿佛有四柄尖刀同时插入他的体内，狠命地搅动，将他的血肉经脉粉碎，又重新组合起来。

那种痛苦，完全不是人类可以承受的。奇异的是，他居然有种脱胎换骨之感。

大地山川，一瞬间变得亲切无比，他像是开天辟地的盘古，躺在亲手创立的宇宙之间，无论什么生灵，都满怀孺慕向着他。天地间的力量予取予求，任由他主宰。

他瘫倒在地上，将身躯尽情伸展开，畅享着这种新奇的感觉。

他感到自己变成了一束光，足以能够照耀所有人。

他缓缓张开眼睛，不由得一声惊叫。

这个世界变得好小好小啊。山岳，河流，甚至星辰，都像是玩具般可笑，似乎他只要一伸手，就可以将它们碾成碎片。

他穿越了么？来到一个新的世界了么？

他试着想坐起来，整个天地发出一阵强烈的颤抖，仿佛要倾倒一般。李玄大吃一惊，就听老鬼的声音在他脑海中震响：“傻孩子，不是世界变小了，而是你变大了！”

随着这句指点，李玄猛然发现，他并没有到什么新世界，这就是他所在的世界。

禁天之峰依旧高耸着，只不过才到他的胸前而已，上面一个苍蓝色的人影，长发飞扬，正凝视着他。

果真是他变大了！

他究竟变得多么大？李玄试着站起身来。

禁天之峰猛然一阵摇晃，几乎被他一足踏倒。大地剧烈地震荡着，以极快的速度远离他的双眼。他的视野变得广阔无比，似乎连千里外的长安都能看到！

他的头颅深深钻入了云霄中，身子才完全站直。他昂头，苍蓝的天幕宛如覆压在眉睫上一般，又似是他的斗篷，在背后流淌着。那种离天极近的感觉，让他禁不住弯下腰来，生恐一用力，就会将苍天撑破。

他垂头下视，龙皇的眸子穿越百丈距离，注视着他。

奇怪的是，李玄并不再有惧怕的感觉。他心中涌起一阵强烈的冲动，抬起脚来，一脚狠狠地向禁天之峰踏去！

他不信这一脚踩不死龙皇！

龙皇淡淡一笑，手指伸出。

李玄的脚倏然顿住，竟被这一指挑在空中。

李玄吃惊地张大了眼睛，不敢置信地看着眼前的一幕。

龙皇身上布散出的威严没有一丝增，亦没有一丝减，见到如此巨大犹如战神一般的李玄，他没有半点讶意。

而李玄这令天地震动的猛踏，竟如清风一般，不能吹动他一丝一毫。

这怎么可能？

这又怎么不可能？不可战胜的龙皇，又岂会被这么简单的一击打倒？就算李玄变得跟天一样高，也是没用的！

李玄不由得有些泄气，他还是救不了龙薇儿么？

药师老鬼的声音直接贯穿他的脑：“果然还是不行啊，你太害怕龙皇了。”

李玄：“你试试？你能不害怕么？”

药师老鬼：“我以秘法运转天地大阵，将你变为战神之体。虽然只有天地山泽之力，并不完整，但应该能抗衡龙皇之力量才对。年轻人，打败你的不是龙皇，而是你——是你自己那颗恐惧的心啊。”

李玄：“废话！我能不害怕么？”

药师老鬼：“你能的。请看。”

李玄脑海中忽然浮起一幅画面。

洁白无瑕的玉台上，一个纤弱的身影静静躺着。李玄心中莫名地感到一丝振动，他忍不住俯下身来，想抱起这个人，好好看清楚。

那是一张圣洁的脸，酷似龙薇儿，但李玄却又分明地知道，她是承香公主。那个纠缠着他三生的公主。他的心中充满了无比的依恋，忍不住一滴热泪滚下。

承香公主慢慢张开眼睛，充满柔情地看着他。

一瞬间，李玄仿佛变成了定远侯，在漫天黄沙中，怔怔地看着承香公主走进妖湖魔宫。那种无力的痛楚感折磨着他的心，悱恻缠绵，永无尽头。

在接近魔宫的瞬间，承香公主回过头来，向他远远凝望。

那即将失去的挚爱啊……

那修为虽然横绝世间，却无力把握住爱情的痛苦……

血泪，自李玄的眼中流出。

这一刻，他无比深切地明白，定远侯为何穷极三生，也要守护承香公主。

他忍不住一声嘶吼，一拳向石星御当头轰下！

拳势才起，天地大阵中立即闪起一团精光，艮山之阵战云纠结成五岳之形，没入了李玄体内。立即一阵狂风鼓荡在李玄身周，他击出的拳头陡然幻化成五座大山，每一座都如他身躯般大小，向着禁天之峰猛然压下。

龙皇的眸子中终于露出了一丝讶意，似是没有料到李玄竟会如此快速地成长。

他身子倏然舞起，逆空向五岳之拳上迎去。

苍茫龙啸声中，一条透明的巨龙猛然在他身前出现，轰然一尾扫在五岳之上。

李玄一声闷哼，只觉一道狂悍至极的力量怒涌过来，雷霆一般在他身前炸开。他忍不住一口鲜血喷出，五岳之形立即被轰散！

苍蓝之芒倏闪，龙皇的身影在他眼前显现。

与他那巨大无比的身躯比较起来，龙皇还不及他的一小截指头。但一看到那双蓝色的眸子，李玄不由得一阵窒息。

龙皇伸出一根手指，捺在了他的额头上。

李玄一声惨叫，强横的龙气窜入他的身躯，完全无视他体内庞大的力量，迅捷无比地钻进了他的经脉中去。

李玄惨叫声不绝，鲜血炸裂般轰出体外，带着大团大团的骨肉，刹那间巨大的身体支离破碎。他轰然倒地，龙气依旧肆虐着，仿佛锁链一般紧紧钳制着他的躯体。

但，纵然如此强大而妖异的力量，仍无法杀死李玄。

鲜血爆出，同样多的血立即在他体内产生，补足在失去的地方。筋骨被剔除，立即有全新的筋骨生长出来，比原来的更强、更坚。

肉体受的创伤无论多大，都能迅速愈合，甚至连伤口都不留下一痕。

暴悍的龙气穿过他的身体，钉在地面上，他却在下一瞬间，恢复成健康、精力充沛的李玄，甚至连体内的战云之力都没有丝毫衰减。

只是，不知什么时候，他已泪流满面。

他知道自己的身体很特殊，无论受什么伤，都能迅速愈合。就算头上被人砍了一刀，也不会死去。这本是习武之人梦寐以求的好事，但对李玄来讲，却是那么悲伤。

每当伤痕降临到他身体，他的心总是很痛、很痛。

所以，他宁愿以冷笑话度世，将阿拉神雷当成克敌制胜的宝贝，也不愿学习任何道法武功。他不愿跟任何人争斗，也不愿介入任何纷争。他只想平平淡淡地度日，就算平庸、邋遢，也不要受一点伤。

但命运，却不肯放过他。

多少次，他用身体对抗着一个个强悍的敌人，任由心底的悲伤越积越厚。

如今，他身着平天三宝，驾驭着天地大阵的无上威力，对着龙皇发起一阵又一阵的冲击。天地大阵越转越疾，他体内的力量越涌越强，施展出的招式越来越圆转如意，连龙皇都不由得郑重起来，但他心中的悲伤却越来越重。

那感觉，就像是亲眼目睹至亲的人，在一步步坠入深渊，无论如何都挽留不住。

好悲伤啊。

他狂啸一声，双拳击在地上。

大地轰鸣，似乎同他一样哀号哭泣。巨大的反弹之力让他的身躯弹起，飞跃在空中，双拳飞舞，艮山、兑泽二力连运，向龙皇暴雨般击下。

他心中那无边的哀伤激发了他天性中少有的狂悍，双目不知不觉变得赤红。

无论龙皇力量多大，击倒他多少次，他都要将他轰倒在双拳之下！

一定！

第十八章 凄凄古血生铜花

浮空岛上，龙穆悠闲地看着这场毁天灭地般的决斗。

“你竟然能做到如此地步呢……”

他赞赏地看着李玄。虽然处于绝对的劣势，但龙皇亦不得不以郑重之姿态对战，这就是李玄赢得的最大的尊敬。

李玄那特异的体质，连龙穆都不由得惊讶起来。眼见龙皇几度施展龙力，焚灭李玄之肉体，却始终无法将他真正击倒，龙穆觉得饶有兴味。

伟大的龙皇也不是无所不能的么。

只有他，才能这么悠闲地以鉴赏的目光看待这场决战，也只有他，才能够看清楚，与龙皇作战的，并不只有李玄。

或者可以说，李玄仅仅只是个棋子。

药师老鬼面容透射出少有的肃穆，十指虚按空中，天地大阵宛如一柄巨大的竖琴，被他凌空弹奏着。虽然只有四根琴弦，但在老鬼纶指妙音驱动之下，仍足以呈现一篇华美的乐章。

天、地、山、泽四种战云或凝重，或宏大，或灵秀，或峻伟。其中蕴含的元气浩浩淼淼，几无穷尽。李玄一点修为根底都没有，只不过体质特殊，身具平天三宝而已，若是任由这些战云涌入体内，只怕会立即爆体而亡，哪还能克敌制胜？但经过药师老鬼的纶指调配之后，各种力量化为一体，暴戾之气顿被消减，再入李玄体内，已可随便驱使。

龙穆双眸之间精光闪了闪，李玄的身躯就仿佛透明一般，被看得清清楚楚。

他不由得轻轻点了点头。

原来如此。

即使在李玄体内的真气，也仍然受着药师老鬼的控制。四阵战云各有不同妙用，在老鬼指点之下，分进合击，井然有序。

这哪里是李玄跟龙皇打，简直就是药师老鬼亲自上阵啊！

算起来，自这场大战开始以来，五行大阵、十万鬼兵、太子、叶法善、摩云书院众弟子……

甚至于华音阁主简碧尘、大唐战神李靖都参与了对石星御的围攻。

以众凌寡，太卑鄙了。

龙穆学着药师老鬼的拍子，轻轻叩打着手指。顺着节拍轻轻哼出歌声，徐徐向禁天之峰行去。

他才不会那么无聊，去跟龙皇拼个你死我活。

他要将苏犹怜“偷”出来。

太子的目光紧紧盯在大战场中。

李玄所化的战神的确威力无边，居然一时和龙皇战了个旗鼓相当，这令他稍稍松了口气。

第十重大礼，压轴大戏，总算没有让他失望。

但他却无法放心，只要龙皇没有死，一切就随时可能逆化。他一定要想个办法，趁战事胶着之时，再伺机重创龙皇。

他突然想到了一人，忍不住欢呼道：“简主……”

华音阁主受祈天神术所佑，是对付龙皇的最强法宝，太子岂肯放过。

一句话才出口，陡然之间，一股寒意潮水般散开，太子欢呼立化惨叫，身子一缩，隐没在清凉月宫中。

桂树天香披拂而下，将他紧紧护住，他的惊恐，却无法躲避简碧尘那淡淡的眸子。

也因，他已看到，简碧尘的手，挽着一个人。

虽被李玄挡住，但亦已重伤在那一握之下的龙薇儿。

龙薇儿犹自在睡着，娇嫩的脸上泛起淡淡的痛苦之色。人生对于她，就是一场噩梦。无论醒来还是睡着都是一样。

简碧尘的眸子越来越冷，太子忍不住簌簌发抖。他多疑的性格此时产生出致命的压力：无论是清凉月宫，还是天香桂树，都无法让他具有挡住简碧尘一剑的信心。

他几乎忍不住拿出密旨，命令药师召回战神，为他抵挡简碧尘一剑！

就在此时，龙薇儿呢喃一声，悠悠醒来。

简碧尘面色微微变了变。

她无法在这个小孩子面前，杀死她嫡亲的哥哥。

她也不想让薇儿看到眼前的一切，更不想让她知道真相。

“灵奴。”

一阵微紫淡芒闪过，她的身影渐渐在空中隐没。

冷冽之感渐渐被风吹散，化为漫天凤啼，消失空中。

太子一跤跌倒在地，几乎虚脱。

李玄就像是上古神魔大战中疯狂的共工，双目越来越赤红，风火雷电在他身周旋转着，每一动，则天地皆惊。

北极上空那片天幕本被龙皇威严覆盖，苍蓝之雪纷纷洒落，尽沐龙皇那灭世之威。但随着李玄与战云融合得越来越完美，那片苍蓝之天被他搅得一片混乱。

他的身形并没有变，仍然是那么巨大，但具现出的威严，却增加了几倍。平天冠、浩瀚战甲、五云战靴也全都现出了本来模样，每一件都几十丈长短，放射出万道光芒，覆盖在李玄身上。

在北极冷幽而美丽的天际，巨大的战神顶天立地，宛如一轮太阳，烤灼着冰冷、苍凉的大地。

他每一出手，便有一座卦阵随着雷霆而动，将战云疯狂鼓涌到他体内，随之具现出与卦相相合的无尽威力来。

乾，飞龙在天，利见大人。

李玄身子腾空，双足猛然一踏，大地被他踩出个巨大的坑，深陷下去。他凌空暴起，就宛如一片黑云般，向着石星御压了下去。苍天骤暗，几乎被他巨大的身躯完全遮蔽住。

坤，龙战于野，其血玄黄。

李玄一击不中，身子立即退回。凭借着如此高大的身躯，他只需跨开半步，便与禁天之峰拉开几十丈的距离。跟着双足横跨，前后左右跨了四步，凌厉的拳风自四面八方向石星御逼了过来。

艮，无咎，利永贞。

一团沉雄之气将李玄全身包围住，那是艮山之气，如中央黄土之气，绵绵无休，坚不可破。李玄一声大吼，冲天而起，竟什么招式也不施展，将身体狠命地向龙皇撞去。

兑，商兑未宁，介疾有喜。

随着他身形晃动，满空战云倏然分解，凝结，被高高抬起。战云被巨大的力量挤压着，在天空中结成一团漆黑的云彩。暗色风暴在中间肆虐，摇摆，突然一声轻响，黑云化成漫天暴雨，凌空怒舞。每条雨丝都被李玄凝化成比钢还坚硬的水刃，暴斩禁天之峰。

但无论李玄的攻击多么强烈，石星御只是淡淡一挥手，就会将之全部化解。跟着一指点出，无论李玄如何闪避，这一指必定会直中他的额头，凌厉龙气跟着透下，将他的血肉疯狂析噬。

然而，李玄的潜力就似是无穷无尽一般，龙皇身上的光芒，也越来越重，越来越明亮。

龙穆轻轻踏上禁天之峰。

没有人发现他，在大乘佛法的护卫下，他就像是一粒微尘，避开了所有人的耳目。

苍蓝之圣殿闪着淡淡的光，并不拒绝这位美丽而温雅的访客。

龙穆轻轻走进宫殿。

他的姿态十分从容，目光悠然扫过披拂的幕幔。他对龙皇的审美显得非常不屑。如此威严的圣殿中，怎会只有这么简陋的装饰呢？

要摆满名花，砌满美玉，天香做氛，缭之杜衡才能为美人之室啊。到处堆着这么多冰，不怕寒了美人的芳颜么？幕幔上连一点纹饰都没有，不怕美人厌倦么？

他好整以暇地走过长长的殿阶，走得腿都酸了。

突然，一个娇媚的声音传来。

“站住，小王子。再走一步，你就进入龙皇的禁区了。”

龙穆倏然收回目光，凝聚在声音传来的方向。

那是一只高座，由最精美温润的玉石砌就。亦没有半分雕饰，只是高大。与禁天之峰，苍蓝圣殿恰好相符，透射出苍茫雄浑之美来。

玉座温润，宛如最腻的羊脂，距离龙穆十几丈，他仍能感觉到玉所散发出的淡淡柔光，仿佛透入了肌肤深处，轻轻揉磨。

但打动他的不是玉座，虽然这是他一生中所见过的最纯净的美玉。

他的目光，凝结在玉座中间那团洁白的影子上。

那人儿宛如一团轻绵，伏在玉座上。

玉座高大，她那娇怯怯的身子只能占满半边，慵懒地斜靠在扶手上。雪袖层层退开，露出一段皎洁丰腻的手臂，将香腮轻轻托起，待看不看地望着龙穆。

她对龙穆的兴趣，远远不及指甲上新涂的蔻丹。她轻轻吐着气，好让指甲早些干。

春葱般的纤指，被蔻丹的艳红映照着，正是新妆初峻的妖娆。

龙穆目中闪过一丝惊愕。

他曾经数度想过再见到苏犹怜时，会是什么样子。他也想象过，被龙皇抓走的苏犹怜，会遭受什么样的折磨。

他这次远踏北极大魔国，本是想不顾一切，救出苏犹怜的，但他没有想到，在苍蓝圣殿中见到的苏犹怜，如此妖娆妩媚，好像成了另一个人。

一位完全不认识他的女子。

龙穆眉头轻轻蹙起。

这颠覆了他所有的想象，同时又感到一丝惆怅。

——她怎会对他连一丝印象都没有呢?

他摇了摇头，奋力将这些影像全都驱赶出脑海外，道："快跟我走，回书院再说。"

女子连眼睛都不抬起，淡淡道："你认错人了。"

龙穆跨上几步，向她手上抓去。他满腹疑窦，目前最好的办法，显然是将苏犹怜赶紧带走。

女子轻轻瞟了一眼，柔声道："你越过界了……"

一声龙啸惊天动地般在禁天之峰上响起，高出云表的冰峰一阵颤抖，似乎有只巨大的爬行动物正迅捷无论地自峰底爬上，倏然，漫天幕幔被风吹起，一只巨大的龙头霍然出现在龙穆面前!

伟大的玉鼎赤嫈龙，终于赶回了禁天之峰。

它一眼就见到那抹蓝影，心中一阵狂喜。龙皇之威严还在，那就不算救驾来迟。然后它才看到了那个顶天立地的战神。它立即乖乖地把爪子跟火收起，向远处躲去。多么可怕啊！你看他那脚丫子，简直跟山一样大。被这么大的脚丫子踩中，不死也重伤啊。

但高贵如龙皇都在作战，他最钟爱的玉鼎赤不能闲着啊。

玉鼎赤谨慎而热切地打量着周围。

找谁对决呢?

清凉月宫……太诡异……

天地大阵……人太多……

叶法善……已经死了……

上天对它太好了！它发现了正在苍蓝圣殿中图谋不轨的龙穆。

就是这家伙！玉鼎赤立即轰隆隆地带着天降神火，攀峰而上，凶狠万分地对着龙穆。

为了捍卫龙皇的女人，它要跟他拼命！

在李玄第七十二次疯狂扑击之后，龙皇终于厌倦了，两根手指一齐捺向李玄额头。

巨大的身躯仿佛被两尊看不见的神将抓住，猛力摔了出去。轰然落在十里外。如此之远，犹然砸得禁天之峰一阵颤动。

龙皇淡淡道："为了让你们安心死去，我特意不出全力，让你们可以尽情施展最强绝招。卫公，你为何还有保留呢？"

药师老鬼叹了口气："龙皇说得不错，在龙皇面前，我的确没有资格保留。"

他轻轻挥了挥手，悬挂在天地大阵中心的清凉月宫，忽然疾旋起来。圆月渐渐上升，宛如真实的月亮，悬照在天宇之表。无数金黄色的光芒自月中溢出，化成一个个巨大的光轮。

这一幕，像极了叶法善与天地大阵同时现身时的情景。不同的是，光轮中锁住的，并不是组成天地大阵的秘法丁甲，而是一个个漆黑的妖魔。

它们的身躯上刻满了各种各样的伤，才一出现，便对人发出一阵狂吼，牙齿咬得咯吱咯吱作响。黏稠的各色血液自它们身上滴下，展示着被镇压的岁月里，他们所遭受的酷刑。如果它们得到自由，它们会毫不犹豫地冲上去，将所有人撕成碎片。

这是被龙皇镇压的妖魔。龙穆击溃紫阳之珠后，它们便被放出，随即被天地大阵捉住，成为药师老鬼的最后一击。

它们无法突破光轮，只能在其中惨叫。又恨又怕地惨叫。

药师老鬼枯瘦的手伸出，一杆旌旗出现在手心。手一抖，旌旗化成一道青光，插入一只光泡中。受了光轮的禁锢，那只妖魔完全无法躲闪，青光直没入脊背，迅速不见了。妖魔惨吼一声，身子骤然涨大，"砰"地散开。戾气冲天而起，光轮变成一团漆黑，被夜空吞没。

但那股满含着怨恨憎恶的戾气，却连龙皇都不敢轻视！

这道青光将妖魔心中的怨恨无限度地增大，最终连它的身体都无法承受，爆体而死。

这是何等的怨恨？

药师老鬼面容肃穆，出手不停。青光散乱，九十九只金黄色的光轮，尽皆化为漆黑。

他慢慢垂手，一字字道：“龙皇，我曾经说过一句话，真正的杀招，一招便足够。”

天地隐隐震动着，似乎也在为他将要说出的那句话而战栗：“群魔幻生，接我这干冒天怒的一招吧！”

九十九只漆黑的光轮，倏然迸开！

戾气冲天而起，化成无边厉啸，刹那间天地全都被狂涌的魔气充满。

怨憎、愤怒、仇恨、厉杀……千万种狂暴的情绪一一具化成万千魔影，在空中急速扭曲中，魔气吞吐，幻化成一道巨大的漆黑龙卷，轰然没入了李玄体内。

李玄惨叫一声，双手按住自己的胸膛，用力撕裂开。痛苦钻进他的身体深处，狠狠噬咬着他的神髓。只有将身体扯破，洞开，才能够缓解这种痛苦。他那上接天下接地的躯体，在沾到魔气的一瞬间，便迅速地变得漆黑。

他发出一声压抑的嘶吼，胸口忽然裂开。

一只巨大的眸子自他肉体中生出，凌厉而怨毒地盯着石星御。

身体完全不受自己的驱使，带着蚀天之魔炎，向龙皇攻去。

巨大的龙卷宛如一条垂天之翼，紧紧束缚在他身上。他所经过之处，苍蓝的雪原立即变成漆黑。灰败，破损，衰老，陨落。

他变成了无意识，无灵魂，混沌的一团，身体的每一分每一寸都充斥着仇恨憎恶，狂风一般卷向龙皇！

杀！了！他！

第十九章 芙蓉凝红得秋色

龙穆看了玉鼎赤燚龙一眼，笑了笑：“这倒不错，至少应验了那句话，你我会有一战。”

玉鼎赤燚龙眼神也肃穆起来。

“我们的青春，必将有一战共同度过。”

他们像真正的高手那样对垒着，龙穆忽然出手。

巨大的浮空岛破空在禁天之峰顶出现，岛上盘坐的佛陀双眸低垂，双手合十，做着与龙穆同样的动作。

龙穆破颜微笑，神情闲淡至极。他凌空一掌，向玉鼎赤燚龙拍去。

玉鼎赤燚龙轻蔑地道：“大日至的小东西。”

它抬起粗壮的龙爪，迎向龙穆修长白皙的手。不要小瞧我们四大神龙啊，我这一击看来没什么力气，但却蕴含着先天离虚真火，哪里是你能够抵挡的呢？玉鼎赤在心底叹了口气，它准备将龙穆烤成七成熟。这小家伙白白嫩嫩的，烤焦了就不好吃了。该用西域的红葡萄酒加夜光杯来佐餐呢，还是用绍兴三十年的女儿红加琉璃盏？

这让玉鼎赤燚龙甚难抉择。

真是甜蜜的小折磨啊。

猛地轰然一震，玉鼎赤燚龙一声惨叫，它那无坚不摧的龙爪几乎折断。它痛得泪都流了下来，急忙转头看时，就见轰向它之龙爪的，哪里是龙穆那只干净白嫩的手掌，赫然竟是空中那尊无量石佛的如山巨掌！

它……它可是温文尔雅的一条龙，怎么会跟这个粗暴的家伙交手？它

那精致的爪爪只能给皇挠背用啊。

玉鼎赤獒龙哭丧着脸，抽回爪子。就见龙穆另一只手一扬，再度向它击了过来。

它看了一眼，是龙穆的小手。

又看了一眼，还是龙穆的小手。

他终于放心了，一爪狠狠地抓了过去。

惨叫，在这个丰收的季节里，勤劳的玉鼎赤獒龙收获的只有惨叫。

它左爪捧着右爪，疼。右爪捧着左爪，疼。

这究竟是怎么回事？明明看到的是龙穆，怎会变成石佛呢？

龙穆淡淡一笑，合十念诵道：“一切有为法，如梦幻泡影，如露亦如电，应作如是观。”

他温和的目光望着玉鼎赤獒龙：“你皈依吧。”

玉鼎赤獒龙太伤心了。它哀怨地惨叫道：“这不公平，这太不公平了！”

它用受伤的右爪指着龙穆：“你只不过是仗着大日至的庇护罢了，剥除了大日至的外壳，你只不过是个可怜的小东西。

“而和你相比起来，我们的皇是多么的伟大啊！那伟大藏在他的发梢、他的指尖、他的脚下、他的眉间！他的一举一动，都会让天地焚灭，他出现的时候，一切荣耀都为他所有！他就是最伟大的皇啊！”

这语无伦次、又肉麻至极的赞颂让龙穆的脸色变了变。

本已淡去的梦魇如陈渣泛起，瞬息将他的心扰乱。

这头蠢龙也敢这么说？

龙穆脸色一沉，手指微抬，引领一道光芒，向玉鼎赤指去。

就在此时，他看到了苏犹怜。

轻轻倚在玉座上，淡淡看着他的苏犹怜。

她看着他，仿佛看着漫天尘埃。

——她是否也是这样想的呢？

手指顿住，龙穆的脸上闪过一丝犹疑。

就宛如太阳风扫过时，诸天星辰都不由得一黯。

“你，也是这么想的么？”

自与梦魔一战之后，他以为自己已解开了心结。玉鼎赤獒龙怎么想，他的叔父们怎么想，东西南北中五天竺的子民们怎么想，都不重要，他可以如月光般温煦一笑，将他们的质疑定义为妒忌与卑鄙，但唯独这位女子，却让他无与伦比地在乎。

这个斜倚在玉座上，淡淡看着他、宛如看着尘埃的女子。

他的心不由得升起了一丝不安。

不安迅速弥漫，发芽，盛开，结成妖艳的恶之花，将他紧紧缠绕。痛苦仿佛花蕊中散发出的香蜜，浸渍在他身周，让他痛苦到不能呼吸。

“……不过是大日至的小东西。”

你也这样认为么？

这一刻，我的灵魂跪伏在尘埃的大地上，等待你的指引。

龙穆握紧双手，静静等待着回答。

他的世界，慢慢崩裂，化成光与暗两部分。取决于这个回答，他的人生，将走入不同的歧途。或者高飞于九天，或者沉沦于地狱。

大殿中越来越静，渐渐的，他听到自己的呼吸，他无比祈盼着这个答案，却又不敢聆听。

他是多么需要一个答案，一声指引。

那女子静静地看着他。焦灼是一团火，从他的眸子中烧出，深入到她的心中。她的平静，受到了撩动。

她轻轻咬着嘴唇，似乎是在思量。慢慢地，她起身，向龙穆走去。

万种风情，随着她一抬步，一移足，水纹般向四周散开。宛如夜幕初降时，星辰在点点出现。但这又绝不类于生命中所见过的任何一天。

天色是那么蓝，带着些苍翠色，干净，透彻，纯洁。一枚枚星辰都巨大无比，旋转成七彩的流风，静静渲染在天幕上。每一颗星，都美丽得让心跳停止。

她从空寂的苍蓝圣殿轻轻走过，身上垂落的洁白长裙，就仿佛是一条银河，在群星中曳过，而她的容颜，却忽然变得不清晰起来。

她脸上仍带着苏犹怜的轮廓，更多的，却是惝恍。

没有任何言语，能够诉说她的美丽。如果有天人，天人定会自惭形秽；如果有仙女，仙女必将掩面叹息。

她越走越近，将曼妙轻盈化成阳春之回风舞柳，轻轻停在龙穆的面前。

她伸出一根柔滑的手指，轻轻托在龙穆颔下。

这一刻，龙穆竟完全不能自主，似乎连灵魂都被那柔媚的目吸引住，情不自禁地，随着她的指尖挑动，抬起头来。

目光，被挑成一个温柔的角度，逆在她的眼中。她的脸，褪去了淡淡氤氲，直面于他之前。

龙穆忍不住想退后一步，免得惊碎这完美的柔波。

她轻轻笑了笑，娇媚横生。这一笑又是那么妖娆，那么艳丽，连微翘的唇角也盛满了诱惑。她绝不是苏犹怜，却又带着苏犹怜的妩媚，娇婉，二者那么完美地交织在一起，龙穆心头不由一震。

“记住，我名——”

她的妖艳就闪现了这么一瞬，轻轻放开了支在龙穆颔下的手指。

“九灵儿。”

龙穆面容一震，如受雷轰电击。他忍不住踉跄后退，捂住了胸口。

九灵儿？

他的世界在这一瞬间破碎，他仓皇地抬起头来，想要追寻那一抹娇婉，女子却在此刻回头，如云般飘回了玉座。

隔着长长的冰雪阶梯，她的面容是那么遥远，远到看不清楚。

龙穆下意识地踏上一步。

他要看清，他一定要看清。

他的心底升起一阵无法言喻的恐惧，身子忍不住轻轻颤抖起来。

玉鼎赤伏在玉座的脚底，它盯着龙穆，感受到他那紊乱的气息，忍不住兴奋地发抖，恨不得立刻趁机冲上去，将他扫入尘埃，但对龙皇的敬畏让它不敢造次，只好悄悄地用尾巴甩打着地面。

在这座神殿中，它要做什么事，必须要取得允可。它是龙皇的臣子，可不敢自作主张。

“伟大的九公主，让我杀了他好不好？他侵入了皇的禁地呢！”

它谄媚地用眼角看着玉座上的女子。它虽不明白，苏犹怜是如何变成九灵儿的，但龙皇对她的宠爱让它不敢有丝毫亵渎。

玉鼎赤跪伏在地上，等了很久，都没有等到她的回答，心中不免有点忐忑。但对一战的渴望却让它的血沸腾，它忍不住絮絮叨叨地道：“那是对皇最大的蔑视呢！皇若是在这里，一定会说：‘我最喜欢的玉鼎赤，去将他杀了！’现在皇虽然不在，但您也一定会这样说的，是不是？”

它轻轻摇动着尾巴，想要取媚于玉座中人，但又生恐这个小动作惹起她的生气，刚做了一半，又心慌意乱地停住了。

玉座中人不置可否。

这更让玉鼎赤心痒难搔。它忍不住自言自语道："您不说话，就是默许了么？"

它等了一秒钟，就自作主张地道："既然您默许了，那我就去执行了！"

它欢呼一声，身子猛然涨大，刹那间现出白玉火龙之真相，一声惊天动地的厉吼，巨掌猛然踏下，宛如山岳般矗在龙穆身前。

火云狂喷而出，玉鼎赤厉声大叫："伟大的玉鼎赤大人，奉更伟大的九公主之名，前来杀你，受死吧！"

龙穆猝然抬头。

他目中的闪烁着一丝惊诧，更含着无尽的失落。

"是她叫你来杀我的？"

玉鼎赤敏锐地觉察到他的气势一降再降，不由得心花怒放。伟大的玉鼎赤大人作战的时候，是不讲任何道德的！它面容肃穆，缓缓点头："不错，就是她。不信你问她。"

巨大的龙趾指向玉座。龙穆忍不住抬头观看。

玉座中人恍恍惚惚，支颐沉思，并未注意他们这一战。她的心思，在苍蓝之天上。但看在龙穆眼中，却不由顿时心若死灰。

玉鼎赤哪里肯放过这样的好机会？巨腿猛然蹬出。

龙穆像是纸鸢般飞在空中，鲜血自口中汩汩流出。

更重的伤，却在心中。

原来，在她心中，他究竟不过是一点尘埃。

玉鼎赤叕龙狂笑，制胜的粗腿不住使劲瞪着地面，耀武扬威地转着圈子，像个刚凯旋归来的将军。

想跟我斗？你太嫩了！

九十九条妖魔之气被天地大阵以极为猛烈的秘法炼化，所产生出的怨戾之气，就连龙皇也不敢小觑。他的眸子盯着李玄铺天盖地的身体，缓缓收缩。

苍蓝色在禁天之峰上凝结，只围绕龙皇一个人的身体盛放。漆黑之气将天空完全弥漫，时时带起闷哑幽暗的黑电，围着禁天之峰怒轰。李玄就被包在这团黑云中，巨大的身躯不时腾出，向石星御发出凌厉的杀招。

黑云之外，是纷纷飞舞的蓝色大雪，不受黑云的影响，沉沉坠落，将一切都约束在静寂的苍蓝色中。

剧烈的力量在李玄体内翻腾着，早就超出了他能控制的极限。九十九

妖魔的魔力实在太过强大，连天地大阵的战云都被它冲得渐渐涣散，李玄那巨大的身躯也开始魔化。

大片漆黑的鳞甲自他身上迸出，他的意识越来越模糊，不时感到一阵焦躁，杀戮的欲望越来越强盛。他忍不住发出一声震天厉吼。

那吼声中，尽是破坏的欲望。

老鬼的叹息自他脑际传来：“年轻人，真是太对不起了。”

李玄烦躁无比，这种废话说它作甚?

但他随即发现不对劲了!

巨大的身躯倏然在空中停住，他的左手指天，只觉整座天地大阵都被他挑起，凌空布散开一道银环，轰然暴散。

毁天灭地般的声音自他嘴中吐出：“月！”

苍蓝的天倏然被撕开一个口子，一轮皎洁清幽的圆月出现，孤独悬挂在天际。

四周，风云似是受到了巨大力量的牵引，疯狂地旋转起来，搅动漫天黑气与无边蓝雪，轰然爆发成无数龙卷，拔地揭天而起。

骤然，一道银光自月轮中腾下，暴射入李玄手中，凝成一只巨大的弓。

李玄的心，又开始隐隐悲伤起来。

他忍不住嘶吼道：“老鬼，快住手！快住手啊！”

药师老鬼面容一片冰冷，完全不理会他的抗议。老鬼一口口鲜血喷出，天地大阵就仿佛他手中的罗盘，激烈地旋转起来。天地之气被大阵疯狂地吸噬着，却不再结成战云，而是在阵的正中心，凝结成一黑一白的阴阳二气，组成巨大的太极鱼的形象。

李玄与老鬼一巨一微，分别站在鱼眼中。

“日！”

老鬼似是挣扎着一般，吐出第二个字。

苍蓝之天再破，巨大的雷霆不住轰下，更增加了龙卷的暴虐。整个北极，顿时呈现一派末日景象。

一轮巨大的红日炎炎高照，出现在天破之处。日色是那么红，宛如要滴出血来。激烈冲撞着的龙卷与暴雷更加疯狂，禁天之峰周围百余里内，全都被合抱粗的雷电充满，百丈龙卷以灭世之威横扫着这一切，一旦两根龙卷相遇，便会爆发出惊天动地的巨大振动，令整个世界都栗栗发颤。

这一刻，诸神是那么软弱无力。

第二十章 将回日月先反掌

红光笔直垂下，那轮烈烈炎日顿时变得暗淡，仿佛日轮中的精气全都被吸光了一般。那道红光一直垂落到李玄手中，化成那柄巨弓上的弦。

李玄的心，沉闷地跳起来。他感觉到极端的不妥，却说不出是为什么。他用力摇头，想要想得更明白一些，但脑海中一片混乱，无论如何都无法清晰地思考。

他的身子完全被天地大阵的力量禁锢，几乎无法挪动，也无法制止那满含日月精气的弓箭陨落于自己掌中。

“星！”

苍蓝之天幕上猛然突起无数点繁星，苍古的力量横袭而来，将因日月现身而破烂不堪的天幕几乎完全扫荡干净。

那一场苍蓝之雪，终于缓缓停止，只剩下闪烁着最初之光芒的漫天星辰。

这一刻看来，那些星星竟是如此的美丽。

它们不带有任何色彩，也不会以任何人的意识而改变。

但，这种矜持，只存在了一瞬间。天地大阵逆转最后的力量，轰然暴散。组成天、地、山、泽的两万甲兵，竟有大半溅血倒地，另一半几乎站都站不稳。

那是他们最后的牺牲。

仰望而上，诸天星辰在缓缓凝结，聚集成一只耀眼灿烂的星之矢，落在李玄身前。

月弓，日弦，星矢。

三象俱集，药师老鬼的血也几乎吐干。他奋起最后一点残力，猛然跃起，一掌向李玄后背上击去。

随即，他像一片叶子般陨落了。

这一击，已汇聚了他全部的力量。这一击，虽然未必能杀得了龙皇，但也会为未来留下一点希望吧……

“灭！”

李玄发出一声痛苦的嘶吼，体内轰转的九九妖魔之力猛地化成一道漆黑的血流，爆炸一般流过他的所有命脉。自心及胸，自胸及臂，自臂及肘，自肘及腕，猛烈地聚集到那只星矢中去。

一只黑色的巨蛇自他的脉门腾起，狰狞的蛇牙倏然张开，随着一声尖锐的爆吼，蛇身猛然涨成千余丈长，紧紧盘绕住箭身。

李玄心中激起一股狂暴之劲，猛然一用力，月弓日弦爆发出狂猛的劲道，被拉至最开！

他盘古一般的身形微微蹲踞着，一轮太阳与明月炽烈地燃烧在双手盘护之中，诸天星辰凝成一缕肃杀，在日芒月辉中激烈地跳荡，化为盘舞妖异的黑天之蛇。

这是足以毁天灭地的一击，凛凛对准了石星御。

石星御面容肃然，猛地抬手。

他的身形飞舞空中。

他能感受到这一招威力无穷无尽，即使是他，也不敢站在禁天之峰上硬接。

因为，那必将毁掉这座山峰。

从苍蓝圣殿重建的一瞬始，他就立誓，绝不容任何人碰此山峰一指。

碰者必死！

所以，他飞舞空中，宛如一条神威迸发的蓝龙，凌空迎接药师老鬼拼尽性命的一招。

这一招决的不仅仅是胜败，更是生死。

石星御双手张开，一串隐秘的符咒响起。

那是龙语，人间界中，只有石星御才懂得的龙语。

这串符咒才出，那残破的苍蓝之天慢慢凝结，星辰隐没，日月渐渐被天色笼盖。微小的雪再度在北极天上出现，纷纷落下，宛如龙皇之威严。

龙皇双目中渐渐涌出浓重的杀意，他已不准备留情。

就将定远侯连他的三生一齐陨灭吧。

虽然有点可惜。

他凌空跨出一步，衣袂飘扬，掠过苍蓝天幕。

这不像是杀戮，倒似是威严至极的舞蹈，然而，滔天劲力就随着这一步而发，天地间所有的力量，无论是否属于龙皇所有，都被他这一步带起，化为统一的战阵，向李玄滚滚怒涌而去。

李玄巨大的身形岿然不动，手中的日芒、月辉、星光、魔氛却越来越重。他的头痛得像是要裂开一般，这四种力量不断在凝聚，收缩，以形成更强、更霸的爆发力，这一切，却是以他的身体为战场，四种力量每增强一分，他体内的痛苦就疯狂地成倍增长。

虽然他那奇异的体质仍在约束痛苦，迅速地修补着残破的肌肉组织，但他仍旧能感觉到，痛苦在他的体内越钻越深，穿透他的肉体，穿透他的灵魂，穿透他的轮回……

直至某一个最为深邃的点，他猛然感到痛苦停止了。那是一面坚韧至极的墙，日芒月辉星光魔氛四种力量撞在这道墙上，无法再前进一步。

似乎，他尘封已久的某段记忆，被轻轻地碰了一下。那么清晰的记忆，只要被提起一点，就会完全想起的，但却始终无法想起这一点是什么。

李玄焦虑至极，一个模糊的影像在他脑海里飘来飘去，再向前一步，他就可以看清楚这个影像，但却无论如何都无法再走上一步。那种几乎已经在掌握，却又不断溜走的感觉让他极为烦躁而痛苦，忍不住又是一声昂天嘶叫。

四种力量结结实实地撞在墙上后，跟着倒涌而回。两股力量交缠在一起，星月日魔之光立时强了一倍，灿烂冲天而起，百丈内的苍蓝之雪立即被焚为微尘。

李玄弓开震天，厉啸道：

“月！”

“日！”

“星！”

“灭！”

他的双目猛地变成赤红，身子飞空而起，拼尽全部力量，那只纠缠着黑天之蛇的怒箭，宛如天降陨石，被无边的日火星芒簇拥着，向石星御暴射而去！

这一招，汇聚了九九妖魔与天地大阵之全力，以及药师老鬼的毕世修为，这一招，几乎是大唐朝能够施展出的最强力量。

——这一招，若犹不能重创龙皇，天地该如何?

龙皇双眸怒变，苍蓝色的光芒冲天而起。

但那并非他的杀意催动，而是被这一箭所激起。

他不由动容。

这一箭力量之强，连他都没有想到!

“我！”

“威！”

“如！”

“天！”

地、水、火、风，天地间亘古就有的四大元气被龙皇瞬息之间调了过来，组成无边之元气洪涛，挡在他面前。

“我！”

“威！”

“如！”

“天！”

水、金、木、火、土，北极千里范围内，一切有生命、无生命之物全都被龙皇以无上威严归化成五行之气，布列成玄、白、青、赤、黄五道长城，层层围绕住禁天之峰。

“我！”

“威！”

“如！”

“天！”

三千龙气自龙皇体内泠泠爆出，宛如一天烟火，绚丽灿烂无比，激起北极漫空的极光。

石星御身躯暴涨，浮沉于龙气之间，龙气隐隐化成无数透明龙形，旋舞飞绕在他身侧。

这是他最强的修为，也是他称为龙皇的骄傲。

于今一齐释放。

因为这一箭惊天动地，也因为他绝不能让禁天之峰受到丝毫的震动。

地水火风，金木水火土，三千龙气。

北极刹那间仿佛回归到亿万年前的混沌时期，千里之内，已不允许任何其他的力量，连一丝都不许！

但就在龙皇之力提升到最高最强之时，他的身形骤然顿住。

那枝箭，带着黑天之蛇蚀骨的寒气，已然冲至了他的身前！

不可能！

石星御极度信任自己的力量，这样的一箭，绝非李玄或药师老鬼能驾驭！

——天上地下，也唯有君千殇可能做到！

石星御不可置信地看着这枝箭，就在他犹豫的瞬间，黑天之蛇猛然张开大嘴，狠狠咬在了他的肩头。

石星御痛苦地皱紧了眉头，刺骨的魔气暴轰而下，沿着黑天之蛇牙齿，猛然贯入了他的经髓中去。

那残忍而熟悉的感觉，并未真正伤害他的身体，却仿佛震碎了他心底深处的某重枷锁，要释放出一种足以崩坏天地的力量。

他的心脏，仿佛是在欢喜地迎接这久违的感觉。

他，本就是魔啊，这些魔气，就像游子回归故乡一样，争相着要钻入他的躯体。

“不！”

石星御一声厉啸，手猛然扼上了黑天之蛇的脖颈。

轰然爆响中，黑天之蛇被他生生扼断！

星芒之矢跟着猛轰而下，将他的身子狠狠撞在禁天之峰上。

禁天之峰猛然一阵摇晃，哪里禁得起这股大力冲撞？“喀嚓”一声响，冰峰几乎从中折断！

石星御的手势猝止，脸色骇然惊变。

仿佛比他生命更要重要的东西，就要遭受毁灭的创痛。

他发狂一般腾空而起，苍蓝长发在风雪烈烈飞扬，将化为墨黑的天穹搅得一片凌乱。

随着一声苍茫的龙吟，蓝色的巨龙自他身上凌空飞舞而出，瞬间缠住了禁天之峰。巨大的龙身将山峰紧紧包裹，不露出一点缝隙。那座苍蓝圣殿，则被它含在口中。

石星御身形钉在空中，慢慢抬头。

苍蓝之发炸开，在空中卷舞起满天狂烈。

两点血红的眸子，冷冷对着每一个人。

龙有逆鳞，触必杀人。

这座禁天之峰，这座山峰上那个妩媚的女子，就是他的逆鳞。只要有人敢动她一丝一毫，他就要将整个天地都化为灰烬！

石星御轻轻一抖，冲天魔气自他身上蜕落，就宛如蝴蝶抖落身上的蝉蜕，不染片尘。

他仰天，一声龙吟。

玉鼎赤燚龙，玄天霸海龙，青帝真炁龙，皇极惊世龙。

四大神龙，同时出现，环卫在他身周。

一道冷电，划过空中。

那是太初四宝的四极逍遥剑，传说中龙皇的佩剑。

自龙皇出世后，第一次握在他的指间。

剑轻轻吟动着，似乎向久违的主人致敬，又似是为即将到来的杀戮而感到兴奋。

这一刻，无论是大唐，还是西域；无论是吐蕃，还是大食；即使远在天边的流民，都不由得仰望天空。

天空，是一片湛蓝，没有云，没有风，一片静到极限的湛蓝。

每个人都感受到那种发自内心的惊恐，似乎下一分，下一秒，便是末日来临。

石星御缓缓举起四极逍遥剑。

四大龙神一起具现身外灵台。

青光如箭，不住自青帝真炁龙身上喷起，化成一天青云，围绕在它身侧。它的身躯，变得无比巨大，隐然已成为一株巨大无比的扶桑树，几乎将天地覆满。一轮红日带着万千光条，在扶桑枝头浮沉着，稍一滚动，便放射出万条精芒。大海苍淼，鼓荡出山岳般的浪涛，托着扶桑巨木与万炎之阳。而浪涛之外，是一望无垠、连绵到天之尽头的山岳。那是洪荒时代的山岳，每一座都高破青天。

苍蓝之雪漫漫落下，将地水火风四大龙神以及他们的身外灵台全都拢于其中。

四极逍遥剑悠然震响。

天地间一切力量在这一刻都陷入了死寂。

只有龙皇那无上的威严，如羲和龙车般驰过大地，巡视着每一个冒犯过他的子民。

天地在哀鸣。

龙皇之剑在变幻。

这一剑劈下来，所有的因缘都会终结，所有人都将死去。

没有任何差别，不管大唐还是大食，吐蕃还是天竺。

这一剑，是为葬天之剑。

李玄陷入了巨大的恐惧中，他眼睁睁地看着这一剑逐渐凝结，化为现实，却完全无力招架。

他的身躯依旧那么庞大，他的力量依旧那么充沛，甚至连他的斗志仍极为旺盛，特异的体质仍不停地供应着生机。

但他，却不再抵抗。

这一刻，所有的人都不再抵抗，都眼睁睁地等着这一剑落下。

这，就是命运。

无法抵挡，只能接受。

葬天之舞，在这一刻，揭开序幕。

四极逍遥剑被龙皇捧护着，在三千龙气与苍蓝之发旋舞之下，慢慢升高。

诸天静寂，等待着这场葬天之舞的开启。

李玄那一箭，只是一个音符，敲开了这场葬天之舞的音符。而此时，舞幕已经揭开，无法落下。

一切因缘，都将终结，留下一个一尘不染的世界，让他与她活在里面。

只有两个人的世界，是最美好的。

剑光，像是丰盈的少女，在苍蓝的地毯上领舞。

秾纤得中，修短合度，肩若削成，腰如约素。

霓裳一曲千峰上，舞破中原始下来。

舞罢羽衣，舞破中原。

而后，血溅大地，天下缟素。

死亡，当真正来临时，竟是那么妖艳。

不似末日，倒像是万人狂欢。

死亡的剑峰，直指李玄。

天、地、山、泽，一丛丛力量逐渐自李玄身上剥去，巨大的肉块剔除，骨架挫折，筋脉截断，他被硬生生地自巨大的身躯中刨除出去，回归成那个七尺的可怜虫。

完全暴露在四极逍遥剑之下。

这可以看出，龙皇是多么痛恨他。

他将是第一个死在这柄剑下的人，这场葬天之舞，将由他开始。

李玄一声惨叫，紧紧闭上了眼睛。他能感到，剑光慢慢向他身上吞来，不容他有任何反抗。

此时，遥遥的一声叹息传来。

剑光猛然顿住。

第二十一章 劫灰飞尽古今平

以万物为刍狗的龙皇，竟然停止了杀戮？

究竟什么人，能有这样的力量？

李玄惊喜地睁大了眼睛，就见一道银色的光芒从自己身上蔓延开。

这光芒温暖而熟悉，似乎在他射出那惊天一箭时，就已如游丝般潜藏在他血脉中。

又或者，还要更早。

一种错觉自李玄心中升起：或许，这光芒从未真正离开过他的身体，一直在不可知处默默守护着他，让他逃过一次又一次必死的灾劫。

那熟悉的悲伤，也渐渐充盈了心头。

李玄竟有了一种落泪的冲动。

光芒逐渐变强，化为实体。

天地清辉，似乎也随着这道光浅浅荡开，在漫天苍蓝中，撑开一片小小的世界。

这片世界是那么安静，祥和，绝没有任何力量愿意去打搅它。只要靠近它，所有的狂暴，烦躁便全都宁帖下来，归于与它一样的宁谧。

光芒，化成羽翼，伸展在李玄的双臂之下，将他托了起来。龙皇之威严能够笼罩尽天地万物，只有这双光翼，是他唯一不能涵盖的。

李玄狂喜，忍不住大喊道："君千殇！是君千殇！我们得救了！"

他兴奋地大跳大嚷着，简直不能自已。

这双光翼出现，就表明君千殇不会置身事外。

只要君千殇出手，石星御还能不束手就擒么？

一百年前，就是君千殇以轮回之剑，将石星御打败的啊！

再施展一次！

李玄的忧伤一扫而尽，简直乐开了花。

光翼徐徐展开，自李玄身上脱落，在半空中，汇聚成一个被光团拥抱的影子。

没有人能看清这影子究竟是什么样子。

——正如没有人知道天意究竟如何。

那似乎是纯粹的光，自宇宙初生时就已存在，此后没有任何一点改变。沧海桑田，浮庶生死，都不能于他有丝毫影响。

虚空中传来轻微的响声。

这声音是那么遥远，仿佛王母苑囿中的一朵夭桃，在九天之外轻轻陨落。

又是那么临近，仿佛一根被撩动的弦，就在心灵最柔弱处炸开惊雷。

那是阳光亲吻的层冰，在春风中破开了第一缕裂纹；是经冬蛰伏的新芽，在泥土中萌发了第一点新绿；是破茧而出的蝴蝶，在春条上抽开了第一缕轻丝。

那是天地间至美的节拍，带着久蛰重生的欣喜，轻轻奏响在湛蓝的天幕下。

鲜花，从虚空中浮现，一朵、两朵……

缓缓盛开在苍蓝的飞雪中。

寒气肆虐的北极大地，竟渐渐成为一片花海。鲜花在无尽飞雪中徐徐绽放，越开越多，这片亘古冰封的大地上，第一次透出温暖的春色。

花香摇曳，银色人影渐渐清晰，仿佛从来高难问的天意，第一次向世人展现了温暖的笑容。

他的身体隐没在光芒后，只余下淡淡的影子，六对巨大的光翼轻轻展开，将破碎的苍穹遮蔽。漫天苍蓝飞雪被隔绝在光翼之外，无声坠落。

花海中，六对光翼轻轻折伸，像是一声悠长的叹息。

这声叹息带着无尽的温暖与慈悲，抚过每个人遍体疮痍的躯体，让温暖重新流入冻僵的血脉。

那一刻，众人都禁不住抬起头，仰望这道光芒。

光芒虽强烈，但并不灼目，正如其中蕴含了可创生天地的力量，却绝没有半分威严。

他就像是婴儿睁开双眼看到的一缕光，永远不会伤害任何人。

——是君千殇！

——我们得救了！

一种劫后余生的大欣喜、大庄严、大敬畏在人群中传递，鲜花般开满大地。

人们忍不住喜极而泣。

谁也看不到，这光芒后的容颜，却是如此忧伤。

光芒后，眉峰淡淡地锁着，凝视着眼前这个宛如神魔的男子。

那亦是天上地下，他的光唯一不能照入的地方。

隔了一百年，隔了无数杀戮，牺牲，悲欢，灾劫后，他们又相对于一起。

光翼舒卷，龙气飘摇，天青得可怕。

苍蓝之雪纷纷落下，那么慢，那么静寂。就像是每一颗跳动的心，慢慢冻成恐惧。

因为每个人都发现，他们两人的气势竟然势均力敌，没有任何一个可以占到绝对的优势！

君千殇压不倒石星御，石星御也绝压不倒君千殇！

仿佛光明与黑暗，注定要并生在这个世界上。

他们若一战，赢的会是谁？

没有人可以回答！

而北极是石星御的老巢，他还有四大神龙……

两人静静对视着，胜败的天平，似乎在慢慢向石星御倾斜。

没有人怀疑，如果石星御胜了君千殇之后，他还有什么事做不出来。

屠大国灭小城，君临天下，杀尽所有人……

从那双冰冷眸子中透出的光，清楚地传递出一个信念：为了九灵儿，他不惧身染浩劫！

天地之下，仿佛只剩下了两个人，其余的人，不过是这场战争的筹码与牺牲。

石星御。

君千殇。

沉静，宛如窒息一般的沉静。

像是审判前的一刻，等待命运的宣示。

石星御淡淡一笑，道：“一百年过去了，我本以为我已成神……”

他的笑容空青无比，亦如那隐秘的蓝天：“在你面前，我仍是魔。”

他的笑，是那么感伤，那么落寞

我仍是魔。

自出世以来，石星御第一次承认，自己是魔。

这，意味着什么？

君千殇缓缓摇头。

流云般的光自他身上散出，在石星御面前盛开一地鲜花。那是天眷的仁慈，赋予这些美丽以生命。从此，它们将受地水火风之眷顾，永远不会枯萎、凋谢。

那亦是这个世界对君千殇的敬仰。

“你不是魔。”

光翼抬起，指向石星御的心口。

点点光晕自翼尖上散出，像是影子一般投在石星御的胸前：“你不是魔，你早就不是魔了。”

这句话似乎给了石星御极大的震动，一瞬间，他阖上双目，似乎在剧烈地挣扎着。

是的，他不是魔，他的力量没有半点魔之渣滓，只有无尽的天之力量。他像神明一样，看透玄冥虚无，力量无穷无尽，就算天地崩裂，肉身殒坏，他亦不死。

所以太子的十重大礼只能重创他的肉体，却无法消灭他。一旦他的战意被热火般的爱激发，他立时就能斩将夺旗，屠城灭将。

他是神，他怎能不是神呢？

他的一举一动都神圣无比，令地水火风心甘情愿地钦伏。

他是神，他上关天命，每一动而天地皆惊。

他若不是神，谁又是神？

但他又如何能是神？

谁来保护这座山峰？

谁能让它永垂不倒、让那柔媚的浅笑能自由地绽放在世间？

石星御张开双手，仿佛要抱住整座禁天之峰。

“不，我是魔。”

他的心轻轻地抽搐着，昂首望天。

天仍然是一片青蓝色，宛如他刚出世时，终南山顶的天。

那时，他轻轻站在天地间，仰面望着惊惧于他的紫极老人。

“紫尊，我不是魔。”

是的，他无比清晰地记着这句话。

“雪圣，我不是魔。”

“日皇，我不是魔。”

他不是魔，谁来守护她？谁来守护他的爱情？

“——不，我是魔。”

他张开双手，滔天魔气自骨髓的深处涌出，瞬间充满了他的身躯。天色仿佛亦被映照成黑暗，漫天卷舞的苍蓝之雪，在这瞬间，变成黑血。

每一片雪，是一只哭哑了的眼。

我是魔。

石星御的面容，身形没有丝毫的改变，只是双眸变成一片漆黑。妖异的蓝华围绕着他，让这两点漆黑变得深邃无比，仿佛连整个世界都可以埋葬。

——我是魔。

——不然，谁来守护她。

——我是魔。

——若不成魔，谁又来守护我的所爱？

所有禁忌的力量在这瞬间打开，沧海倒翻，山峦崩摧，世界沉沦，诸天陨落。

神圣的一切，全都变成滔滔魔炎，在石星御体内轰然爆发。他不再压抑的力量立即形成一道巨大的冲击波，贯穿整个北极！

天青色的空中，立即如炸雷般响起一阵轰鸣，万丈七彩的极光凭天垂落，仿佛虚无之翼，环绕在石星御身后。

他感到自己体内每一滴血液，都在欢愉地哀鸣着，迎接这本来就属于它的一切。

果然，我还是适合做魔么？

石星御静静地叹息着，双手张开，任由天地间的一切暴戾之力灌输到自己体内，纯化成威严至极的龙皇之气。

轰——大地震响。

轰——天空震响。

轰——极光震响。

轰——龙皇那似乎没有变化、却又覆盖整个天地的躯体震响。

一连串隐约的秘语响起，迅速流过这片大地。

宁静的大地，明显地躁动起来。

那是蛰伏在黑暗中的妖魔，全都接收到了龙皇的召唤。

它们的魔皇，觉醒了。大魔国，需要子民。

来大魔国吧，建立属于我们的国家。以龙皇之名义，我许诺你们可以自由地生活在阳光下。

妖魔们疯狂地用它们的语言，传递着这个消息。那是它们期盼了一千年、一万年的愿望啊！

石星御慢慢抬头，深邃的眸子逆着君千殇。

“是你，让我明白，我只能为魔。”

君千殇静静地看着这一切。

他掌握天下，知道每位生灵的每丝变化。

因此，他也能感知到他们一切的痛苦。

他垂着首，静静地接受石星御的目光，看着他从神之边缘，转而为魔。

他本该出手，阻止这一切的。

但他没有。

他只是轻轻叹了口气。

“不再杀戮了，好么？”

石星御沉吟。

“好。”

君千殇的目光渐渐收回。

“我还会再来的……”

光翼渐渐消散，褪却，消失在刚刚出现过的地方。

万朵鲜花瞬间枯萎，化为尘埃。

这片世界，只有石星御的威严存在。

每个人都笼罩于其下。

每个人都战栗。他们就好像是一只只卑微的蜗牛，突然被夺走了坚硬的壳。

君千殇就是他们的壳，失去了君千殇的保护，他们突然发现自己是那么脆弱。

十重大礼，天地大阵，清凉月宫，药师战神，都是那么可笑，根本不可能杀得了龙皇。

他们太幼稚了！

石星御冷冷地看着他们。

“今日，我暂且不杀你们。但从此再不许踏足北极一步。大魔国将成为只有妖魔才能通行的国度。”

他没有说下去。

众人心中感到一阵寒冷，妖魔的国度？那人类又当如何？

一旁，玉鼎赤燚龙揣测圣意，大声补充道：“你们将全体成为妖魔的通缉犯！”

它打了个哈欠，众人面前立即出现了一块巨大的火之匾额，上面歪歪扭扭地写着数行大字：

“大魔国罪大恶极之通缉犯名录：李玄、唐太子、简碧尘、石紫凝、李药师、叶法善……”

它摇了摇头，不好意思地道：“这人死了，不算……”

它骤然大吼一声：“伟大的玉鼎赤是不会出错的！就算他死了，也要通缉他！通缉死他！”

它本来在叶法善的名字上打了个叉，但玉鼎赤的伟大让它不能质疑自己的决定，它赶紧在叉旁边又加了叶法善的名字，这才满意地向下写着，等将他们的名字都写全了，再看了一眼歪歪扭扭的通缉令，自己觉得很满意。

这幅好字，在龙中可称第一了！

王羲之亲笔啊！

他得意万分，横尾一扫，将李玄等人扫飞。然后，他谄媚地看着龙皇，希望他能给自己几句奖赏。

龙皇瞪了它一眼后，踏着漫天极光，向禁天之峰走去。

在这个世界上，他只关心一件事。

那就是，这座山峰永远不要倒，那个人儿永远快乐。

为此，他甘心为魔。

第二十二章 楼头曲宴仙人语

“我们真的通过了么？”

封常青紧张地盯着紫极老人。

紫极老人点点头。

“你确定么？”

封常青踏上一步，开始质疑。

这是对书院最有权威的祭酒大人的最大的不敬，但紫极老人并没有着恼，脸上甚至露出一丝微笑：“是的。”

太辰院中爆发出一阵欢呼，所有的学生们全都乐开了花。

紫极老人微笑地看着他们，看着这群年轻、勇敢、充满活力与理想的孩子们。

“你们顺利通过了由钦天监以天意定下的考试，这证明你们的理论与修为都达到了书院的要求，每个人都有了独当一面的能力。下面着重表扬几个人。”

“封常青。”

封常青一脸兴奋地站了出来。他兴奋得脸都紫了。他本是书院中最自卑的学生，此时却被紫极老人第一个选出来表扬，这是何等的殊荣啊！

“能够主动承担起查资料的任务，并能在一夜间找出最有用的讯息，这是一位高手最重要的素质。无论两人之战还是两军之战，知己知彼，方能百战不殆。我选封常青作为第一个表扬的对象，就是要让大家记住，在战前搜集足够的资料，并找出最有用的部分来，是取得胜利的关键。你

看，四大神龙那么强大，还不是让你们打败了么？”

众学生们忍不住握紧了拳头。是的，紫极老人说得对。连四大神龙都被打败了，还有什么敌人，是不可战胜的呢？

“胡突干。”

胡突干摸了摸巨大的脑袋，有些惊讶地站了出来。连我也能获得表扬么？

“你的坚韧与顽强的求知欲是战胜青帝真炁龙的关键。无论敌人多强大，我们至少能做到什么？拼！你们有什么？有年轻，有斗劲，有时间！遇到强敌不要害怕，要敢拼敢打，打不赢就拖着打，拖不着就缠着打！死缠烂打虽然大多时候是贬义词，却是非常有效的手段。来，大家一起跟我做这个手势。”

紫极老人猛一捋胡须，混浊的眼神立即变得凌厉而清晰。他单手前指，刹那间宛如一位决胜千里的将军，一字字，沉声地向他的敌人发出死亡的宣告书：“我们的青春，必将有一战共同度过！”

太帅了！

胡突干简直窒息了。紫极老人果然不愧是摩云书院的第一人，竟然能将这个手势做到如此气势不凡！

所有的同学也全都被震慑住，一齐模仿起紫极老人来。

“我们的青春，必将有一战共同度过！”

“我们的青春，必将有一战共同度过！”

“我们的青春，必将有一战共同度过！”

……

豪情壮志，在他们年轻的血脉里鼓动。他们发觉，只要一做这个手势，一念这句话，他们的热血立即沸腾起来，他们不惧与任何人一战！

紫极老人神采飞扬，喃喃道：“青春啊……青春啊……”

“卢家四兄弟。”

卢长涣、卢长龄、卢长适、卢长庄四兄弟也一改平日的稳重，大喜着跳了出来。

“你们四兄弟，对战的是修为最高的玄天霸海龙。本来，也是胜算最小的一组。我绝没想到，你们能有这么优异的表现。我不知道你们是按照封常青的资料精心策划所得还是幸运，但你们恰好找到了克制玄天霸海龙的最佳办法。要知道，幸运有时也是一种力量，只要常有幸运相伴，一样可以克敌制胜。你们，是我最得意的弟子。”

卢家四兄弟几乎哭了出来。他们没有辜负自己的家族啊，他们没有辜负这一年的苦学苦读！

他们证明了，文章也是能降妖伏魔的！圣贤之言，足有让妖魔胆摧的威力！他们要将读书进行到底！

“龙薇儿。”

这恐怕是最出人意料的宣布了。

连龙薇儿都要嘉奖么？她做了什么？

龙薇儿自己也没料到，本来躲在人群的最后面，此时“嗖”的一声，窜了出来。

“紫极爷爷，我也可以么？”

紫极老人缓缓点头。

“孩子，你做的是最对的事情。总有些对手，强大得超出了我们的想象，就算收集足够全的资料，找出最正确的方法，有幸运相助，坚持到最后关头，也无法打败他……那我们怎么办？”

他的面容上笼了一层淡淡的悲哀。

学生们刚兴奋起来的心情迅速黯淡了下去。

谁都知道紫极老人说的是什么。

是啊，那是他们所无法仰望的威严。就算他们集结所有的力量，用最正确的方法，得到幸运的眷顾，果毅勇敢坚忍的牺牲到底，也无法打败他。

这时，我们该怎么办？

所有的目光望向紫极老人。望着这个大唐国修为最高，智慧最广的老人。这么多年来，他们已经习惯了他的指点，整个大唐国都习惯了在他指点下文成武就，天下无敌。

现在，该怎么办？

紫极老人脸上的皱纹仿佛也多了起来。

“我们就要像龙薇儿那样，赶紧退回来，寻找救兵。明知道打不过还要冲上去，那不是勇敢，而是鲁莽。年轻的勇士们，在你们漫长的一生中，你们将与荣誉相伴，取得一个又一个光辉的成就，你们也会遇到越来越强的对手。在每一场战争里，你们都要仔细地思考：究竟这场战斗我有没有胜算？如果没有，那就赶紧逃吧。逃回来，留存力量，寻找救兵。这绝非怯懦，而是战略。”

他深深地叹了口气，道：“这是智者的战略啊。所以，才会让你们读

那么多书，学习那么多看似‘无用’的东西。这些东西就要教会你们，认真地看清战场上发生的一切，作出最准确的判断。”

泪水，自每位学生眼中沁出。

这一刻，他们深深体会到书院老师们对他们的关爱。

那像是父母一样，虽然希望他们能建功立业，扬名四海，但更重要的，却是要他们活下去，健康并且快乐地在这片大地上生活。

几百年后，有位诗人写下这样一首诗：“人皆生儿望聪明，我被聪明误一生。但愿孩儿愚且鲁，无灾无难到公卿。”

父母对孩子最大的寄望，就是无灾无难终其一生。就算既愚且鲁，冥顽不灵，也无所谓。

只是这位诗人未能免俗，又要孩子愚且鲁，又要他位至公卿，可就难了些。不过那种拳拳爱念，却是读之使人落泪。后世有位词人也这样写道：“看取辛家铁树，无灾无难公卿。”

都是一片爱心，一腔热念。

师徒之恩，到了极处，又何尝不是如此？

太辰院中，一时一片黯然。

紫极老人微笑了笑：“学习阶段结束，你们将进入实习阶段。从入冬开始，你们将被授予官职，在长安城中度过实习阶段。此前，有一个半月的假期。”

沉浸在感伤中的学生们还未体味出这句话的意思来，太皓天元鼎“嗡咚”一声大响，一道烟花高高喷出，在半空中炸开。立时七彩的云团不住喷涌而出，结成无数神仙宫阙，若有若无地悬浮在终南山顶。云烟满袖，仙灵往来，奇禽异兽，琪花瑶草，竞相遨游绽放，将终南山妆点得如王母咸池一般。

怀抱琵琶、笙箫等各种乐器的飞天缓缓降下，立时仙乐飘飘，将整个终南山笼罩住。太皓天元鼎中不住有神雷轰出，这些仙灵之像越来越浓，越来越真实。摩云书院的众生徒们，在他们的毕业庆典上，成为神仙尊贵的客人，在盛情崇节的邀请下，各各步入玲珑宫阙，渡过了他们青春年华中最快乐的一天。

北海。

大唐国最北面的海，自这个秋天过后，就再也没有见过太阳。

亦没有风。

静寂的海面似乎停驻了一股巨大的力量，将天地元气禁锢住，营造出至为宁静的环境。

苍蓝之雪落着，不带起一丝声息。整个海面，都被染成蓝色，却并不同于海平面的蔚蓝，而是妖异的，绚烂的蓝。

天，是那么晴，那么空，不知雪是由何处而落。

北海而西，兴安岭仿佛一条漫长的雪线，将大地一分为二。

雪线之南，是大唐河北道、室韦都护府，雪线之北，是一片妖艳的大地。兴安岭，也被分成了截然不同的两部分，岭南，是皑皑白雪，岭北，是沉沉蓝雪。一蓝一白，没有丝毫混杂。

深秋时节，阳光依旧灿烂，但无论多强的阳光，却只能照耀岭南，无法越过岭顶一丝一毫。

蓝白交映，是龙皇以无上之威严警告大地上的每一生灵：

大魔国只允许妖魔进入，违者必死！

沉沉蓝雪飞舞，一片寂静。极目望去，无垠极光在禁天之峰上闪烁着，一条隐隐巨龙在极光中夭矫翔舞，冲天魔气围裹在巨龙身周，宛如一盏无限巨大、无比璀璨的蓝色明灯，令每个见到的人不由自主地战栗。

大魔国，终于向整个大地宣示他的威严。

大兴安岭沉沉的林间响起一声尖锐的呼啸，一条暗影飞速地窜蹦着，自南而来。暗影迅捷无比，仿佛鞭子般抽动着，才一响，便飞纵几十丈，凌空抽舞，闪电一般穿过了白雪蓝雪交萃的边界，向禁天之峰投去。

兴安岭上千年古松寂寂，那条暗影打破的寂静迅速弥合，又恢复了原来的模样。古松投下的影子忽然颤动，渐渐幻化成两个人。

他们的身影很淡，就连最锐利的目光，也只能看到两个浅浅的虚影。

“又过去了一个，今天已经有十三波，二十四位妖魔过去了。”

“虽然比起以前来数目要少得多，可修为明显增强了许多，显然，蛰伏的老妖们也蠢蠢欲动，想要享受大魔国的自由。”

“石星御真有这样的号召力么？”

“没办法，在这个世界上，只有他才对抗得了君千殇。日前那一战，君千殇虽然现身，但没有向石星御出手，这就证明他也没有取胜的把握。而石星御当着他的面逆化成魔，这足以让群魔都有了信心。唉，当年君千殇剑行天下，逼得众魔头销声匿迹，才换来人间百年太平。这下可好了，老魔头们纷纷出头，想不群魔乱舞都不行。”

“要不要回去禀报师尊？”

“再看看吧。如此情况，只怕师尊也无能为力。你不记得师尊当年教导我们的话？要收集足够的资料。现在资料显然还不够，老魔们会越来越多的，我们该更仔细些才是。”

“嗤……说起来，我们进书院学习的日子还恍如眼前，现在却成为书院的常傅了。看到这群孩子们，我真是想起了我们的青春。你说，他们会不会知道是我们暗中帮了他们？”

“迟早有一天会知道的。我想，他们之中最聪明的几个，已隐隐猜到了一点。四大神龙绝非泛泛之辈，玄天霸海龙容或听不得念书声，青帝真炁龙容或很喜欢跟人谈话，皇极惊世龙容或很容易受惊，但它们毕竟是四大神龙，这些缺点，绝不会导致它们在战场上失常。那么，唯一的原因，就是我们六大常傅布下的太皓之阵，锁住了它们的心智，将它们的心理障碍无限放大而致。迟早有一天，他们会明白的，他们也会明白常傅们的苦心。”

“我想他们也会明白的。他们都是很好很好的孩子。”

“可惜……他们生错了时代。这个时代，绝不太平，但愿他们能早日拥有强绝的修为与坚固的心灵，在乱世中杀出一片天空来。我们做常傅的，也许只能送他们到这里了……”

两人均沉默下来，似乎感到一阵伤感。

“师兄，咕噜好可爱啊，我们也捕一头来养着好不好？我看皇极惊世龙不仅仅是受了太皓阵的影响，它好像真的害怕咕噜。连神龙都害怕的宠物，我好想养啊……”

“咕噜是什么种类，连我都看不出。这可不是说养就能养的。”

“嗤……大不了直接问小玄子要，他要不给，我就拿魔火烧他。看他给不给！”

“噤声，又有妖魔来了。”

李玄没有去参加毕业大会。

他坐在绛云顶上，看着满空的烟火，口角噙着一丝笑意。

他真诚地为他的同学感到高兴，看着他们的笑脸，他感到那么快乐。

他并没有家，从小就在江湖上流浪。他的童年没有回忆，因为他从来不敢回忆。他只敢往未来的日子看，对自己说，未来会好的、一定会好的。

但，就从那只鸡起，他踏入了摩云书院，从此，他也可以像同学们一样，心中有了一段回忆。

回忆的滋味是如此甜蜜，又如此苦涩。

对他而言，这是完全陌生的感觉。孤独一个人坐在山顶上，看着满山欢笑，却没有半点是自己的。

他第一次感受到，只有一个人的世界，是多么孤单，荒凉。

甚至连笑都提不起劲头来。

胡突干，龙薇儿，石紫凝，封常青，边令诚，郑百年，崔氏三姊妹，卢家四兄弟，全都到齐了，每个人都恣意享受着毕业庆典。所有的规矩都以他们为例外，他们尽情放纵着，普天之下似乎都在为他们欢庆。

只是，心中少了点什么。

心是空的，所以无法高兴。

少的是什么呢?

李玄苦苦思索，却完全无法想起来。这让他极为痛苦，不由自主地就想抽泣。

越是欢乐的时候，便越是痛苦。

究竟是为什么?

“因为你是个蠢货。”

李玄泪眼蒙蒙地抬头。

龙穆坐在山崖旁，扭头看着他。金色的长发上满是尘土，脸上也有淡淡的伤痕。他双手抱在胸前，用力弯下腰，宛如一道弯折的阳光。

“我收到恩师大日至的急召，三日后，我就必须离开这里，回到我的国度。”

“临走前，我要去救苏犹怜，你去不去？”

苏犹怜？那是谁?

李玄的头剧烈地疼痛起来。他忍不住一阵急促地咳嗽。一想到这个名字，他的心就急剧地抽搐，不能自已。

“想不起来了么？看来你需要我的帮助。”

龙穆走过来，一把将李玄提了起来。他低声念了几句佛咒，右手变得明亮起来，一把按在李玄的心口。

李玄的衣服连同肌肤被光一照，立即变成透明，他的心脏露了出来，

勃勃跳动着。

那心脏中，结了一块极大的冰，冰中隐隐约约地锁着一个淡淡的影子。一看到这个影子，李玄立即变得狂躁起来，他忍不住伸出手，用力地向那颗心上挖去。就算将心剜破，他也要看清楚那个影子。

龙穆看着那颗心，微笑道："雪天锋将你的记忆冻住了呢……"

李玄一震，心中顿时升起了希望。

雪天锋取自大日至镇守的乐胜伦宫，而龙穆却是大日至的爱徒。他完全有可能知道这个封印的破法！

李玄急促地问道："要怎样才能破解？"

"很简单，既然是冻住的，那就融化它好了。"

龙穆轻轻抬手，浮空仙岛倏然出现，横亘在半空中。

他双手结印，岛上巨大的佛像亦双手结印。一道毫光自佛像眉间映出，照在龙穆眉心中。龙穆宛如功行圆满的苦行者，被这道毫光指引，徐徐升起，步入浮空仙岛。

李玄茫然站在绛云顶上，问道："我该怎么办？"

龙穆不答，手往下一指。

那道毫光猛然脱离佛像眉间，轰然砸在绛云顶上。

绛云顶为之一颤，倏然一声天崩地裂般的大响，一道大到不可思议的巨力自绛云顶山体中喷涌而出，顿时烈火轰天，岩浆四溢，绛云顶再度火山喷发！

李玄一声惨叫，烽火连天，将他紧紧围裹起来！李玄惨叫之声不绝，顿时被烧了个皮开肉绽！火气攻心，他差点晕了过去。龙穆背着手，站在仙岛上，好整以暇地看着他。烈烈风火，半点也沾不到他身上。

李玄惨叫道："救我！救我！"

龙穆淡淡道："何须救？要融化你的心冰，必须要地火焚烤才是。你忍着些吧。"

地火焚烤？只怕心冰还没融化，我早就被烧死了！李玄顾不得再跟他争辩，连忙运起五云战靴，四处突围。幸好他身上裹着浩瀚战甲，地火虽烈，却也一时烧他不死。

毫光冲天而下，李玄一声大叫，身子被毫光定住，一动都不能动。地火焚来，他的五脏六腑仿佛都被火气充满，简直如同进了烈火地狱。

龙穆的声音无比清冷地传来："汝之解脱为何？"

春雷，在空寂的灵魂深处炸响。

李玄心灵一震，心中那个影子猛然活动起来。

他想起来了！

想起那苦苦恋着的究竟是谁。

雪天锋下，他为她埋葬一段记忆。只因那想起的是苦，忆起的是痛。

那是一片雪，曾因他而融化，亦因他而结成蓝色的冰。

他没有救出她啊。

他无法从那个威严如天的人手中，救出她。

他不能让她如雪一般，自由地在天地间飞翔，他也没有像他答应的那样，跟着她去雪原，永远不回来。

泪纷纷而下，曾经的一切，在他的面前一一呈现。

他，没有像个真正的恋人一样，宽容，牺牲，像信任自己一样信任彼此。

此刻，他终于明白了，为什么他对着苏犹怜狂吼的时候，她没有解释。他绝望、他猜疑的时候，她死死咬住的嘴唇。

这就是爱。是对他无微不至的爱，让她宁愿身背恶名，也要成全爱情。

她只是只小小的雪妖，却背负了如此之重！

而这些重，全都是他以爱为名义，强加于她的。

他无法想象，那一夜，她该是多么无助，多么绝望。

镜中映出的，是真相。

苍蓝之龙的暴虐，那一声“我是你的九灵儿”，都是真的。

却不是过去，而是未来。

是心魔透过人心看到的未来。

然而，那却是被他伤透的未来。

那时，他完全忘记了她，化身火影，飞向宿命中的女子。那时，她正在死去。

她死去的时候，他不在她身边。他正在为另一个女子生死搏斗，留下她一个人，孤独而绝望地流尽了鲜血。

他怎可如此无情？

原来，所有的错，都是他的。

他为何不能宽容一点，为何不能信任她多一点？

却将这一切，全都化成伤，化成痛，如荆棘般扎进她的心里，轻轻点在那七个字上：“我是你的九灵儿”。

她说这七个字的时候，该是多么绝望！

雪天锋的印记，在他心中慢慢融化。

汝之解脱为何？

他的心一阵抽搐。

因为当想到她的时候，一抹苍蓝色也渐渐浮现。

那蓝色紧紧缠绕着她，像是那面心魔之镜，照出了他心底的痛苦、迷茫、污秽。

被石星御“拥抱”过了么？

他的心不禁一痛。

那条蓝龙，在她身体肆虐的时候，也在他的心中肆虐。

他可以不在乎一切，但唯独不能不在乎她。他可以不在乎她的一切，但唯独不能不在乎她的心。

他毫不犹豫，无论发生了什么事，他仍会爱她。

但他真的恐惧。

他可以让自己不去在意，石星御“拥抱”了她的身体；但却深深惧怕，石星御已“拥抱”了她的心。

“我是你的九灵儿。”

多么残忍，绝望的一句话。

他用什么去抗衡那个笼罩苍天的男子？

哪怕是在爱情的战场上？

李玄仿佛看到，那含愁的双目，越来越远，终于被黑暗吞没。

苍蓝色的黑暗。

李玄紧紧地握住自己的心，痛哭失声。

“苏、犹、怜！”

他几乎是嘶吼一般呼出了这个名字。

漫天火光倏然消散，龙穆浮空而下。

“很好，你终于想起来了。”

李玄身子瘫倒在地上，却几乎窒息。

想起来又如何？他又拿什么去对抗那蓝色的王者？

龙穆淡淡一笑。

“我要去救苏犹怜，你去不去？”

李玄倏然抬头。

“我要怎么做，才能救她？”

“很简单。”

李玄热切地望着龙穆，他实在太想救苏犹怜了。为此，他可以付出任何代价！

尽管他不相信有人能从龙皇手中救走苏犹怜，但龙穆……龙穆也许可以，毕竟，他有浮空岛，有大日至尊者的庇护。

“很简单。”

龙穆重复着。他淡淡地看着李玄。

“只要你死就可以了。”

暗之王子猝然出手，一掌切在李玄的脖子上。李玄惊恐地睁大眼睛，无法相信地看着他。

龙穆轻轻将他的双眼阖上，柔声道：“安息吧，我会将她带回来的。”

他小心地将李玄放平。

这是一个小小的洞穴，却很明亮，因为洞中堆满了珍珠，珍珠的中间，养着一株孱弱的花。虽然孱弱，却在开放着，开出一朵小小的，并不娇艳的花。

李玄，就躺在明珠旁边。龙穆缓缓抽出一把精致的尖刀来。

第二十三章 飞香走红满天春

梦魇，之所以那么长久，是因为做梦的人本就不愿醒来。

夜色笼罩大地，亘古已然的雪花，无声陨落在苍凉的雪原上。

一只小小的雪妖，赤着脚，在无尽的荒原上行走。

她纤弱的影子倒映在巨大的冰川上，被月光拖得那么长，那么淡，仿佛一不小心就会折断。

她就这样漫无目的地在雪地上行走着，无人问津，无人陪伴。

就这样，孤独地走过千年。她长长的睫毛上杂着霜花，纤细的脚踝处也结满了冰雪。

也许是太疲倦，她停了下来，迷茫的目光投向远方。

远方依旧只是冰雪，没有道路，没有希望，只有永远无法看透的夜色。

雪妖发出一声轻轻的叹息。夜风是那么冷，瞬间便将这声叹息凝结在沉沉冰雪中去了。

突然，雪原上空沉沉的夜幕撕开间隙，一道灿烂的光芒垂照下来。

雪妖骇然抬头。

她见到了从未见过的绚丽景象。

那一刻，沉寂千年的天穹突然涂抹上惊人的色泽，夜色的沉黑迅速退避，化为一张巨大的丝绒幕布，深邃而又寥廓，安详而又神秘，烘托着即将出现的绚烂画面。

万点星光闪烁，仿佛无边无际的大海，带着静谧的光芒，俯瞰着冰雪大地。

一缕彩虹般的神奇光带从万千星辰中飘扬而出，瞬间弥散开来，布满了整个夜空。

光带是如此明亮，仿佛织女裁下的星河，又仿佛天女手中的璎珞，凌空飞舞，掩盖了星月的光辉。

光影变幻，无数彩练横亘夜空，拉出一道道辉煌的奇景，又渐渐变淡，化为一缕缕如烟似雾的纱缦，摇曳不定，向大地泻下一片七彩的光华，映亮了整个原野。

雪妖怔怔地望着天穹，泪水迅速模糊了眼眶。

或者是极光过于明亮，又或许是她已在幽暗中待得太久，每一次光影变化，都带来眼底的深深刺痛。

但她全然不顾，只是努力地睁着眼睛，仿佛要将这一幕永远铭刻在心中。

是啊，看过了一千年的黑暗，经历了一千年的寂寞，流淌了一千年眼泪，她的双眼又怎能不贪恋眼前的光芒?

天穹深处，七彩纱缦缓缓摇曳，越来越淡，化为缕缕轻烟，向极北的方向退去。

黑暗又渐渐笼罩大地。

极光，本是不属于这个世界的奇景，在偶然展现出夺目光华后，就要退回另一个宇宙中去。

雪妖发出一声惊呼，不顾一切地在雪原上奔跑起来，追逐着正在消失的光芒。

因为她知道，自己一旦停下来，又将沦入这无尽的黑暗。

她在雪原上狂奔着，冰雪划破了她的脚踝，在苍白的大地上留下两行凄伤的血迹。

终于，雪妖跌倒在雪原上，失声痛哭。

夜色笼盖整个大地，极北天幕上最后一缕光芒正在退去，隐约照亮了一只雪妖颤抖悲泣的身影。

梦境，就在那一刻破碎。

苏犹怜缓缓醒来。

眼前没有冰雪，没有黑暗，没有泪痕。

只有轻薄如雾的九重缦帐，遍绣繁花的彩络流苏，和一张充满关切的笑靥。

“九公主，你醒了？”笑靥的主人，是一个梳着双髻的小姑娘，正满含惊喜地看着她。

苏犹怜皱起眉头。

“我……我这就去告诉龙皇。”小姑娘欢喜得跳了起来，手足无措地向门外奔去。

“回来。”苏犹怜止住她，“这是哪里？”

小姑娘猝然止步，有些惊讶地回过头：“这是大魔国的皇宫啊。”

龙皇，大魔国。

那个笼盖苍天的蓝色影子，在记忆中渐渐清晰。

不知为什么，苏犹怜心中感到一阵凌乱。

总有一些记忆，说不上痛苦，也说不上甜蜜，却让你宁愿逃避在梦魇中也不愿想起。因为一旦碰触到，就宛如不小心被打翻的茶，支离破碎的片段在脑海中不住沉浮，让你不得不去面对。

斩将、夺旗、雷火、圣殿，血的温暖，王的尊严，深深的拥吻……每一幕，都深深撕裂她心口的伤痕，最后定格为耳畔那句低低的誓言：“我再不会让你受到一点伤害。”

“为了你，我将杀尽所有人。”

苏犹怜全身一震，霍然惊觉：“他们呢？”

小姑娘的眼中充满迷茫：“谁？”

她的手指抓紧了丝褥，指节都因用力而苍白：“来大魔国的那些人……”

寂静的大殿中，只有她狂乱的心跳，不知不觉中，她的目光垂了下去，似乎预料到了可怕的回答。

小姑娘却笑了，脆声道：“公主放心好啦，他们都被龙皇驱逐了，永不许踏足大魔国的领土。”

永远也不会来了么？

李玄、龙穆、龙薇儿……摩云书院的一切，永远离她远去了么？

苏犹怜心中轻轻抽搐，喃喃道：“也好……”一抹凄伤的笑意浮起在她的嘴角，显得那么苦涩。

小姑娘看到她的笑，也由衷地笑起来，用力点着头：“一切都会好起来的！”

她的喜怒哀乐似乎都随着苏犹怜一起，苏犹怜高兴她也高兴，苏犹怜悲伤她也悲伤。

苏犹怜的目光渐渐落到她身上：“你是谁？”

小姑娘一怔，目光中露出诧异之色：“我是小璃啊。”

“小璃？”苏犹怜在心中默念了一次，这是个陌生的名字，从未听到过。

小璃看她想不起自己，有些着急，提醒道：“我是服侍九公主的小璃啊，您忘记了么，一百年前我就跟随您左右了。”

一百年？

苏犹怜仔细打量着她那张只有十七八岁的脸，这才发现，她身后拖着一道淡淡的影子。

这是妖族特有的痕迹，她的修为并不高，还不能完整地掩饰这些痕迹。

苏犹怜漠然注视着她，缓缓道：“九公主又是谁？”

小璃睁大了眼睛，不可置信地道：“九公主……九公主就是您啊！”

苏犹怜全身一震，破碎的记忆再度涌来。

她记起来了。

在苍蓝圣殿崩塌的一瞬间，是她冲下王座，投入石星御的怀抱，在他耳边一字一句地说：

——我是九灵儿，我要你为我而战。

后来，也是她，伏在圣殿的王座上，冷漠地看着来拯救自己的龙穆，决然说出那句话：

——我名九灵儿。

每一个字都锋利如刀，斩向龙穆，也斩向她自己，痛彻神髓。

就是要足够痛，才够决绝，才能斩断所有的退路。

没有任何人逼迫她，是她自己选择了走入别人的传奇。她选择让苏犹怜彻底在那冰冷的雪原上死去，而雪妖的灵魂，以九灵儿的名义重生。

谁又能抗拒呢？

谁能抗拒，在承受一千零一次背叛后，选择一份重生的安慰？

谁能抗拒，一个血屠千里的王者，带着挚爱与虔诚，跪倒在自己身前？

当那个苍蓝的魔王，抗逆千军万马，踏着满地战云向她走来；当他展

开沾满鲜血的战旗，将敌将的头颅奉于旗上；当他轻轻跪倒在公主面前，祈求一吻的奖赏。

——那是怎样的一段传奇，让世间任何一个女子，都不得不带着热泪，抬头仰望。

忘记了这段传奇是否属于自己。

就像疲惫而绝望的旅者，在荒原上仰望极光，只会为那壮观的天地大美动容，而不去计较那是否真的属于这个世界。

她不是公主，只是梦魇中那只卑微的雪妖，当沉沉夜空中划开极光的绚烂，她只能仰望，只能追逐。

但为什么，心中还是这么痛?

“九公主……你怎么了？”小璃怯怯的声音打断了苏犹怜的沉思。

苏犹怜收回目光，久久注视着她身后的影子：“你也是天狐族人？”

“是的。”小璃天真烂漫的目光垂下，声音中第一次有了忧伤，“天狐族人只剩下我们几个了。”

苏犹怜知道天狐族的往事，也读懂了她的忧伤。她沉默良久，轻轻叹息一声：“你不恨他么？”

恨谁？小璃怔了怔。

渐渐的，两行泪珠从她脸上滑落。

是的，她应该恨他。

百年前，正是石星御，冒着天之雷霆踏上禁天之峰，向九灵儿的族长求婚。四大长老看透了他的魔性，执意不允。没想到，一夜之间，石星御尽将天狐一族屠灭殆尽。只有极少数云游在外的族人得以幸免。

她也活了下来，因为她是九公主的贴身侍女，当杀戮来临的时候，她正在为九公主准备妆奁，族人的惨叫声中，她惊恐地藏身在那叠满嫁衣的箱笼中。

隔着箱笼的罅隙，她只看到夭红的鲜血，自他蓝如苍天的衣袖上滴落。

苏犹怜一字一句地重复道：“你恨他么？”

小璃全身一震，从回忆中醒来。她举起袖子，擦干了眼泪，轻轻起抬头，脸上又恢复了纯真的笑容：“不，我不恨他。”

苏犹怜静静地看着她：“为什么？”

小璃的目光投向窗外：“那一夜，我从禁天之峰逃出来后，流落在人间。由于修为粗浅，没多久就被修道者捕获，几经辗转，被贩卖到南海一个小岛上做绣工。一百年来，受尽了欺凌。不仅修为没有长进，连容貌也难以保存当初的样子……”

小璃的声音低了下去，轻轻吐出一颗珠子，那秀丽的容颜立刻变得苍老，白发和皱纹瞬间将她的青春吞噬殆尽，显出憔悴不堪的面目。

苏犹怜目瞪口呆。

小璃又将珠子吞下，幽幽道：“当龙皇在南海找到我的时候，我已经成了这样……他给了我一枚丹药，告诉我吃下去就能恢复以前的容貌。我无法忘记他当年的残暴，无论如何不肯接受，但他却告诉我，这一切，只是为了让九公主快乐。”

“那一刻，我相信了他。他已不是以前的石星御。”

她轻轻叹息着，回过头。

她的容貌已经恢复成小璃的样子，但目光中却写满了洞悉世事的沧桑：“我能看出来，他真的爱你。他所做的一切，只想让你快乐。”

苏犹怜看着她少女般的容颜、老妇般的目光，心头不禁一震，一时说不出话来。

空寂的大殿中，小璃的声音显得那么清晰，那么真诚：“而只要您快乐，我们妖族都会快乐。”

“您是我们妖族的公主。”

苏犹怜霍然抬头，怔怔看着这只曾和她一样、饱受人类折磨的妖狐，双唇禁不住微微颤抖：“我……我是九公主？”

小璃开心地微笑起来，她上前几步，将窗上巨大的帷幕拉开：“您看——”

一座无比恢弘的城池，就在苏犹怜眼前徐徐展开。

禁天之峰不再孤独，以它为中心，一座庞大的王城建立了起来。

这是亘古以来，从未出现过的宏伟之城。

城方圆一百七十里，形成一个巨大的、规则的圆。城内城外的土地，全都被规整成一片平原，显得这座城连同禁天之峰是如此的莽莽苍苍，高出云表。

二十丈余的城墙耸立在最外围，用最坚实的岩石砌成，每一块都长三丈多。那岩石全都是淡蓝色的花岗岩，象征着大魔国的臣民们对龙皇的无限敬仰。城内，紧贴着城墙，是只比城墙矮了两三丈的冰之楼阁，再往里，紧贴着这些高大宏伟冰之楼阁，是更矮一些的楼宇。它们一圈一圈，

越来越矮，直到延续到最里端，成为一排低矮的冰室。这是城内的居民居住之所。他们的皇住在冰之宫殿里，他们也要住在寒冰的包围中。他们要与他们的皇过同样朴素的生活。

高大的冰之楼阁与低矮冰室组成相递而减的巨大的圆，一层层，将禁天之峰拱卫住。这是城中居民，对龙皇的崇敬。他们要用自己的生命，一层层，为王护卫。

当最低矮的圆画完之后，距离禁天之峰，尚有七十里的空地。这片空地上什么都没有，是一片寂静，象征着臣民对龙皇威严的无上敬奉。他们不敢与龙皇并列，就连靠近龙皇，都视为最大的亵渎。

这片空地，全都用坚实的淡蓝色花岗岩铺满，从平民居住的冰室一直铺到禁天之峰下。上面装点着巨大的雕像。这片空地，形成一座恢弘的广场，只有以龙皇之名义举行的庆典，才能踏入其中。

一条条宽阔的街道，由广场辐射入冰楼之中，将完整的圆切割成一条条规整的弧。街道一共有九条，整个城池，也就被分成了九部分。就算千万妖魔，也能尽数容纳其中。从中心广场往外，分别是庆典区、贸易区、娱乐区、居住区、防御区，无数妖魔心甘情愿、满心欢喜地在其中劳作着，各司其职，荣宠备至。

苍蓝之雪自天际飘下，将整座都城覆在其中。他们相信，这蓝雪就是龙皇给予他们的恩赐，只要龙皇在，蓝雪仍飞舞，他们就会永远拥有这座家园。

在这座妖之家园里，再也没有什么能够欺侮他们。他们在这座城中，将会自由、平等、快乐。他们生存着，像每一个生存的生灵一样。他们将拥有属于自己的尊严，每一位都有。

因此，他们不惜竭尽心力，也要将这座城建成有史以来最壮美的城池。

一座比长安还要伟大的城池。

这座城，是由一万多名妖魔一齐动手完成的。

每天，只要一睁眼，他们就开始辛勤劳作，为了这座城更完美，更宏伟。

就算累死，能埋葬在这座城里面，他们也将满含笑容。

这才是他们的家园啊。

他们亦称这座城为“龙皇城”，一如百年前那座飞灰湮灭的城池。

只是今天的龙皇城，坐落在极北之地，万里冰雪之中，更加恢弘壮丽。

苍蓝色，成为这座城的唯一装饰。当忙完一天的劳作，他们会虔诚地跪下来，向着城中心的圣峰祷告。他们衷心地希望，他们的皇与他的公主能永远美满幸福，引领着妖之一族永远走下去。

热泪，一点点在苏犹怜眼中凝聚。

这座恢弘的城市，凝结了怎样的梦想与虔诚？它不是一座城池，而是妖族们亏欠了一百年过去、赊欠了一百年未来的幸福，要在此刻尽情挥霍。

那也他向她许的诺。

我要保护你，便会保护整个妖族。

我将为你建立一个永恒的国度，容纳所有的妖。我给你一座城池，只属于你自己。

这是王者的爱情。

只为她一人。

而后，会有万千人匍匐她脚下，像小璃一样对她说。

“只要您快乐，我们都会快乐。”

她的心在轻轻颤抖，第一次，她感到，自己是如此重要。

不再是那个孤独伫立在荒原上，无人挂怀、无人问津的雪妖，她的一举一动，都牵动着别人的心，她的一颦一笑，都成就着千万人的幸福。

她终于成了公主。

再也不用瑟缩在冰冷的角落中，独自承受九灵御魔镜的创痛，也不用默默艳羡着龙薇儿、或是承香的幸福。

她不再是一只卑微的雪妖。

她是公主，妖族的公主。

苏犹怜深吸了一口气，将即将落下的泪水强忍在眼眶，轻轻掀开绣被，坐了起来。

小璃有些惶恐，赶紧拦住她：“九公主，您还没有完全康复，不能下床的。”

“不。”苏犹怜温柔而坚决地推开她的手，轻轻道，“我要见他。”

第二十四章 长眉凝绿几千年

她搀着小璃的手，缓缓走过高大而繁复的回廊，穿过层层帷幔，穿过雕满日月星辰的廊柱，来到了那座气势恢弘的大殿。

漫天蓝色微光明灭中，她看到了石星御。

他伫立在大殿核心的穹顶下，幽蓝的长发在他身后翔舞，将他冰玉般的容颜也染上妖艳的光泽。

他的神情极为专注，轻轻伸出一指，凌虚点在面前。

那是一汪旋转的海水。

幽蓝的海水在虚空中飞速盘旋，带起骇人的风浪之声，却又仿佛被无形的屏障约束，无论怎样飞旋，也绝不溢出半点。

就在这巨大的漩涡中心，伫立着一株高达七丈的珊瑚树，玲珑的枝叶扶疏伸展，透出美玉般温润的彩光。

一旁，玉鼎赤獒龙愁眉苦脸地伏在地上，一口口吐出先天真火，烤灼着那株珊瑚的根部。浓稠的烟雾弥散开来，却因为漩涡的阻挡，并不上行，只在地上越积越多，将玉鼎赤巨大的身躯都包裹住了。

玉鼎赤一面咳嗽一面哀叹道：“伟大的皇啊，为了点缀九公主的娇颜，忠心的玉鼎赤连心血都要呕尽了呢。”

石星御并不理睬它，只注视着自己的指尖。

他轻轻握掌。

先天真火陡然大盛，完全不受玉鼎赤控制，“砰”的一声爆开一团巨大的火轮，吓得玉鼎赤一声惨叫，猛地蹿起十丈高，重重地撞在穹顶。

整个大殿一阵颤抖。

一声极轻的碎响传来，仿佛什么东西在分崩离析。

漩涡受了莫名的催动，疯狂旋转起来，在真火的烤灼下嗞嗞作响，迅速蒸发殆尽。那株七丈的巨大珊瑚树一阵剧颤，枝叶在海水的撕扯下发出痛苦的嘶啸。

一点灰噩的颜色从树根迅速蹿起，藤蔓般蔓延开来，瞬息笼罩了整个树枝。

只消片刻的时间，那株七彩玲珑、美轮美奂的珊瑚树，便被剥去了一切色彩与生命，化为一具苍白的骸骨，干枯地伫立在大殿中。

唯余下一滴光晕流转的清露，从最高的那枝骸骨上坠落，缓缓凝结在石星御的指尖。

他注视着那滴清露，破颜微笑："你醒了？"

这句话，是对帷幕后的苏犹怜而说。

苏犹怜知道他已经发现了自己，也不再躲藏。她深吸了一口气，向大殿中央走过去。

他张开双臂，迎接着她，蓝色从他手中倾泻，宛如温暖的海洋，轻轻包裹在她身上，让她的心前所未有的宁静。

这奇异的感觉让她如沐春风，她情不自禁地向他走去。

突然，她的身体一震，一句久违的谶语在心底浮现：当你接近完美的时候，就会融化。

苏犹怜倏然止步，不敢过度接近他。她站在他面前，隔着一个拥抱的距离，好奇地看着他指尖的那点光华："这是什么？"

石星御微笑道："这是那株珊瑚的灵魂。"

放开手，那滴清露并不陨落，而是悬浮在半空中，随着他手指的勾动，在空中划出柔美的弧。

"你昏迷了七日七夜，在这期间，我已治好了你身上绝大部分伤痕，唯有这道例外。"

他指尖的清露渐渐停止转动，蓬开一团婉转的清光，照向她的颔下。

她不由自主地，随着他的动作抬起头。

那是一道长长的伤痕，从颔下划过脖颈，一直没入胸前。伤口呈暗红色，看上去早已愈合，只留下了淡淡的印记，然而衬在她雪白的肌肤上，仍显得那么刺眼。

石星御的目光中满含怜惜："这道创口是我化龙时所伤，绝难弥合，

普天之下，只有千年玄晶珊瑚可以消除痕迹。我特意让玄天霸海龙从东海底龙火谷中寻来，又经过七日的真火炼化，才提炼出这滴龙火玄晶。”

苏犹怜点了点头。她记得，这道伤痕的确是他所留。那时，在漫空星辰碎屑中，他化身巨龙，用狰狞的龙爪，刺破她的血肉，逼问九灵儿的下落。

痛苦从记忆深处泛起，让她忍不住战栗。

但不知为什么，她心中已经没有了仇恨。

耳畔，他的声音无比温柔，一如夜风拂过：“闭上眼。”

苏犹怜顺从地阖上双目。

一点沁入心扉的凉意透下，随着他纤长的手指，轻轻抚过她的肌肤。从颔下，到脖颈，到胸前。

全身禁不住重重一颤，无尽的温柔与爱怜仿佛在那一刻渗入了骨髓，一如五夜微风，轻轻掠过少女时代的梦境。

苏犹怜睁开双眼，只看到石星御大海般温煦的微笑。

他轻轻握住她的手，携着她向大殿的一角走去：“跟我来，有东西要送给你。”

苏犹怜一言不发，默默跟随着他，那一刻，她的灵魂仿佛飘离了躯壳，什么也无法记起，什么也无法抗拒。

两人身后，玉鼎赤可怜巴巴地从地上爬起来，指着那株枯槁的珊瑚骸骨，道：“伟大的皇，这个怎么办呢？”

石星御轻轻挥了挥手，并没回头去看一眼。

取走灵魂后的珊瑚，就宛如被榨干了汁液的草药，只是毫无意义的垃圾，当然不值得任何人的回顾。

不知为什么，苏犹怜的心却轻轻一颤，仿佛一根针扎了进来，将她从温柔的梦境中刺醒。

她回望着那具苍白的骸骨，这曾在洞天福地中潜居千年的先天灵宝，这曾枝叶扶疏、美轮美奂的稀世奇珍，就这样，被榨尽了精华，无情抛弃。

但她并没有说什么，依旧顺从地跟随他，向大殿一角行去。

砰然一声巨响，呛人的白烟四起，却是玉鼎赤想把珊瑚骸骨拖走时，一不小心，用力过大，七丈高的骸骨碎为数截，坍塌下来，搅得大殿中一片凌乱。

漫天尘埃中，玉鼎赤谄媚地趴在地上，轻轻摇着尾巴，似乎要祈求龙皇饶恕他的过错。

石星御回过头，看了它一眼，冷冷道："下去。"

玉鼎赤如蒙大赦，一溜烟不见了影子。

那声淡淡的"下去"，却让苏犹怜心中的刺痛越来越强烈。

帷幕被无形的锁链徐徐拉起，一座巨大的妆台出现在大殿角落里。

石星御柔声道："喜欢么？这是百年前你最心爱之物。"

苏犹怜错愕的目光从妆台上扫过。

巨大的镜框上雕饰着花叶藤蔓，菱花宝镜透出氤氲的彩光，似乎要将人的灵魂一起照亮。经过了百年的时光，这座妆台显得有些陈旧，但这陈旧丝毫无损它的精致与奢华，更沉淀出岁月的雍容。

然而，这雍容是如此陌生。

苏犹怜站在镜前，不知为什么，一点感觉不到幸福。

她只觉自己的心仿佛是藤蔓上最纤弱的一片树叶，在镜子流转的光华中轻轻颤动，随时都会陨落。

她心中不禁泛起一丝疑惑。

九灵儿的灵魂，真的寄居在自己体内么？

为什么，她完全感觉不到一丝痕迹？

为什么，当她看到小璃、看到镜台、看到他苦心准备的一切时，勾不起半点回忆？

唯有淡淡的酸涩在心底深处泛起，她心中发出一声幽幽叹息，缓缓抬头。

她看到了镜中的自己。

那是一个华服盛装的公主。薄如蝉翼的绡衣层层叠叠，轻云般在纤细的身体上流泻，每一重都用最精致的针法，遍绣银色的星辰，这些星辰随着她的一举一动，闪烁变幻，将镜中之人烘托得那么高华、美丽。

再不是那个独自在荒原饮泣的小小雪妖，而是一个养尊处优的公主，在某个夏日的午后醒来，慵懒地试穿着最华丽的新装。

她惊讶地看着自己，轻轻转侧着脸，似乎不敢相信自己的变化，颔下那道淡淡的伤痕已然消失无踪，只有宛如凝脂的肌肤。

石星御轻轻从身后搂住她的肩，注视着镜中的女子，眼中是无尽的柔情。

那一刻，她产生了一种错觉，石星御的目光并没有看她，而是透过镜

中氤氲的华光，穿透到不可知的地方。

这让他的柔情显得有些寒冷，也让她的心感到了一丝慌乱。

就在这时，她听到他轻轻的叹息："灵儿，无论多么完美的躯壳，都不足匹配你的灵魂。"

苏犹怜错愕地抬头。

——躯壳？灵魂？她不明白他在说什么。

"灵儿。"石星御依旧凝望镜中，微凉的手指轻轻抚过她的脸，他的声音温柔而决绝，带着不容置疑的力量，"我一定让你恢复从前的容颜。"

"恢复？"苏犹怜心中一惊，下意识地道，"怎么……怎么恢复？"

石星御道："极北天空上偶然会出现一种七彩光芒，变化无常，极为美丽。世人皆不知其所由来。其实，这种光芒是因为大地磁线与太阳光芒相遇而生。只要以恰当的方式搜集这些光芒，再以真火炼化，便可以为你铸造出新的身体。"

他俯下身，爱怜地替她挽起耳畔的碎发，柔声道："这一切并不难做到，只是你现在的元神太过虚弱，弱到连我也无法真实感测，更没有办法将你从宿主的身体里分离开去，所以还稍需等待……"

苏犹怜打断他："你是说，要从我的身体里，提炼出九灵儿的灵魂，再用极光重铸生前的容颜？"

石星御微笑："是的。一旦我找到将你的灵魂分离的方法，我就立刻为你重铸身体。从此，你再不必寄居在别人体内。"

不必寄居在别人体内？

"砰"的一声微响，在虚空中破碎。

——那是刚刚苏醒的心灵，瞬间又坠入了冰雪的荒原。

她惊惶地抬起头，仿佛能听到命运在角落里对她发出讥诮的冷笑，熟悉的黑暗露出狰狞的面容，一点点向她涌来，要将她拖入千年的梦魇中去。

她努力控制着声音的颤抖，一字字道："然后呢？"

石星御湛蓝的目光依然如大海一样温和："然后，你将获得永恒的美貌与青春。不老不死，分享我的永生、权位、荣耀、一切的一切……"

苏犹怜静静地咬着嘴唇，等着他说完："然，后，呢？"

石星御微微皱眉，似乎感到了一丝不妥，但遂即又微笑起来，轻轻拥她入怀："然后，皇和公主将永远在一起。"

他的怀抱是如此温暖，但她的身体却是如此僵硬，僵硬到不能感受一点温度。

她霍然挣脱他的怀抱，抬头直视着他的目光，一字字道：“苏犹怜呢？”

苏犹怜？

石星御怔了怔，似乎一时无法记起这个名字。

她绝望地看着他，等待他的回答。每一秒过去，她的心就往那黑暗的深渊中多沉沦一分。

石星御终于想了起来：“你是说，那只雪妖？”

苏犹怜咬住嘴唇，觉得自己的灵魂都在颤抖：“对，那只雪妖。你要拿她怎么办？”

石星御展颜微笑，似乎这个问题完全不值得考虑。

他轻轻挥手：“随她去吧。”

苏犹怜的身体如蒙电击，瞬间冰冷。

那轻轻一挥手，何等随意，就仿佛掸落一粒尘埃；那毫不在意的语气，和他命令玉鼎赤拖走珊瑚骸骨时又是何等相似！

那一刻，她仿佛看到了自己的未来。

有一天，她的身体也会被放入真火提炼，而后化为苍白的骸骨，如垃圾一般被拖走、践踏、抛弃。

公主的荣宠，臣民的敬仰，帝王的挚爱……那是多么美好的传奇。

然而，这一切终究不属于她啊。剥离了不属于她的华服云裳，她依旧是那只卑微的雪妖，无人爱怜，无人问津的行走在孤独的荒原上。

这一刻，命运终于收起了虚伪的笑，露出惯有的狰狞。

他故意将别人的传奇错放在她面前，引诱她沉沦其中；又在她刚刚开始接受的那一刻，残忍的夺走。

他终于还是收走了一切她可以触摸的幸福。

无论是她的，还是别人的。

若是卑微的雪妖，就不该仰望极光的绚烂。

否则，必会被灼瞎双眼。

泪水冰凉得宛如雪花，划过她苍白的面颊。

石星御似乎感到了什么，轻轻捧起她的脸：“灵儿，你怎么了？”

苏犹怜凝视着眼前这个男子。

他是如此威严如天，清俊若神，也情深似海。

多么完美的爱人。

她静静地注视着他，那么长久，那么用力。直到一阵刻骨的恨意从心底升起。

她生命中第一次这样恨一个人。

她可以不恨命运，不恨李玄，甚至不恨那些在雪原上伤害过她的人。

偏偏恨他。

为什么要救我？为什么不任我躺在雪原上，心如死灰地死去？

为什么要强行将我从那个黑暗的渊薮中拉回来，给我穿上别人的华服？

为什么当我斩断所有过去，决心接受这一切的时候，你却那么残忍的，那么轻蔑地挥一挥手，仿佛抛弃一粒尘埃？

她久久凝视着他，眸中的温度渐渐冰冷，一如笼罩在夜色下的千年雪原。

——原来，你只爱自己的爱情。

苏犹怜低下头，泪水无声陨落，瞬间消失无踪。

当她再度抬头时，那甜美而苍白的笑容又已在脸上绽放："没什么，我只是太高兴了呢。"

石星御看着她，终于也被她的笑容打动，微笑起来："三天后就是大魔国的开国盛典，我正担心你的身体。"

她展颜一笑，小鱼一般滑入他的怀抱，紧紧偎依着他。还不时伸出纤细的手指，逗弄他衣襟上垂落的蓝发。

她抬起头，眼中的妩媚是那么动人："皇不必担心，三日之后，我一定让皇看到最美的九灵儿。"

"灵儿……"石星御心头一颤，用力将她抱住，如此之紧，似乎要将她的身体纳入自己的血肉，再不分开。

她静静地伏在石星御肩头，脸上依旧是甜美的微笑，只在所有人看不到的瞬间，这笑容中透出一线尖锐的光芒。

凄伤而残酷，要伤尽自己，也伤尽别人。

三日的时间并不长。

为了准备大魔国的开国盛典，平时无所事事的四大神龙都难得地忙碌起来。城中的妖魔更是昼夜操劳，要制造出最好的礼物，敬献给它们的皇。

苏犹怜也很忙。

她命人将龙皇为她寻来的九灵儿的故物全部堆在自己房中。

她亲手将那些尘封百年的妆奁一一打开，昼夜翻检，却没有人知道她到底想要找什么。

她要小璃寸步不离她身边，给她讲九灵儿的故事。她听得极为认真，似乎要记住九灵儿的一举一动，一颦一笑。

在做这些事情的时候，她几乎不眠不休，脸上却始终带着苍白而甜美的笑意。

小璃心中渐渐感到了不安。

第三日清晨，曙色照耀着这片冰封的大地，开国盛典已准备就绪。

一辆由六龙驾驭的羽车，早早停在宫殿前，万千妖魔们聚集在广场，虔诚地等候着。

它们在等候这辆羽车，在太阳升起的时候，迎来他们的公主，参与这妖类企盼千年的盛典。

天刚破晓，小璃就再也睡不着了，她轻手轻脚地走进房间，想看看九公主睡得是否安好。

但当她一踏进房门，就立刻惊呆了。

无数妆奁被打开，衣衫裙裾被凌乱地扔在地上。

一个华服盛装的女子，正站在妆台前，对镜梳妆。绯红的长裙鲜艳如血，在苍蓝的大殿中绽开了一朵妖娆的花。

小璃周身剧震，她认得，这身长裙正是九公主当初在禁天之峰上身着的嫁衣！

那一夜，九公主也是这样立于镜前，脸上带着娇羞与企盼："小璃，我好看么？"她身后，是喧天的鼓乐，和漫空的猩红。

时空仿佛一瞬间回到了百年前，那个被鲜血和杀戮撕裂的新婚之夜。

小璃的身体开始颤抖，她禁不住上前几步，想把镜前这个女子看清。

镜中人回过头，依旧是苏犹怜甜甜微笑的脸。

只是……她却穿着九灵儿的嫁衣，挽着九灵儿的发髻，戴着九灵儿的珠玉。甚至那张美丽的脸上，还精心描摹着宛如九灵儿的妆容！

小璃踉跄一步，几乎站立不住，喃喃道："九公主……"

苏犹怜没有回答她，她的目光凝聚在妆台上铺开的一张画像上。

那是九灵儿的画像。

画中红衣如血，盛妆艳服，细致地描绘着她新婚时娇容。

每一位少女在出嫁前，都要留下一幅写真，给族人保管，这是天狐一族的婚俗。

那一夜后，这张画像便被锁入妆奁，尘封百年，却不知何时，被苏犹怜找了出来。

苏犹怜一面认真看着那张画像，一面将长发盘起，纤细的手指在妆奁中轻轻拨弄良久，最后选出一只嵌着九颗明珠的凤簪，小心翼翼地斜插入髻。

云鬓微斜，分毫不差。

她满意地望着镜中的倒影，脸上绽开一个妩媚的笑容。

那一笑，竟是如此妖娆，和画像中的九灵儿一般无二。

小璃看着她，渐渐感到了恐惧，她顾不得冒犯之罪，失声道："九公主……您，您在做什么？"

苏犹怜没有回头，只用眼角的余光扫了她一眼，又回到眼前的画像上。

她纤长的手指抚过画中人的面容，柔声道："我说过，要让他看到最美的九灵儿。"

小璃一怔，似乎不明白她的话。

苏犹怜用白玉般的小指挑起一点胭脂，轻轻点在唇上，一声幽幽叹息："新婚之夜，禁天之峰上的九灵儿，岂不是最美丽的么？"

小璃惊恐地摇了摇头，透过那甜美的笑，她看到惊人的残忍从她眼底一掠而过。

她的声音禁不住颤抖起来："您，您到底要做什么？"

苏犹怜撩起裙角，在镜前轻轻转侧，妩媚的秀眉轻轻挑起，在镜中凝成一个微嗔的影像。无论脸上是浅笑还是微嗔，她的声音都是那么平静。

平静得有些可怕："不做什么。"

"我只是要告诉你们的皇一个事实……"

小璃怆然后退，哀求地看着她。多日来，不祥的预感在这一刻爆发，小璃恨不得跪在地上，祈求她不要说下去。

苏犹怜却故意顿了顿，樱唇微破，将每个字都说得无比清楚。

清楚得残忍："这个世界上，没有九公主了！"

"不……"小璃如蒙电击，似乎过了片刻，才完全咀嚼出她话中的含义，她惊恐地捂住嘴唇，仿佛这样才能不惊呼出声，“这样，这样该伤他多深啊……”

苏犹怜的笑容渐渐冷却，淡淡道：“是么？”

“那正是我想要的。”

小璃怔怔地看着她，似乎不敢相信，这样残忍的话，竟会出自眼前这个人口中——这个一举一动、一颦一笑都似极了九公主的女子。

她目光中的惊惶渐渐化为愤怒：“你怎么可以这样？无论你是不是九公主，皇救了你的命啊。”

苏犹怜平静地点了点头：“我知道。”

她抬起头，曙光垂照在她精心装扮的脸上，天使般纯净、美丽。只是她说出的每一个字，都仿佛魔鬼的利刃，深深铭刻在人心上：“我会亲手还给他。”

一阵绝望袭来，几乎将小璃压垮，她悲伤地啜泣起来：“求求你，你不能这样……”

苏犹怜根本不顾她的哀求，越过她，向宫门外的羽车走去。

小璃追了两步，又无力地停了下来，眼睁睁地看着苏犹怜越走越远。

突然，她躬下腰，撕心裂肺地喊道：“皇真的爱你！”

一只绣鞋轻轻踏在羽车上，苏犹怜撩起裙裾，缓缓回头，甜美而苍白的微笑在脸上如花绽放：“他爱九公主。”

她登上羽车，绝尘而去。

第二十五章 离宫散萤天似水

北极之地，没有昼也没有夜。

妖族们整日地劳作着，为了龙皇城能多壮美一点，他们愿意多耗十倍的心血。但在某一刻，他们齐齐放下了手中的活计，静默地走回家中，安静地休息。他们经过彼此的身边时，用微笑互相打着招呼，那微笑是如此平静，如此温和。

他们休息了两个时辰，就迫不及待地醒来，全部聚集到中心广场上去。

妖族并没有人的身体，他们形状各异，有的像山岳一样庞大，有的细小如微尘。有的美艳妖娆，有的风骨俊秀，但大多数却丑陋怪异。或兽面人身，或三首六臂，或遍体鳞甲，或千手千眼。或为巨灵，或为山魈，或为水怪，或为狮象，或为龙虎，为藤萝，为老树，为花，为石，为蜂蝶精灵，为微尘芥子。

但这一刻，他们全都穿戴上了最好的衣饰，带着最大的敬畏与虔诚，簇拥在广场上，仰面望着中心的圣峰。

他们满脸都是兴奋之色，期待无比，却不敢大声喊出来。对皇与公主的敬仰，让他们不敢有丝毫的喧哗。他们彼此注目，禁不住热泪盈眶。

巨大的、方圆七十里的广场，被各种物产填满。鲜花，果实，作物，珍奇，只要人间有的，这里全都能找到。这不是他们从天下搜集而来，而是他们找来种子，运用妖力，在大魔国培植出来的。他们坚信，只要他们的家园在，就算满地冰雪，他们也能让鲜花盛开，作物生长。为此，不惜损耗大量的妖力，在苍蓝广场上盛开出人间仙境。

一株株花树绽放，它们的根就生长在冰雪中，但它们有翠绿的叶，娇媚的蕊。苍蓝之雪轻轻飘落，它们枝叶扶疏，灿烂盛开，仿佛要将百年的寂寞也在这一刻补偿。它们周围，是稻谷、小麦、粟子、亚麻，是生长在鲁、晋、湘、赣的所有作物。杨树、柳树、松树、柏树错落于其间，偶尔点缀的，是来自异域殊方的奇花异草。小鹿在其中奔跑着，狮子慵懒地打着哈欠。于这一刻，它们一齐抬头上望，望着那宏伟的圣峰。

这一刻，他们热泪盈眶。这一刻，他们竭尽心力，用最大的虔诚让北极开满鲜花，用对美好生活的向往，来迎接他们的皇、他们的公主。

迎接大魔国的开国盛典。

一缕淡淡的清光自峰顶圣殿中亮起，顷刻间将整座龙皇城都照得透亮。禁天之峰通体翠绿，仿佛全是由绿玉雕成的一般，盈盈通透，矗立入苍天。那座威严之圣殿，也仿佛变得透明，成了神仙宫阙。

这一刻，圣洁无比，威严无比。所有妖族，都禁不住昂头观望，屏住了呼吸。

一只庞大的巨龙轰然落下，那是皇极惊世龙。它正落在苍蓝广场的正中央，恰在圣峰的前侧，却没有压损一毫鲜花。莽然龙吟声中，皇极惊世龙身外灵台幻化，千重黄气冲天而起，就宛如巨大的山峰堆叠，重重而落，化成一座巨大的高台，约有禁天之峰三分之一高，矗立在广场之中。

仿佛有什么大事就要发生，妖族的心全都情不自禁地颤抖起来。

——他们的公主，他们的皇，即将降临！

又是一声霹雳震响，满空红光闪耀，玉鼎赤燚龙巨大的身躯舞空而现。玉鼎脸上也一反常态，没有半点戏谑，肃穆无比地缓缓降下，红光火烈迸发，它巨大无比的头颅缓缓抬起，阔口张开，猛然“哄嗵哄嗵”一阵响，三只火弹从它口中喷出，飞到半空中，一齐炸开。顿时漫天都是烈烈火花，分形成千姿百态，慢慢垂落。

空中花树绽放，鱼龙曼延，每一丝火花都在不断变化着，带起炽烈炸响。整个天幕，整座龙皇城都化成火花之海洋，璀璨无比，美丽无比。

妖族的身体忍不住颤抖起来，他们死死地咬住嘴唇，才能屏住那提到嗓子眼上的一声欢呼。

与此同时，一道美丽至极的彩虹，从苍蓝圣殿中拉出，倏然横过万里长空。

玄天霸海龙巨大的身形显现，在苍蓝的天幕下轻轻喷洒着一弯飞雨。

飞雨在湛然永晴的阳光下化为绚丽的彩虹。这彩虹出现得是那么突然，那么灿烂，妖族们只能任由眼睛张得越来越大，身体无助地颤抖着，软弱无力地经受着这股天地大美的侵袭。

一座美丽至极的马车，在圣峰尽头悠悠出现，踏着彩虹铺出的桥，无声无息地向下飞来。

白色的马车，皎洁如一轮明月，在漫天苍蓝灿红交织之中，显得是那么娴静，那么圣洁。当先飞舞的，是六条白色的玉龙，矫健的身姿就像是天空中浮动的六道光。而车身上，是一双静静扇舞着的巨大翅膀。每一下扇舞，洁白的羽毛便飘飞而下，与苍蓝圣雪交舞在一起，美丽到几乎令人窒息。

青帝真炁龙化身为人形，一身古衣冠，白衣胜雪，峨冠高筑，宛如上古仙人，执辔肃穆，鞭打着六龙，沿着禁天之峰缓缓盘旋而下。

龙御，羽车。

所有的妖族再也忍禁不住，喊出了他们压抑在心底的一声欢呼。他们用力地将自己费尽心血耕种出的作物抛上半空，因为那是他们的献祭，是他们对自己的皇、自己的公主的敬奉啊!

他们热泪盈眶，只有用一浪高过一浪的欢呼，才能表达自己心中的激情。他们使劲用手掩着自己的面，生怕只要再多一丝激动，自己的呼吸就会猝止。

整座龙皇城，在这瞬间有了生命。鲜花、作物，混合在漫天圣雪、纷纷龙火中，激荡盈天，几乎一直冲到禁天之峰的顶端。

这是最真实的欢喜，这是最真实的敬畏，也是这个世界上最震撼人心的庄严。

这一刻，他们决心，就算粉身碎骨，也要保住这座城池。他们真诚地祝愿，他们的皇与公主，能够永远在一起，真诚相爱，永远统御着他们的臣民。

羽车龙驾，缓缓降落，停在皇极惊世龙化身的巨大高台下。

神龙漫长吟啸，垂下头颅，身体化成宏巨深广的阶梯，一直垂到羽车之前。

羽车停稳，一个蓝色的身影渐渐在虚空中显现。

石星御。

他静静地伫立在羽车前，身后是高台垂下的无尽阶梯，似乎一直通向天之尽头。

晨曦在他身上洒落，照出他宛如冰玉的容颜。那容颜并未刻意修饰，也无需修饰，因为天底下再没有任何的装饰能匹配他的无上荣光。

唯有一袭落落蓝衫，不染尘埃。

只是，这蓝色却是如此纯净，仿佛孩提时代的天空，并未有一丝力量，只是纯粹的蓝，蓝得让人心碎。

湛蓝目光抬起，凝伫在羽车前的帷帘上，一瞬不瞬。他眼前的世界，仿佛只剩下这面小小帷帘，身后漫天喜色，万众如雷欢呼都与他无关。

今日——龙皇天授元年九月九日。

在万千妖魔，是亏欠了千年的盛典；在他，却是晚了三生的等待。

只等一个人的到来。

萧索的蓝色身影伫立高台下，并不耀眼，却仿佛已遮蔽了整个天穹。

妖魔们屏住呼吸，凝望着他们的皇，数度热泪盈眶，震天欢呼渐渐化为哽咽，他们情不自禁匍匐在地，忘情亲吻着象征龙皇之无上威严的北极大地。

石星御静静伫立，本来沉静如海的气息，竟有了不该有的波动。

风过，绘着九鸾九凤的帷帘卷起。

一只玲珑娇小的绣鞋，轻轻踏在冰冷的大地上。

鞋头绣着一只颤巍巍的蝴蝶，鞋身上绣满了各种各样的鲜花，不沾半点尘泥。浅弓一痕，衬得那只纤足盈盈一握，宛似月初的微月一钩。

这足尖简简单单一点，带着多少妖娆，多少娇俏。

一如百年前，那个含笑带嗔的可人儿，化身出九重幻影，尽皆围绕着他，在猩红的地毯上踏歌曼舞。

春华。秋月。龙影。凤仪。星魅。雪魂。玉娆。金坚。平湖。黛山。

十支舞。

十分精神。

十种要郎娇赞的心意。

十面埋伏。

石星御如蒙雷击。

花香浮动，那满身吉服的可人儿挑帘而出，迎着绚烂的晨光，缓缓站直了妖娆的身姿，隔着一个拥抱的距离，微笑着凝视他。

诸天的光芒在她脸上凝聚，照出那美得不似人间的容颜。

那容颜或者还带着苏犹怜的轮廓，却又是那么恍惚，温润如玉的脸庞上，真真切切地勾勒着九灵儿的眉黛，九灵儿的胭脂，九灵儿的妖娆。

就连嘴角那微微浅笑，眸子中盈盈顾盼，都是那么神似。

樱唇微破，一笑倾城。

那一笑，抹去了三生的轮回，抹去了无数的光阴，抹去了阴阳的隔阂。偌大的禁天之峰仿佛也黯淡了晨光，回到百年前的那个新婚的月夜。

眼前这个妩媚微笑的女子，分明就是当年那身着嫁衣，揭起盖头，对着他盈盈一顾的九灵儿!

是他的九灵儿啊。

石星御的视线渐渐模糊，晨风拂过，泪水洒落衣襟。他静静看着她，任泪水在万千臣民面前恣意流淌，却不肯将视线挪开丝毫。

恍惚中，苏犹怜走到他面前，轻轻踮起足尖，用嫁衣的丝袖拭去他的泪痕，婉转耳语道：“你是我的皇啊，可不要在开国盛典时流泪。”

带着万般柔情的纤纤一指，撒娇似的轻轻点在他的额头。

石星御闭上了眼睛。

——连那似笑似嗔的语调，都似极了九灵儿。

灵儿，你真的回到我身边了么?

那一刻，他相信了天命，相信了轮回，相信了三生。

那一刻，他恨不得跪拜在残酷的命运面前。

那一刻，他宁愿信仰天下所有的神明。

苏犹怜也静静地看着他。她能清楚地感到他心中的每一丝震动，每一次战栗。

但却再没有了当初的感动。

这份注定了不属于她的爱，褪去了让她诚心祝福的光辉，只剩下冰冷的刺痛。

爱得越深，刺得就越深。

不知过了多久，也不知是她牵着石星御，还是石星御牵着她。两人携手走上那座皇极惊世龙化身的高台。

一步步，仿佛跨过岁月、跨过轮回那么漫长。

耳畔，是万千妖魔的欢呼，震耳欲聋。

她用余光扫向石星御。他已恢复了昔日的沉静与完美，不再是一个在爱情中战栗的男子，而是坐拥天下的帝王。

历经三生的磨难，他终于又拥有了一切。

倾绝天下的力量，笼盖万方的威严，刻骨铭心的爱情。

龙皇的威严从他的手上弥散开来，化为沉沉暖意，拥抱着她，保护着她，不让她承受哪怕一丝晨风的清寒。

她的嘴角，却缓缓挑起一丝不易察觉的冷笑。

两人携手站在高台的顶端，俯瞰这座开满鲜花的城池，接受着万千臣民的欢呼与祝福。

宏伟的广场上，各形各状的妖魔们身着盛装，跪伏在冰雪大地上，巨灵、山魈、水怪、狮象、龙虎、藤萝、老树、花石、蜂蝶精灵，微尘芥子……无不带着虔诚与祝福，仰望着他们的皇。

他们身后，是一条条纵横交布的街道。街道旁密密匝匝地罗列着集市、房屋、勾栏、店铺。在妖力的维持下，参天古木垂下万千藤蔓，深潭幽池中鱼龙曼游，整齐的花圃承接着阳光……

再之后，是湛然永晴的北极天幕，苍蓝的落雪无声自虚空中陨落，又融化在虚空中，仿佛一场永无终止的蓝色烟花，降临在这新生的国度。

一切都一尘不染，焕发出勃勃生机。

虽然这座城市还刚刚建立，但在万千妖魔的勤劳经营下，它迟早会成为比长安还要伟大的都城。

这一点，没有人怀疑。

苏犹怜的心开始轻轻抽搐。

这是多么美好的一幕啊，是妖族们祈盼了百年的梦。

真的要这样做么？真的要打碎这一切么？

她的眸子中，一点泪光轻轻荡开。

庆典达到了高潮，烟花在天空中绽开无数瑰奇的图案。

一位白发苍苍的老者，获得了龙皇的许可，一步步爬上高台，来敬献妖族们的礼物。

老者身体极为消瘦，手臂干枯，宛如一截树枝，须发却极长，几乎拖到了地上。

“大魔国内九万八千臣民，将这盏云浆献给龙皇。”

这位苍老的千年树妖，虔诚地跪伏在地上，将琉璃盏举过头顶。

这盏云浆是大魔国内所有妖族心血的凝结。每一只妖族，都在七日内用自己的最大的妖力摧开一种鲜花。随着每个人的修为高低不同，他们奉献的鲜花种类也各异，有的是月宫桂树，有的是海外奇葩，有的却只是一株小小萱草。但无论奇异还是寻常，都凝聚了他们最大的力量。这些鲜花的蕊被集中起来，再交给一百位修为最高的妖魔，用他们的元丹之火炼化，又是七日后，才凝出一杯琼浆。

他没有说，这杯云浆花费了妖族们多少心血。这些日子来，他们日夜操劳，小心翼翼地培养着属于自己的花朵，几乎不眠不休。那些负责炼化琼浆的妖魔，更是心力交瘁。但他们无怨无悔。因为每一朵花都代表了他们自己，他们要将自己的一切奉献给伟大的皇。

万千妖魔们远远望着那杯通透的琉璃，欢喜的热泪渐渐打湿了眼眶，他们相信，皇能感受到他们的心意。

只要皇喜欢，就足够了。

云浆未饮，在树妖布满藤蔓的手中微微颤动。

石星御静静注视着那杯云浆，似乎也感到了它的沉重——那一杯小小的琉璃盏，承载了妖魔们多少的心意啊。

灿烂晨曦中，石星御展颜微笑，轻轻抬手。琉璃盏自树妖手中升起，被他悬托于虚空。

一道极为温和的清光从他指间流泻而出，将云浆自琉璃盏中托起，化为一团光露，在虚空中轻轻旋转。又是数道清光贯下，那尊精致的琉璃盏，竟被从中心切开。

光影浮动，两瓣琉璃在虚空中缓缓融化，又重新熔铸起来。很快，那朵碗盏大的莲花，便化为两朵并蒂而生、形体略小的莲盏。云浆在虚空中旋转，直到新的莲花盏成型、凝固，才缓缓降落，分别落入两朵莲心中。

那尊琉璃盏就这样被一分为二，满杯云浆却并未有半点洒落。

石星御将两只并蒂莲盏摘下，分握于双手中。

他转向众人，将其中一支莲盏高高举起，向他的九万八千臣民朗声宣布：“从今而后，所有敬献给龙皇的礼物，都要一分为二。”

“只因有一个人，亦将成为龙皇城的主人。”

那支莲花琉璃盏在空中划出瑰色的弧，穿过万千妖魔的目光，轻轻递到苏犹怜面前。如此优雅，如此温柔，仿佛初春的花园中，君王为心爱的公主摘下清晨的第一朵鲜花。

“她便是你们的公主——九灵儿。”

龙皇温柔微笑，在开国盛典上，面向所有子民，一字字宣布着他的誓言。

“从今天起，她将分享我的一切权位、力量、荣耀与永生。”

“大魔国所有子民，必须爱与尊重她，就如爱与尊重我一样。”

“我将爱她，千秋万岁，生生世世，直至永远。”

每一字，都仿佛铭刻在岁月上，照亮卑微的尘世，发出永恒不朽的光辉。

那是魔王在对公主述说着挚爱的诺言。

天地众生为证，岁月轮回为证。

四周是一片寂静，鸦雀无声，仿佛芸芸众生，都为这誓言中沉沉的爱意所震撼。

片刻后，万千妖魔齐声发出一声震天动地的欢呼，在广场上雀跃飞翔，每个人都由衷地感到幸福，仿佛他们卑微的生命也被这誓言照亮。

他们终于见证了一段传奇。

万众欢呼声中，石星御微笑抬手。

仿佛受了了龙皇的召唤，一道只有在梦中才能见到的灿烂光华，流星般划破北极天空，自万里晴空中陨落而下。惊叹中，这道光华在苏犹怜面前停滞住，变幻的彩晕徐徐散开，露出本来的样子。

那是一顶后冠。

这顶后冠绝无任何装饰，只是通透无暇，通透得宛如一道光。

它并非以金银珠玉制成，而是以北极极光炼化，带着来自另一个宇宙的光辉。光影徐徐变化，化为鸾凤花叶，星辰山川，虬缦纷演，无穷无尽。每一道光晕，每一缕色彩，都是世人无法想象的瑰奇。

那曾布满整个天穹的壮丽，那曾让万里荒原熠熠生辉的奇迹，那曾让无数旅人扼腕叹息的奇景，最后，被提炼熔铸入这顶小小后冠中，将戴于公主的头上。

从此，那天地动容的美丽被收束珍藏，只点缀她一人的风华。

石星御湛蓝的双眸中再没有一丝如天的威严，只有无尽的爱恋。

他久久凝望着她，仿佛要将她的一颦一笑刻入记忆。

——那是怎样的容颜，看过了三生，也无法看够。

良久，他轻轻叹息一声，无尽轻柔地，将这顶后冠戴在她头上，为她拢起鬓边的每一丝散发。

那一刻，彩虹凌空，飞羽乱落。

万千妖魔齐声欢呼万岁，整个龙皇城顿时陷入了忘情的狂欢。

石星御却全然不顾，一切的喧嚣，仿佛都与他无关。他的眼中只有她，只有穿透三生的宁静。

他修长的手指缓缓抚过她的秀发，抚过鬓边的散发，抚过她精心修饰的面容。

一寸寸。

一次次。

苏犹怜一动不动地承受着这一切，脸上始终保持着甜美的微笑，心思却仿佛早已飞到九天之外。

不远处，那跪献云浆的树妖禁不住喜极而泣，热泪打湿了高台。

那一刻，有多少欢乐的泪水，从妖魔们本已枯槁的眼中滑落。

他们由衷地希望，皇和公主能就此相伴，一生一世。

不知过了多久，石星御脸上渐渐恢复了往日的从容。

他对苏犹怜微笑道：“优雅而温和的公主，应该给敬献礼物的臣子一声答谢。”他抬手指向还在跪拜的树妖。

苏犹怜看着他，甜甜笑着，点了点头。她将石星御手中的琉璃盏轻轻接过，缓步走到树妖面前。

苍老的树妖用衣袖不住擦拭着眼睛，似乎还没有从狂喜中恢复。

苏犹怜轻轻俯下身，凝视着树妖那张皱纹交布的脸。精致的酒盏握在她手中，轻轻转侧把玩。

云浆通透的色泽映在她苍白的脸上，投下一片瑰丽的影子。她的美丽宛如一株开满鲜花的藤蔓，妖艳、凄伤，带着刻骨的刺。

树妖低下了头，仿佛不敢谛视那完美的容颜。

苏犹怜轻轻微笑，每一字，都那么轻，仿佛吹起指尖的落花：“认识我么？我是谁？”

树妖错愕地抬头，混浊的眼睛里透出些许诧异，些许迷茫，他喃喃道：“您，您是九公主啊。”

苏犹怜笑了。

她注视着手中的琉璃盏，手指微微颤动，琼浆也随着她的动作，便在杯中不住澹荡。

残忍的笑容在她眼底一闪即逝。

砰——

只盈盈一握，苏犹怜手中的琉璃盏就已粉碎，琼浆和着鲜血，从她纤细的指间滴落，倾洒在冰冷的高台上，溅起一片美丽的烟雾。

欢乐的气氛也在这一刻骤然凝结。

龙皇城中只剩下死一般的沉寂。

树妖愕然抬头，似乎还不明白发生了什么，他脸上的喜色迅速凝结，连皱纹都那么苍白。

晨风中，苏犹怜轻轻挥着被鲜血沾湿的手，那么随意，似乎只是新妆初竣的女子，在等待着指尖的丹蔻早些干涸。

在万千妖魔惊骇的目光中，她缓缓站起，轻轻叹息了一声："你们认错人了呢。"

"这世界上，已经没有九公主。"

她的声音是那么轻，那么柔，那么动听，仿佛在说着哪里的山花将会盛开，哪里的月色将会鼎盛。但每一个字，都如惊雷，轰击在万千狂欢的妖魔的心上，将他们心中的欢愉、希冀、祈盼点点击沉。

无数双错愕的眼睛死死盯着她，透着令人窒息的惶恐。

苏犹怜却只是轻轻微笑，一字一顿道："她死了。"

"你们的皇，亲手杀了她。"

四下一片惊呼，巨大的惊愕中充满了恐惧，让每一个听到的人感到彻骨的森寒。

苏犹怜抛开万千妖魔的注视，抬起头，带着甜美的笑，望向石星御。

她看到，他的脸色已化为苍白。

——痛么？

苏犹怜心中涌起了一丝残忍的快意，抬起丝袖，轻轻擦拭手上的水渍与血痕。

石星御上前一步，猛地握住她的手，死死盯住她，仿佛要将她看透。

他的声音嘶哑而低沉，仿佛每一个字都从灵魂深处镂出："灵儿……"

这一声呼唤带着巨大的惊愕，带着深深的失望，也带着刻骨铭心的伤痛，让人不忍卒听。

苏犹怜只是静静地看着他，仿佛要看清他脸上的每一分痛苦。

那一刻，他的沉静与从容的风仪化为乌有，是那么惶惑。

这一刻，他湛蓝如苍穹的眸子褪去颜色，是那么苍白。

这一刻，那挥手之间屠城灭国的皇，是那么脆弱，那么悲伤。

伤人的快意，仿佛投入水中的铁，缓缓沉沦，最后却深深没入自己的心。

苏犹怜也不由动容。

她忍不住问自己，应该这样伤害他么?

是他不惜承受天地劫灭之罪、神雷轰击之痛，也要将她从死亡的渊薮里救起；是他携着她的手，走上百级高台，接受万千臣民的朝贺。是他亲手为她戴上后冠，轻轻拂过她的发，承诺从今而后，她将分享他的一切权位、荣耀、永生。

而她却在这场妖族祈盼千年的开国盛典上，当着他的所有臣民，如此决绝地伤害他，不顾他的尊严，不留半点余地。

非要这样做么?

一阵疼痛传来，握住她的手是那么用力，仿佛要将她揉碎。但她清晰地感到，那微凉的手指在轻轻颤抖。

这双手，曾控御四极逍遥剑，让地水火风甘心钦服；曾轻轻一握，将天地大阵数万甲兵化为乌有；也曾一刀刀，在冰冷的雕塑上铭刻出刻骨的相思。

如今，却是那么僵硬，那么无力。

她知道，普天之下，也只有她能伤他伤得这样深。

他将那令天地众生战栗的力量、令帝王将相也要仰视的威严、令岁月轮回也不禁叹息的爱情，化为挚爱的礼物，用最大的虔诚与谦恭，跪奉在她的面前。

她却如此残忍地，将它们轻轻扫入灰土。

该这样么?

——灵儿。

石星御深深地看着她，没有愤怒，没有仇恨。

在那一刻，她甚至从他的眼底，看到了一丝祈求。

祈求她，不要伤自己伤得那么深。

当一个人面对千军万马时，他傲立于阵前，斩将夺旗，绝不示弱；在面对轮回之剑时，他宁可被分形镇压、斩入轮回，也不求半点宽恕。

而如今，他在求她。

苏犹怜的心轻轻抽搐，有那么一刻，她真的想收回自己的刺，给他，也给自己一点退路。

但，不行。这场错误的重生在今天就要终止。

绝没有未来。

一声幽幽的叹息被晨风吹散，她的脸上又浮现出甜美而苍白的笑容。

轻轻地，她投入他的怀抱，如三天前那样，紧紧偎依在他胸前，轻轻逗弄他的幽蓝的散发。

每一个字都吐气如兰，仿佛情人的耳语，但却又那么清晰，在空寂的广场上传布开去：“杀她的，不是心魔，正是你的心啊。”

纤细的手指放在他的心口上，如此温柔，似乎要亲手触摸它的破碎。

如愿以偿地，她感到，指尖下石星御的身体重重一颤。

而后，她展颜一笑，伸手在头上猛地一拂。

那北极光炼成的后冠从头上摔落，在地上碎为片片琉璃。

每一个字都宛如锋利的刀，刺出淋漓的鲜血：“正是你，让她神形俱灭，永不超生。”

一切都沉寂下来。所有的空气，都仿佛一瞬间被抽空。

狂烈的杀气逆天而下，雷鸣般劈在高台上，大地一阵悲鸣。

一瞬间，石星御湛蓝的眸子瞬间化为血红，满头长发在风中炸开，

苏犹怜微笑，似乎看到了早已预料到的结局。

“我不是九灵儿。我是一只卑微的雪妖。”

她霍然抬头，逆着龙皇的目光，温柔而坚决地：“杀，了，我！”

纤手一划，撕开绣满彩凤的嫁衣，露出凝脂一般的肌肤。

乱云翻滚，瞬间遮蔽了湛蓝的天穹。

一条透明的巨龙显出狰狞之相，从石星御体内升腾而出，在空中裂空狂舞，发出一声撕心裂肺的咆哮！

万千妖魔颤抖跪下，他们的所有喜悦与祈盼都被巨大的恐惧撕碎。香花、飞羽、彩虹、烟火被狂舞的巨龙扫为漫空劫灰，纷扬而落。

天地，仿佛回归到洪荒时代，一切希冀都化为乌有，只有永远的黑暗与绝望。

“杀了我！”她毫无畏惧。

巨龙嘶啸，石星御一把扼住她的咽喉，一片片深蓝色的龙鳞在他手臂上崩裂而出！

这优雅、温柔、曾为她戴上后冠的手顷刻化为狰狞的龙爪，要将她的身体撕裂。

苏犹怜被钉在空中，完全无法呼吸，但她却并不挣扎，只静静看着眼

前这狂怒的魔王，脸上依旧是甜美的笑：“杀了我。”

怒龙狂舞，天火乱坠。

突然，她的声音低了下去。

那一刻，她的目光是那么苍白、孱弱，充满了凄伤：“杀了九灵儿。”

五个字，仿佛五道太古惊雷，重重击在那条腾空乱舞的巨龙身上。

轰然一声巨响，即将撕裂苍穹、宰割天下的巨龙寸寸消散，化于无形。

石星御怆然后退！

他的手已恢复了最初的样子，却不再扼在苏犹怜咽喉，而只是用苍白的指节，凌乱地掩着自己的双唇。

鲜血不断从唇间咳出。

苏犹怜默默等候着，等候着他什么时候再化身怒龙，将自己裂为齑粉。

他却只是深深看了她一眼。

一声叹息。

漫天暴虐之气渐渐消散，北极上空又恢复了湛蓝晴空。

无尽晴空下，他转身离开。

片刻间，苍蓝的身影融入了天幕，再不回头。

苏犹怜怔怔地站在高台上，身周是万千妖魔宛如针砭的目光。

那目光中，有伤痛，失望，也有深深的愤怒与仇恨。

她那一刻，真诚地希望，他们会冲上前来，将这个破坏了它们千年盛典的女子撕碎。

——杀了我吧。杀了这个欺骗了你们的皇的女人。

心底深处，那只甘愿在死亡中沉眠的雪妖在悲伤地求告着。

但他们什么也没有做。

他们也只是叹息一声，渐渐散去。

瞬间，那万妖欢腾的广场褪去了绚烂的色泽，化为一片空寂。

只剩下了她一个人。

寂寞，让人窒息。

第二十六章 清弦五十为君弹

龙皇城之外，是一片未开垦的荒原，上面散落着小小的村落。

整个大魔国中没有一个人类，这些村落中居住的也是妖魔。他们大多是修为比较低的妖类，居住在王城中自惭形秽，因此，便自行在荒原上结成一个个小小的村落。

大魔国的气候极为残酷，冰雪漫天，几乎没有作物生长，草木、动物的种类都极为稀少，村落中的妖类生活艰难，但他们没有任何抱怨，毕竟，能提供一个庇身之所，便是对他们最大的恩赐了。

所以，他们永远都很感激龙皇，永远、永远。

大魔国在迅速壮大，几乎所有的妖魔全都汇聚到了苍蓝之雪下。

这一切，只用了半个月的时间。

半个月，大魔国已成型。村落，王城，臣民，军队，便都齐备，虽然只有十几万子民，但大地上任何一个国家，都不敢轻视大魔国。

龙皇自开国盛典后，便再没有出现过。治理国家的任务，便由第一权臣玉鼎赤来担任。无论它下的命令多么荒诞不经，臣民们也一一遵从。

如此，又过了半个月。

黄山村是大魔国村落中最小的一个，也是最靠近大唐的村落。但它却可以说的上“富饶”，因为它坐落在一个小小的山坳中，雪，被山挡住了，便不那么寒冷。山南的坳中，生长着一片小小的树林，难得的，有一

条小溪自林中穿过，黄山村便坐落在小溪的两边。

正是由于小溪的滋润与山坳的遮蔽，这里稍有物产。狍子等小动物到溪边饮水，厚厚积叶下生长着耐寒的草木，溪里，繁育着身披坚韧鳞甲滋味鲜美的白鱼。如果运气好的话，还能找到珍贵至极的老参。

所以，黄山村虽然小，日子却不难过。

小韶挎着一只篮子，走在溪边。

她在采摘今天的食物。她来到黄山村已经十几天了，已经适应了这里艰苦的生活。她不怕苦，她只怕整天都过着提心吊胆的日子。黄山村的居民都是从黄山搬来的，那里物产极为丰富，但小韶却一点都不快乐。她本有个快乐的家庭，但在三年前，她亲眼目睹一位神仙样的人物自天而降，将她的父母兄长全都杀死。她拼命躲进石缝里，才逃过仙人的搜索。从那之后，她就再也不敢出来觅食，只有月黑风高的夜晚，才敢到洞口挖点黄精山药吃。

她都几乎忘记在阳光下行走的感觉，所以，黄山村的日子虽然艰苦，但小韶却觉得像是进了天堂一般。

今天的收获并不多，好在小韶很容易满足。洛爷爷告诉过她，妖类跟自然是一体的，不能对自然索取过度，要像保护自己一样保护自然。小韶从不捉活的东西，她愿意跟狍子、白鱼做朋友，只采点蘑菇什么的，放在篮子里。

她突然“呀”的一声，顿住了脚，双手紧紧抱住了篮子。

一个人躺在小溪边，一动不动。他似乎是想挣扎着到溪里喝一口水，但可怕的风雪夺走了他的力气，让他昏倒在触摸到水之前。一件破烂的袍子盖住了他的身体，是那么单薄。他露出的手腕早就被冻成了苍白色，一缕金黄色的长发自袍中露出来，就像是被风雪遮蔽的阳光。

那个人正在一点点死去。

小韶惊慌起来，她从未见过人在她面前死去。她本能地想冲上去，将那人拉起来，但她又猛地停住了。

那是“人”啊，是他们妖族的敌人。她的父母兄长，就是被全身闪着光芒的“人”杀死的。

她怎么可以去救自己的敌人？

她轻轻咬住嘴唇，努力地想让自己的心肠硬起来，绕过这个即将倒毙的人，但那缕露在风雪中的金发是那么无辜，让她无法恨。

小韶皱起了眉头，不知道怎么办才好。她好想好想救他，虽然“人”

杀了她的父母兄长，但她不想恨任何人，即使她有了力量了，她也不想报仇。因为她知道，当她杀了她的敌人后，也会有个像她一样的孩子，尝受亲人失去的痛苦。

可是……可是龙皇严令，不准人类进入大魔国的。龙皇的命令是不能违抗的呀。

小韶的心好乱，她不知道该怎么办才好。如果洛爷爷在就好了，他一定知道该怎么做。

那个人一阵痉挛，僵硬的身体内仿佛燃起了最后一丝力气，他吃力地伸出手，想要触摸结了微冰的溪流。

“水……”

小韶情不自禁地跨上一步，想要扶住他。她忘了自己手中还挎着篮子，于是，那只篮子从她手中滚落，狠狠砸在那人头上。蘑菇、黄精、柴火噼里啪啦地落下，砸得那人满头满脸都是。

小韶吓坏了，一面说着“对不起！”一面抢上去想抓住篮子，但她又忘了这是在小溪边，她的脚狠狠踩在那人手上，她急忙跳开，却一下子跳进了小溪中，寒冷的水夹杂着破碎的冰溅满那人全身。

小韶更慌更乱，急忙从水中跳了起来，想从冷水中抱起那人。但她又忘了这是在树林子里，“砰”的一声，她的头狠狠撞在树干上。小韶“哎哟”一声，双手情不自禁地伸向脑后，疼得眼泪都快出来了。

那人刚被她抱起，又“咣当”落在地上。痉挛的双手终于不再挣扎，安静地闭上了双眼。

小韶扑上去，一路踩着那人的小腿、腹部、胸口，抱住了他的头。

“你不能死啊！”

那人一动不动。小韶急得都快哭出来了，她吃力地将他抱起，走向自己那间小小的茅屋。

她不能再放任这人不管了，因为那将会让她负疚一辈子。

小小的茅屋中生着一堆小小的火，映得屋子里很温暖。这是一间简陋的屋子，没有任何陈设，但却是小韶的家。

她手忙脚乱地将那人拖到床上，手忙脚乱地倒了一杯热水，凑在那人唇边。热水从她颤抖的手中洒落，烫得她自己都尖叫起来，却还是没法将水饮进那人口中。

如果他本只是昏迷，那么在被她一阵践踏与溅水之后，已然成了濒危

了。

小韶哭了出来。你不能死啊，你不能成为我第一个杀的人！我不会杀人的，过去不会，未来也不会。你不要逼我破例啊。

她忽然想起了身为猎户的洛爷爷经常做的事情，眼睛亮了起来。

“砰”的一声，她冲出门去，过不了一刻钟，她“砰”的一声又冲了回来了。她手中拿着一抱木材，和一堆稻草。她吃力地劳作着，将那人身下的床板被褥拆开，换上几根粗大的木材，然后生了一堆火。

洛爷爷每次打到野猪，就是这样架到火上烤，不一会子，猪就熟了，肉变成金黄色，油嗞啦嗞啦地响，满屋都是香气……

小韶吞了口口水，拨这开柴火，让火焰窜得更高，烘烤着那人僵硬的躯体。

她能感到那人在慢慢融化，不由欣喜地笑了。伸袖使劲抹了一把脸上的泪水。

突然，一个淡淡的声音响了起来：“美丽的姑娘，你这样很让我尴尬呢。”

小韶吃了一惊，就见不知何时，火上的那人抬起头来，眼睛中充满了一丝笑意，看着她。小韶一阵惊慌，身子剧烈地颤抖了一下，他身下的柴堆被她一脚蹬倒，那人一声惨叫，摔倒在火里，立即烧了起来。

小韶手忙脚乱，想找水，找不到！她几乎就快急死了，身子扑了上去，竟然想用身子将火压熄。一双手从火中伸出，将她抱了起来。

火，早就在两人的折磨下消灭了，那人抱着小韶，将她放在地上。

火焰将他的袍子烧残了，露出满头金发来，就像是阳光，忽然照进了茅屋里。

小韶忽然发现，他的眼波，竟是那么温柔，仿佛只是轻轻一眼，已然看进了她的心底。她忍不住一阵惊慌，脸腾地红了起来。

她猛然一扭身，从那人怀中蹦了起来。那人猝不及防，被推倒在床上。小韶狼狈万分地冲上去，赶紧将他扶起来。她像是小鹿一样左跳一下，右跳一下，几乎将屋子都拆翻了才终于收拾好了一切。

火，重新生了起来，火架，也重新搭上了。

一锅蘑菇汤，接受着火苗的炙烤，慢慢将香味透出。火苗的温暖，蘑菇汤的香气，让这个小小的茅屋变得温馨而暖和。

小韶坐在火边，拿着木勺搅着汤锅，脸红红的，显得有些心不在焉。

少年坐在床边，脱下湿淋淋的袍子，他裹在小韶的棉被中，手里捧着一杯热茶，慢慢啜着。寒冷一点点散去，生机，渐渐透入他的躯体。

“谢谢你。”

他看着这位善良的少女。

小韶的脸更加红了。

“只要你不怪我就好了。”

少年奇怪地问道：“我为什么要怪你呢？是你救了我啊。”

小韶的脸红得就跟过年门上贴的对联一样，她嗫嚅着，忽然站了起来，大声道：“对不起，其实你身上的水跟脚印都是我弄的！不是我救了你，是我害你才是！”

少年笑了。

金发自棉被的缝隙中透出，妆点着他的笑容。他的笑容很温柔呢，让小韶情不自禁地幻想，要是整天沐浴在这样的笑容中，该是多么幸福呀。

“傻孩子，我怎么会怪你呢？要不是你，我早就冻死在溪边了。”

“你是我的恩人，我将永远铭记你的恩情。”

小韶一下子跳了起来：“不……不要这么说，请不要这么说！”

少年轻轻一笑，低头啜饮手中的热茶。

茅屋中陷入静谧，让小韶一阵心慌，仿佛做了什么亏心事一般。她急忙问道：“你怎么到这里来了呢？大魔国是不准人类进入的。”

少年笑了笑：“不准人类进入么？我并不知道这个规矩呢。我喜欢在这片大地上到处走走，不知不觉就走到这里来了。年轻而善良的姑娘，能否允许我用琴声来表达感激？”

他轻轻抽出一只形式古拙的竖琴。那是由橄榄木雕成的柔静琴身，像是两位贴背舞蹈的舞娘，中间竖着五只琴弦。一枚铁簪自中间贯过，将琴身与琴弦簪在一起。舞娘静止在飞天翔舞的一瞬间，像是两只开屏的孔雀。

少年轻轻抱起竖琴，金色长发垂下，眼睛轻轻合拢，纤长的手指在弦上轻轻一划。

流云般的琴音，立即充满了整间茅屋。

乐声清澈至极，小韶从未听过这么好听的声音。

就像是不再有漫天风雪，她回到了黄山故乡，她的家人都围绕在她身边，爱抚着她，带着她乘着天上清凉的云，飞过一座座山川。没有人再叫她“妖”，每一个见到她的人都惊喜无比，赞叹她那宁静的容貌。他们将

好吃的果子拿出来，像是款待远方的稀客一样满怀情谊地看着她。

那是多么美好的世界啊。

泪水从小韶的眼中垂下，她能感受到母亲的叮咛，在耳边轻柔地响着。远处的花开了，山绿了，隔壁的小哥哥过来，满脸羞涩地邀请她去踏青……

好美好美的景象啊……

小韶情不自禁掩住了面，泪水从手指间透出。

如果……如果黄山也像大魔国这样该多好啊……

琴音轻轻停住，少年歉然道："是我的琴声不好听么？你哭了。"

小韶道："不！不！我很愿意听，你再弹一曲，好么？"

她哀求地看着少年，满含泪水的大眼睛是那么纯洁。

"好的。"

静静的琴声再度响起，却剥离了所有的痛苦。琴声是欢乐的，只是听的人的心情不同，所以才有了悲喜。

但这一次，小韶不再流泪。

琴声是那么纯净，像是山石上干净的泉水，没有悲伤，不再追怀。

像是一只洁白的白鸽，在春风里飞翔，清凉的风一阵阵灌进脖子里，弄得头发痒痒的。远远的天，是一片蓝色，白白的云飘着，就像是身上的裙子一样。

永远在年轻中飞翔，飞翔在年轻的梦里面。

小韶脸上露出一阵甜蜜的笑容，沉浸在琴声的包围中。

就像是沉浸在金色的微笑中一样，永远永远，不要醒来。

第二十七章 二十三丝动紫皇

琴声飞出茅屋，静静地弥漫在小小的村落里。

这个贫瘠而安静的村落，在琴声的环抱下，不再冰冷。

吱呀的声音响起，茅屋之门被不断推开，一位位或苍老或年轻的村民从屋子里走出来，追溯着琴音传来的方向。

他们的面容，都是那么安宁。这琴音美得让他们沉醉。

就像是一个美梦，永远都不愿醒来。

他们一面聆听着琴音，一面向小韶的家走去。他们静静地站在茅屋的外面，让琴音穿越自己的心灵，回荡在记忆的田园上。

他们不敢再踏出一步，生恐打搅了那个静静怀抱着竖琴，弹奏的金发少年。

那是多么宁静的欢喜啊，多少年、多少年没有的感觉了。

如果可以，他们愿意聆听着这琴声死去。

毫无怨言。

琴声悠然停止，少年轻轻在琴弦上划出最后一指，袅袅的余波散开，在众多静谧的心灵中荡起最后一波涟漪。

“打搅了呢，让诸位听到这么粗糙的琴音。”

“不，这是我们一生中听过的最好的声音。”

“我们应该感谢你呢。”

村民纷纷说着，点着头，还沉浸在方才的美梦中。多少年，它们没有做过梦了。

这世界没有一个角落属于它们，也没有一个美梦属于它们。

这个金发少年，却用优美的竖琴之声，给了他们一个美梦。

他们几乎能够触摸到，每一个音符的美丽。

那是流淌在他们心中，几百年未能说出的渴望。

许多年后，当这个国家崩坏，当他们失去最后的庇护所的时候，他们还能偶尔记起这位金发少年，记起这段早就忘了节拍的曲子。

“很美呢。”

他们喃喃地重复着。

“真的很美呢。”

每一位都在称赞着。他们之中，很多都活了许多许多年，见过许多美好的事物，却没有一件，能与少年的琴声相媲美。

“也许，我们该将你献给皇。”

洛爷爷喃喃道。他青灰色的脸上充满着赞赏，以他多年培养出的老练的眼光看着少年。这个少年，不像别的人类，让他无法恨起来。也许，人之中，也有好人吧。

“为什么呢？”

少年含笑问道。显然，他很满意自己的琴声能给大家带来欢乐，他为能报答这个善良的村子而感到高兴。

“因为自从开国盛典之后，吾皇爱着的九公主，就再也没露出过笑容。”

少年好看的眉毛皱了皱，似乎觉得洛爷爷的话有些费解。

“为什么呢？不是传说，龙皇与九公主，相恋了三生之后才重逢的么？他们应该很幸福才是。”

洛爷爷叹息了一声。

“是啊。所有的人都这么认为，可是，九公主却不知道中了什么邪法，忘记了自己是谁。开国盛典上，她刺伤了龙皇的心，而从那之后，她自己也再没有笑过。”

村子里的人跟他一起叹息。

“皇也再没出现，我们都很担心他。我们希望皇跟公主能幸福快乐、永远幸福快乐下去。”

他们的忧愁感染了少年，他也轻轻叹息一声：“我可以么？我只不过是个会弹琴的旅人而已。”

洛爷爷点点头：“或许你可以的，你的琴声这么好听，也许公主听到了，会由衷地笑起来呢。”

所有的人都露出同意的表情：“也许公主听到了，会由衷地笑起来呢。”

少年沉吟着，手指轻轻扣在琴弦上，道：“如果你们坚持的话，我愿意陪你们去王城一趟。”

洛爷爷跟村民们一起欢呼起来。他们为能向皇与公主敬奉上这么好的礼物而感到由衷的高兴。

他们热爱皇，喜欢看他快乐幸福，没有任何悲伤与忧郁。

于是他们收拾起行囊，离开了刚刚安定下来的小小家园，踏向了去往王城的道路。

他们不会迷失方向，因为王城就在极光之下。那道极光绚丽无比，高悬在北极的天上，映着纷纷垂落的苍蓝之雪，漫漫卷过整个天际。

只要向着极光走啊走，他们就会到达王城，将金发少年的竖琴声，敬奉给皇。

或许，忧郁的公主，便会由衷地笑起来。

一定会的，他们简单地相信。

路，赶得并不快。因为，每经过一个村子，黄山村善良的村民们，就会忍不住告诉这里的人，他们听过世界上最好的琴声，他们要将这琴声敬奉给皇，而公主一听到这琴声，便会露出笑容。

每一个他们经过的村子，都会要求金发少年弹奏上一曲，而他，就会拿出五弦竖琴，让袅袅的琴音流淌进他们的心底，给他们带来愉悦。

每当这时，小韶、洛爷爷与所有的妖都会安静地听着。小韶蹲在最前面，手托着腮，静静地看着少年那优雅的姿态，一面想，他可真像是晴天中的太阳啊。

少年纤长的手指拨动着琴弦，那是一幅令人沉醉的图画。虽然他是个人类，令妖族们觉得不舒服，但他们也不由得赞同，他的琴声的确很优美，公主听到他的琴声，说不定真的会笑起来呢。

他们拿出最好的食物，最好的水，招待黄山村的一行人。他们毫不厌

倦地请求少年弹奏一曲又一曲，直到清晨的光透过窗棂，才恋恋不舍地送他们上路。

许多年后，当这个国家崩坏，当他们失去最后的庇护所的时候，他们中的许多人，还能偶尔记起这位金发少年，记起这段早就遗忘了节拍的曲子。

整整走了七天，弹奏了无数曲欢乐的曲子，他们终于看到了龙皇城。

那是一座无比高大的城池，在人类的世界中，从未有过如此宏伟的建筑。

整座城，都是由冰雕成的，被圈在蓝色巨石的城墙中。

龙城九重，一阶比一阶更低，虔诚地护卫着中间高高突出的圣峰。这座城通透无比，坚固无比，美丽无比。无数的宝石、珍珠、珊瑚、翡翠镶嵌在冰层中，那是妖族千余年的积累，而今，他们心甘情愿地拿出来，只求能让这座城更美丽。

他们要用自己的力量，筑建一座比长安城还要宏伟的城池。

龙皇城。

宏大的广场中，矗立着巨大的雕像，威严无比。圣峰高耸入天，象征着龙皇之尊严，无人可陵。神圣的苍蓝圣殿，在圣峰的尽头闪着隐秘的光辉，那么悠远、神秘、圣洁、威严。

变幻的极光翼护在圣峰后侧，仿佛为它披上了一袭华美的梦之羽裳。

这是只有在梦境中才会见到的伟大都城。

这座城，就如传说中阿修罗族以神佑建立的三连城，恢弘、堂皇，永固，连众神都为之畏惧。

少年站在城之前，昂头看着城顶的极光。

“好美啊。”

他由衷地赞叹着。

此时已近黄昏，极光的光芒渐渐暗淡，如息舞的少女，褪去妖娆的华裳，洗出清秀的粉面。禁天之峰也在这样的极光笼罩下，显得分外安静。

像是传说中的公主，独坐在宏伟的宫殿中，眉峰浅浅锁着。

她不快乐么?

少年轻轻叹息。

他缓缓自怀中掏出竖琴，慢慢拨动起来。

清润的琴声，随着他纤长的手指，流淌了出来。少年一面弹奏，一面徐徐走入了王城。

琴声并不响亮，宛如低低的呓语，轻柔地掠过每个人的耳边。每个听到的人，都仿佛听到了一声呼唤。

仿佛旧日的恋人，正站在阳光中，微笑着向你招手。

他们情不自禁地停下手中的工作，向琴声传来的方向望去。

那是怎样的一位美少年啊。

再简单粗陋的衣饰，也遮掩不住他完美的容颜。他走在王城宽阔的阶梯上，就仿佛阳光倾泻在宫殿中，柔静而夺目。

轻轻挑动的指，徐徐移动的步，都是那么和谐，宛如一场祭春的舞蹈，让目光为之沉醉。当琴声响起时，他不再像是一个人，而是上天降下的精灵，将每个乐符精致地镶嵌到每个人的心底。

他是月神眷恋的美少年，手持菩提枝，走过洒满朝阳的恒河边。

他是苍蓝落雪中，唯一剩余的一缕阳光。

少年弹着竖琴，走过他们身边。

琴声到达的地方，便陷入静止。妖族们不愿也不敢发出任何声息，生怕打断这缓缓流淌的美丽。他们像是饥渴的婴儿，在琴声中啜饮着。

一步一步，少年穿过重重城阙，向最高处走去。

那里，是最接近禁天之峰的地方。

那里，是龙皇盛典时的高台。

那里，本不容许任何人亵渎。

但如此美丽的琴声，无论如何，都不能称为亵渎。少年站在城头，金发垂下，任苍蓝之雪染满自己的身躯，任静谧之琴音在自己怀中绽放。金色的长发垂下，与他的双袖一起拥抱着竖琴，他的心神都化为了琴音，飘入龙皇城深邃的空旷中。

他仿佛为美丽而生，他的生命，与琴音合而为一，回荡在每个人的心间。

好美啊。

只有听过这样的琴声，这一生才不算虚度呢。

妖族的心底，竟同时掠过这样的念头。

除了琴声，龙皇城中一片静寂。

所有心灵，第一次，不因龙皇之威严而臣服。

苍蓝圣殿，缓缓打开。

冰雪的幕幔中，一个淡淡的影子斜倚在玉座上。

玉座如冰，她的眼神是那么忧郁。

自从开国盛典后，龙皇就再未出现过。没有人知道他去了哪里，只有漫空苍蓝的落雪，在向所有人宣誓，他的威严依旧笼盖着整个世界。

他当日许下的诺言也没有丝毫改变。

城中所有妖族，都恭谨地遵守着龙皇的命令，奉她为九公主，任她分享着龙皇的权力与尊严。

只是他们投来的目光却是那么冷漠，宛如看着一个陌生人。

一个无端闯入、无情破坏了他们生活的陌生人。

大魔国的天空依旧晴空飘雪，苍蓝圣殿中的生活依旧是锦衣玉食。

只是，那么陌生，那么冰冷，那么寂寞。

日复一日。

没有人禁锢她的行动，但她却并不想逃走。因为天下之大，却已没有属于她的世界。

那一天，在龙皇面前，是她，带着苍白而甜美的笑，一字字说出："我是九灵儿。"于是，通往那个喧嚣世界的最后退路，被她残酷地斩断。

几日后，面对万千妖魔，又是她，带着同样的笑容，同样的语调说："我不是九灵儿。"于是，属于九灵儿的苍蓝世界，也被她亲手摧毁。

再没有任何一个世界属于她。她感到自己已只剩下一个空壳。

在石星御狂怒化龙的一刻，她心中没有恐惧，只有迟来的解脱。她真心希望，他以最残酷的方式杀死她，收回他错误赋予她的生命。

——收回那他曾不惜神形俱灭、也要给予她的重生。

但他没有。

他只是转身离去，将她抛弃在华丽的宫阙中，抛弃在万众冷漠的目光里。

苏犹怜微微冷笑，多么残酷的宽容啊。

是惩罚我么？那么，如你所愿。

我就用这空落的躯壳，行尸走肉般地活在被你抛弃的深宫中，做一个公主。

永无笑容。直到死去。

玉座发出幽微的蓝光，悲伤地照耀着她，似乎不明白她的悲伤。

——她拥有天底下最美丽的容颜，最壮丽的国度，她亦有天下最强者的眷恋，最传奇的爱情。

她为什么还要紧锁眉头呢?

琴声终了，绕梁不止。

玉座中的公主似是也被琴声感染，目光凝望着少年。

少年一身落拓的长袍，但那丛金发与笑容，却是他最美的华裳。他逆风站在台上，手握五弦竖琴时，便是最优美的精灵。

公主的目光中有些迷惘，轻轻锁住的，是无尽的闲愁。她看着少年，像是要在少年身上发现久违的春的痕迹。

她寂寞么？悲伤么?

公主轻声说了句什么，侍女伴随着一片雪落到少年身边："乐者，你能不能弹奏一曲悲伤的曲子？"

少年沉默着，柔静地笑了："不要叫我乐者，请叫我诗人。"

他轻轻撩拨着琴弦："我是一个为爱情所伤的诗人。"

琴弦在纤长手指交缠下，再度鸣叫起来。淡淡的，像是一缕烟，绕过每一颗听到的心。

那是花在枯萎，是记忆在消失。是眼中的泪，慢慢落下；是清晨的星，在淡淡消隐。

是眼看着美丽的少年为爱情而落泪，善良的少女送走她的情人。

并不忧伤，却那么怅惘。

"像藤萝拥抱大树，
紧紧依偎，
将树心勒出年轮的印记，
愿你如此靠紧我。
要你爱我，永不离分。

像蝴蝶飞向蓝天，
双翼颤动，
在空中托起露水的重量，
愿我如此托起你。
要你爱我，永不离分。

像太阳环绕天和地，
日日夜夜，
越过大地与海洋的距离，
愿我如此环绕你。
要你爱我，永不离分。”

王城中的人，全都不由得叹息了一声，沉浸在少年琴声所萦绕出的美丽情怀中。

藤蔓、蝴蝶，日月。

不过是心中相思的影子。

我只要你爱我。

永不分离。

玉座上的公主，却仍然蹙着眉，仿佛听见，又仿佛没听见。

怅惘的琴音，似乎还抵不过她的忧愁。

她，是为什么而忧愁呢？

少年停下琴声，隔着王城与圣峰的距离，静静地凝望着她。

那是一张熟悉而又陌生的脸。

几个月的时光，让她改变了很多。他能看到那个如水般柔弱，如雪般清绝的女妖，但却也看见如月般明艳，如狐般妩媚的女子。

这让他有些惶惑。究竟是什么让她改变的呢？

九灵儿。那是个陌生的名字。

苏犹怜。才那么熟悉。

他探手入怀，小心地捧出了一朵花。

那是一朵小小的，孱弱的花朵，只开了一半，连花蕊都那么柔弱。它躺在少年的掌心中，仿佛轻轻一碰，就会化为灰尘。

那实在不能说是一朵多美的花，它太过孱弱。它的营养显然不够，花瓣太薄，颜色也太淡。但少年捧在手里，却像是捧着自己的心，都不愿意让别人看一眼。

似乎连目光，都会损害这朵花。

他轻轻地捧着它，轻轻地捧向圣峰上的公主。

“记得么？我说过，我要为你种一朵花。”

“不是用千金换来的，也不是从野地采来的，而是用我十八岁青春的一年光阴，一点点种出的。”

“然后，奉到你面前。”

随着这句话，他将双手一点点举起。

花，在苍蓝之雪中娇弱地绽放着，像是少年眼中的希冀。

还有一番话，他没有说。

男孩要爱上一个女孩，要先苦行一千年；女孩要爱上一个男孩，也要苦行一千年。然后，他们将在一起，幸福地生活上一千年。

那是他们三千年的情。

是的，他为了种这朵花，苦行了一千年。

没有人知道他为了救活它，让它开放，吃了多少苦，受了多少痛。如果血脉能让它娇艳，他会毫不犹豫地打开心房。

他只是静静捧着它，奉献到他的公主面前。

他只希望能让公主知道，他已苦行了一千年。

三千年的情人。

公主蹙着眉，深深倚在玉座最里面。

少年弹奏的曲子，在某一刻深深震动了她的心，但遂即又是更多的茫然。

眼前的一切，仿佛被隔绝在了水晶屏外，只是臣子们奉献的一幕精致的演出，在欢呼与喝彩声中，万众期待，等她轻轻拍手示一个赞许。

心中，有点酸酸的。那些被刻意尘封的记忆，就像是一缕风拂过心头，那么惆怅。

她能记起，曾经有过欢乐。

那是千年生命中仅有过的数月光阴，沐浴在终南山的阳光下，和意气风发的同学们打闹、追逐，一同渡过的，单纯、喧嚣的快乐。

她也记得，在燃烧的山峰顶上，有过一场为她燃放的烟花。

她抬头，苍蓝之雪寂静落着，宛如漫天烟火。

一缕缕，冻住的烟火。

可以永恒么？

她伸出手指，让一枚雪落在指尖上。微微的凉沁入她的身体，她柔声问着它。

可以永恒么？

她轻轻将雪弹开，看着它在空中飞翔着，落向宫阙下那个如阳光般鲜

明的少年。

那少年是一缕来自另一个世界的光，多此一举地提醒着她，那些从未消失的记忆。

摩云书院中，阳光明媚而清空，桃花乱落如雨。

她心中忽然升起一丝刺痛，忍不住使劲攥住了衣袖。她痛苦地皱起眉头，感受到心被狠狠刺了一下。

爱情是一根刺。

刺进别人身体的同时，也会刺进自己心里。别人有多痛，自己就有多痛。

只不过，看到别人的痛苦而快意的时候，就会忘却自己的痛。但那痛会在，深邃而不可触摸。当记忆破碎的时候，便会显露出来，狠狠刺入心灵。

永无笑容的公主深深蹙眉。

花，不堪苍蓝之雪的冰寒，枯萎，收缩。在它主人痴痴的目光下，寸寸化为劫灰。

它曾生长在明珠与清泉的浇灌下，盛开在月之美少年的怀抱中。而今，它的美丽，只换取了公主淡淡一顾。

它便死去，再也不会甦生。

金发少年脸上挂着一丝静静的苦笑。

“果然，我还是不能让你回想起么？”

“我还是太天真了啊。”

少年轻轻摇着头，金色随之挥洒而出。他细心地掸去花瓣上的雪，将它放回怀里。

“我是来向你告别的……”

“马上，我就要离开这里，回到我的国度去了。”

“今天，也许是我们最后一面……”

“我虽然不能收获你的爱情，但你让我明白，想要什么东西，就尽全力去争取，不依赖别人，也不回避什么。我不是王子，也不是大日至，我是龙穆……”

他伸出双手，似是想拥抱她。

但他们之间，隔着无限的距离，隔着万千寂静落下的雪。

“请允许我在离别时送你一件礼物吧……我曾是爱过你的啊……”

他静静地转身，双手撩起落拓的袍子，向公主施了个旋转的宫廷礼。

他的身子骤然化成一缕阳光，在王城中灿烂绽放。

却又像是他的笑容，一瞬间在每个人心底亮起。

然后，他倏然消失。

王城众妖同时发出一声惊叹。

多么华丽的美少年之魔术啊。

他给我们带来了这么多惊讶与喜悦呢。

第二十八章 忆君清泪如铅水

华丽得就像是一场烟火。

每个人都心满意足，点着头，回味着，走回自己的家。

公主，注视着这凭空而降的礼物。她的眉头仍然淡淡锁着，这世界有她不能萦怀的忧伤。

美少年消失的地方，留下了一座巨大的水晶棺。

水晶宛如冰一般晶莹、透彻，也如冰一般冷。如这座王城般，没有任何雕饰，只有那朵枯萎的三千年之花，静静地躺在水晶棺盖上。

微微卷起的花瓣，透出灰噩的色泽，似乎在宣誓着死亡的威严。

水晶棺中，躺着一个人。

死人。

他的面容仍如生，仿佛是在沉睡。他的两只手交叉放在胸前，是那么安详。

他再也不闹哄哄的了，再也不会说出让人哭笑不得的冷笑话，衔着狗尾巴草四处耀武扬威了。

他也不会用蠢笨而鲁莽的举动惹她伤心，不会照出她静静掩埋的痛苦，也不会在她最需要他的时候、奔赴到另一位女子身边。

不会了，再也不会了，因为他已死去。

他安静的面容，是他对这个世界最后的祷告。

李玄躺在水晶棺中，静静合着眼。

“要怎样才能救她？”

他双手因用力而苍白，青筋突出，紧紧抓着龙穆。

他急迫地问着：“怎样才能救她？”

龙穆脸上似是有着一丝悲伤：“很简单。”

他回避着李玄的眼神。

“只要你死。”

只要你死。

要我死才能救你么？

那我就死吧。

我不是个体贴的人，我猜不出你的想法。我不知道怎样做，才能不伤害到你。我爱你，但却不知道怎么爱你。我想呵护你，但我的手中却无法握住一瓣雪。

我小气，会因一切男人都会感到难受的事而难受，因一切男人感到痛苦的事而痛苦。我不能超脱到不顾一切去爱你，也不能给你公主的地位、仙女的身份。

我是个平凡的人，只能像个平凡的人一样生活，像平凡的人一样爱你。

我的爱情，无法斩破大漠黄沙，无法血战千里，也无法化身为龙。

但若要我死，才能救你，那我就死。

这是我唯一能做到的，我就做。

我就做。

水晶棺中，是静静的悲伤。仿佛金发少年方才的琴音还在心中缭乱着，轻轻地，一下一下触摸着柔软无比的心。

每一下，都是那么痛。

苍白的手痉挛着，狠狠拧着椅背。

真的可以忘记么？

苍蓝之圣殿中，公主的脸色忽然变得苍白。

那么苍白，连雪都比不过。

她怔怔地看着李玄，这个人，为什么到死都不放过她？

她不再是苏犹怜了，不再是那个卑微的雪妖。

也不是九灵儿，她已经蜕变，化身为为爱情复仇的妖女，带着最尖锐的刺，刺伤别人，也刺伤自己。

她用纤细的手，揉碎不属于自己的传奇，和着自己的血，和着破碎的心，一起揉碎。

她用苍白而甜美的微笑，刺痛着天底下最强大的王者，破碎着轮回中最完美的爱情，来抗逆命运的作弄。

不再会爱任何人，只爱着自己的爱情，千刀万剐也不会有丝毫改变。

他为什么会突然到她面前来？是用死来要挟她么？

她冷笑。

她不会为任何爱情而打动，再也不会。她紧紧咬住嘴唇，似要咬破一生的梦魇。她开口时，淡淡的血色染红她消瘦的下颚："将他抛到万丈深谷去。"

王城向北，就是万丈深谷。

那本是禁锢九十九妖魔之处，妖魔尽被天地大阵化为月日星灭的一击，这座深谷，便成了妖族的禁地。

深谷中充满着怨气，九十九位修为精绝、必须君千殇出剑才能够封印的妖魔之怨气。它们不甘心，若不是龙皇以绝灭紫珠镇压它们，重创了它们的魔气，区区天地大阵怎能将它们焚化？这股怨气在深谷中形成狂乱的雪暴，终日肆虐着。

水晶棺，就躺在雪暴的正中间。

李玄，仍静静地卧着，没有丝毫的埋怨。

他不再埋怨了，也不再痛苦。他的爱情，走到此处，便已终结。

然后，他便只能等待裁判。

"我死？"

他不明白。

"是的。"

龙穆点头，解释道。

"她称自己为九灵儿。我不知道她是被龙皇魅惑还是怎么回事，总之，她似乎忘了自己是苏犹怜。我们唯一的机会，就是唤醒她的记忆，让她苏醒过来。她曾那样爱你……"

说这句话的时候，龙穆的心不自禁地抽搐了一下。

“这是我们唯一的希望，希望你在她心底，还留有深刻的影子。永远失去你的痛苦，能够让她暂时清醒过来。”

他诚挚无比地看着李玄。

“若是你的死，仍不能让她苏醒，那你还不如死了呢。”

是的，还不如死了呢。

所以他就死了，用自己的死，做一次豪赌。

遥远遥远的地方，有他与她的故乡。他不知道是从何处来的，她也不知道如何出现在这个世间。从他有记忆开始，他就到处流浪，而她，就那么赤脚站在雪原上，看着遥远的灯火。

就像是注定的，她等着他，没有邂逅他的时候，她受尽苦楚。

他也等着她，没有邂逅她的时候，他四处流浪。

他们都没有故乡，也许，他们真的是来自同一片原野，遥远遥远的天那边，有他们的故乡。

那里，男孩要想获得女孩的爱，要经过七重考验，上天入地，降龙伏凤。

只有最勇敢与真诚的心，才能获得最美丽的爱情。

他爱她，他无惧任何考验。即使，付出他的生命。

宏大的苍蓝圣殿，是那么空旷。

圣殿中一个人都没有，唯一的雪妖坐在圣殿中间。

她坐在圣殿冰冷的石阶上，洁白的华裳杂乱地垂下，她就如坐在满身冰雪中。

这一刻，她惶惑了。

她不知道，自己究竟该是苏犹怜，还是九灵儿。

她心中有一千种回忆，每一种都那么痛楚，像是冻住的烟火，蓝盈盈地，静静浮沉着。但它们仍在烧灼着，灼得她的心好痛。

她忽然怨恨起来。

她怨恨李玄，为什么你就这么死了呢？

为什么你不早一刻找到我，在我心碎之前？

她更怨恨那个苍蓝的魔王，为什么你就躲起来了呢？

恨到刻骨。

难道他真的不知道，眼前这个女子体内，仍是雪妖的意识主导着一切？难道他真的没有察觉，所谓九灵儿的灵魂，根本弱到连他也无法感知？

但他却依旧只对九灵儿温柔低语，旁若无人。

他宁愿和一个尚在臆想中的灵魂痴缠，也不愿看这个活生生的雪妖一眼。

视她如尘埃啊。

甚至，无论她怎样残忍地刺痛他、伤害他，他都默默承受。

他是可屠灭天下的魔啊，为什么偏偏对她如此宽容？

是为了偿还欠九灵儿的债，还是仅仅因为，雪妖的喜怒哀乐、刻意挑衅在他眼中，根本无足轻重？

只有关心的人，才会真的刺痛你。

或许，雪妖在他心目中就是那么卑微，连刺痛他的资格都没有？

或许，他默默忍受着雪妖的胡闹，只是为了等到有一天，能将九灵儿的灵魂提取出去，然后，便将这只无足轻重的雪妖抛弃。

如此而已？

雪妖涂满丹蔻的指甲深深刺入了手掌，似乎想用痛苦来冲淡一些心中的悲苦。

为什么你们要这样对我？

她无力地抬头望向天空。

天空是无尽的苍蓝，是大魔国的瑰丽，却也是终南山的晴空。

有那么一刻，她充满仇恨的心柔软下来。

她开始犹豫，要不要再给自己一次机会，再相信一次爱情。

她幻想着，有个人能忽然显身在她身边，告诉她，不须怀疑，跟我走。她就会毅然跟着他走，不管天南地北，海角天涯。她跟着他走，再也不会回头。

哪怕故事的结尾还是悲伤，她也决不后悔。

她等待着，仿佛等了一千年，苍蓝圣殿仍然沉寂如斯。

她猛然一仰头，珠钗滑落，披散的长发划破殿中的沉寂，“唰”的一声响。

如此，我宁愿去死！

她紧紧咬住了嘴唇，有了最惨烈的决断。

这一刻，心底最后的柔情化成了一根刺，深深刺入了她的心房。

圣殿深处，无尽空阔。

蓝色渐渐凝结，凝成一双怅惘远望的眼眸，望着远去的雪妖。

苍蓝之雪，逆绕成一大团龙卷，疯狂地撕裂冰原，卷起大块大块的冰，冲进万丈深谷中。龙卷冰雪与深谷冲撞着，发出莽然狂啸。这股力量，能够摧毁一切。

当雪聚集到一定程度时，便会引发雪暴。冰雪宛如雷霆般，被强绝的力量甩起，碰到什么，便将什么砸得粉碎。

那是淤积的怨气，在日复一日地发泄。

雪暴中忽然出现了一个苍白的影子。

她在艰难地移动着，从深谷顶上攀爬而下。风雪终于找到了个肆虐的对象，惨号声骤然急了起来。

它们要折磨她，撕碎她，让她也如自己一样痛苦!

狂风夹杂着冰雪，尖锐地击在她身上。她全然不顾。她用力攀着山石的缝隙，慢慢攀爬而下。她的衣着很单薄，完全无法抵御这里的严寒，但她毫不在乎。一到达谷底，她就在狂乱地四处寻觅着。

但风雪漫漫，早就将一切都掩盖，她能找到什么?

她弯下腰，双手搅动着冰冷的雪，摸过每一块岩石。失望，不停地折磨着她，她几乎倒在地上，跟风雪糅为一团。

她的手指与脚踝，全都被深深冻伤，但她却完全顾不上这些。

她像是一位丢失了挚爱的旅人，走遍天涯海角、历尽千辛万苦，也要找到它。

终于，她的手攀爬上那只巨大的水晶棺。她在这一刻，骤然失去了力量，完全瘫软在棺盖上。

喘息良久，她才略微恢复，吃力地将棺上的冰雪拂去。李玄的脸，一丝一丝出现在她面前。

那么宁静，那么安详，那么没心没肺。

她忍不住哭了起来。果然，她还是爱他的。

这个粗糙的大孩子，没有细致的心思，大大咧咧、闹哄哄的李玄。她还是爱他的呀。

她用尽全力，抱住了巨大的冰棺。

她终于想通了，她应该是苏犹怜。是那只可怜的，小小的雪妖。她不是什么公主，她也不配居住在伟大的禁天之峰上。她该拉着这个少年的手，走遍大唐的无尽江山。

这才是她，是她应得的，也是她努力求得的。

她只是一只弱小的、无助的雪妖，她只能收获一份微小平凡的爱情，就像现在这样，锁在水晶棺中。

这份爱情并不完美，有种种残缺，并不光芒万分，有处处遗憾。人们在谈论到它的时候，不会充满羡慕与仰望，它不会成为传奇，不会被编成诗歌与戏曲传唱。但它是爱情，是她的爱情啊。

她只能有一个爱情。

每个人，都只能有一个真正的爱情。

她缓缓自水晶棺上爬起。掠了掠鬓边的长发。

她转身，不再回头地离开。

她要回到那个苍蓝的圣殿。

她要脱下身上华美的宫装。

她要换上那身朴素的雪裳。

她要回到万丈深谷，陪伴他，一起死去。

这一刻，她只求死，什么都不管，什么都不顾。

那时，高高在上的魔王会伤心么？会像现在的她那样，抱着水晶棺痛哭么？

他痛哭的，是九灵儿，还是苏犹怜？

她冷冷地想着，感受到一股残酷的快意贯穿全身。她毅然走向苍蓝圣殿。

她不是公主，她不配享受万人敬仰，她没有资格拥有一个国度。

她，只是平凡的雪妖，她要像雪妖那样活着，若有爱情，便像雪妖那样的爱情。她将带着自己的尊严死去，在活着的人心里狠狠刺下一刀。

雪暴骤然停止。

凌厉之威严，让一切躁动皆以恐惧为名义臣服。风雪仿佛静静跪拜着，迎接那一抹苍蓝降临。

那是个人世间一切帝王都不敢仰望的身影，缓缓自天而降，落在了水晶棺前。

他长久地凝视着这具透明的棺材，眼神中浮现出淡淡的落寞。

这个人死了，他本该觉得高兴才是。

但他却无法快乐。心中只有无尽的郁结，只想一扬手，将整个天地焚灭。

他伸出一根手指，静静地触摸着水晶。

曾经，他也这样静静地沉睡在幽蓝的玄冰中，承受着她的泪，她的心碎。

一睡就是三生。

然后是无限分别。

而今，若是能交换，他是否宁愿沉睡在这里的，仍旧是自己？

苍蓝色的魔王无言，他缓缓收回那只手指，身子徐徐升起。

雪，轻轻飘下，不再那么狂暴，柔静地覆盖住了水晶棺材。

魔王的目光中，充满了痛苦。

消失在圣峰的尽头。

第二十九章 恨血千年土中碧

公主褪下华装。

她静静地看着玉座。那是她的位置，但又不是。

如果不是，她为何坐在上面？王城子民，为何对她欢呼、热泪盈眶？如果是，为何她坐上去之后，便再没有笑过？

龙皇已经很久没出现过了。

她轻轻将那袭华丽的裙装放在玉座上。那是精美的、所有的公主都艳羡的华裳，跟温润的玉座恰好相配。不配的，只是她而已。

只是她而已啊。她冷笑。

她身上，穿着的，是那袭雪的衣裳，随着她的心情会变化的雪裳。那是雪妖的本分，是她应该穿的衣裳。

她最后看了玉座一眼，心中忽然有一丝惆怅。

她若离开了，那个苍蓝魔王，该怎么想？

他不惜神形俱灭也要守护的爱情，会怎样？

会全部都揉碎了么？

她嘴角缓缓挑起一丝冷笑，尖锐的快意刺痛了心灵。她转头，狂奔而出。

苏犹怜忽然停住，忍不住发出一声短促的惊呼。

一抹苍蓝色横亘在她面前。

蓝色的魔王，深蹙着眉，站在她面前。

“你要走？”他平静地问着。

苏犹怜紧紧咬着嘴唇。

终于愿意出现了么？他觉察到自己的爱情将破灭了么？

她的心在轻轻地冷笑着。

但她的脸上，却露出了艳丽无比的笑容。身上那袭雪裳，变得无比夺目、辉煌，比公主裙还要华美。

“是的，我要走了。因为我找到了我的郎君。”

是的，郎君，这个词，她很久没有称呼了。

她心中升起了一丝酸楚。这一刻，她忽然觉得有点对不起石星御，也对不起李玄。

她对自己忽然厌恶了起来，因为她的爱情并不如想象中那么纯洁、忠诚。

毕竟，她曾那么沉醉于王者的爱，希冀接过命运错误的馈赠，投身于别人的传奇。直到现在，那颗动摇过的心，还在轻轻抽搐。

不过还好，总算是要陪李玄一起死去了。

她死去之后，曾有的、或者现在仍还有的彷徨，都不过是一段记忆的渣滓，很快会从这个世界消失。

她静静地抬头，看着那蓝色的魔王。

——那时，你会悲伤么？

为谁悲伤？

雪妖脸上的笑容如此艳丽，就像是一朵开满刺的玫瑰。

郎君？

苍蓝色的人影颤抖了一下。

那眸子是那么悠远，可以包涵整个世界，却无法包住一份爱情。

他是君临天下的王者，但爱情却不是他的臣民。

他淡淡道：“如果我能救活他……”

苏犹怜的心骤然收缩了一下。

“你说什么？”她急促地跨上一步，几乎与魔王紧紧贴在一起。

——这就是爱的热切么？

魔王看着她的眸子，心中无限紊乱。

他轻轻合上双眼，短暂地沉默了一下。

他在回想她乘着白色九翼，与他一起飞翔在天地间的景况。多少年，她一直追随着他，承受着他剑一般的尖锐。

回想他辜负了她的一幕幕。

于今，轮到她伤他了。

如果，这样能补偿她受过的痛，他心甘情愿地承受。

如果，这苦涩是爱情的滋味，那他宁可用自己的一生去细细体味。

但不能放手。

哪怕她身上只有万分之一的九灵儿的魂魄，他也绝不放弃。

哪怕这灵魂如此孱弱、弱到完全无法感知，他也要将她留在身边，永远保护她。

宁愿用最大的虔诚去守候最微茫的希望，宁愿承受心底一次次剧痛。

决不放手。

他睁开眼睛，深深凝视着她："我可以救他，但有个条件……"

"嫁给我。"

"我要你回到禁天之峰后，做我的皇后，从此再不离开一步。"

他凝视着她，一点点看着她热切的眸子骤然变冷。

他的心也在沉沦。

灵儿，你不爱我了么？

雪妖的心，忽然变得冰冷。

——我是什么？

雪天锋下，你不是说过，绝不与人交换么？

又为何要交换我？

你不是王者么？为什么不掠夺我走？却拿着我换来换去？

就因为我不是九灵儿？

就这么轻贱我？

苏犹怜忽然笑了。

那是娇媚万分，艳丽夺人的笑。她轻轻展颜，带着九灵儿的妖娆，再度走到他面前。

前尘幻影，一齐走到他面前。

蓝色的魔王忍不住闭上眼睛，那颗百劫不坏的心竟不敢承受这一刻的痴缠。

灵儿……

他的身体突然一颤，一个甜美无比的吻，轻轻点在他的唇上。

像是早晨的清露，又像是缱绻三生的梦。

了无痕。

她带着与九灵儿一般无二的微笑，轻柔地偎依着他，一字字问："爱我么？"

"爱灵儿么？"

蓝色的魔王无法回答。

——如何能不爱？那是我生命的寄托啊。

她蓦然推开他，声调已冰冷。

"给我解药，我答应你！"

三生之梦，倏然破碎。

魔王错愕地张开眼睛，只看到雪妖那寂静苍白的脸，带着残酷的，伤人的笑意，静静凝视着他。

每一秒，都是一场凌迟。

但他没有再说什么，缓缓伸出了手腕。

一道伤痕，凭空在他的腕上出现，血，滴了下来。

一只冰玉之瓶接住了潺潺之血。那是龙皇的鲜血，是他修行了这么多年所凝成的精华。每一滴，都与他的威严息息相关。

玉瓶渐渐盛满，魔王的脸色也不禁有些苍白。

他没有说什么，只是将那只玉瓶轻轻塞到了她手中。

然后，他走到玉座前，静静地坐了下来。

他捧起那件美丽的华裳，似乎在等待她归来，由他亲手穿上。

此后，他们信守各自的诺言，永不分离。

永不分离。

苏犹怜握住那只玉瓶，紧紧握住。

她脸上绽开了笑，甜美的笑容，向着魔王浅浅一躬，走出了圣殿。

她具备着一切礼仪，一切温婉。她像个公主一样优雅。

在离开的时候，她冷冷地想：我答应你的交换。

可如果你发现我的背板，你会怎样？

会杀了我么?

你会杀了我，杀了你的灵儿么?

她嘴角浮现出一丝冷笑，奔出龙皇圣殿。

万丈深谷中的雪，已经停止了。雪暴形成的寒冷，仍沉沉浸渍着这个被遗弃的峡谷，却已寂静。

寂静得让人感到压抑，宛如死亡。

再回到深谷中，她并没有费太多力气去找寻水晶棺。

那具棺木，就躺在深谷的正中间，雪堆成了一个高堆，将它烘托得特别显眼。

是龙皇做的么?

苏犹怜刺耳地冷笑了一声，紧紧抓着玉瓶，跪倒在棺前。她双瞳睁得特别大，不顾雪光刺眼，直直地看着在棺中静静睡着的李玄。

这曾是她的爱情。

以后也会是她的爱情。

因为，她已亲手将另一份爱情埋葬了。

她抽搐一般顿了顿，将他抱出了棺中。轻轻拔掉玉瓶的塞子，让那猩红的血，滴进李玄的口中。

一滴滴，黏稠而浓重。

终于，她在僵硬中感到一丝暖意，李玄的身子抽动了一下，缓缓睁开眼睛。

苏犹怜将脸埋进他的怀中，挡住了所有的表情。就像是所有未经世事的女子，躺在情人的怀抱里，感受他的体温，他的气息。

但这中间，却经过了多少沧桑。

她能感到，李玄吃力地抬起胳膊来，抚摸着她的头发。

就像是以前那样，在终南后山的桃花林中，她没有穿上公主的华裳，他也没有躺在水晶棺中。

如果没有这一切，她还会爱着他么?

她禁不住哭了起来。

这一刻，她原谅了他所有的错误。如果再来一次，她会加倍爱他，不让他有任何犯错误的机会。她会好好爱他，让他做完七重考验，让他做一个获得了完美爱情的勇士。

那会是多么美的结局啊……

可惜，已没有机会了。

她已经答应了苍蓝的魔王，留在他身旁。那一刻，是她亲手为自己与李玄的爱情写下了结局。无论多么美好，都注定要两手空空。

这一刻，两人紧紧拥抱着，两颗心似乎融为了一体。

这一刻，他们都真诚无比，似乎被冰雪照得透亮。

可是，没有机会了……没有机会了呀！

他已经复活，她就要回到那座山峰上，去做那个人的皇后。

即使心跟着这个无赖的少年，身也要留给那个冷酷的王者，至死不渝。

是的，至死不渝。

她猛然想起什么，急忙将玉瓶再度凑到李玄唇边。玉瓶中的血还剩下大半，李玄若不喝完，又怎能完全康复？

李玄紧紧闭着嘴唇，拒绝再饮进哪怕一滴。

苏犹怜柔声道："喝下去，你就会好起来的。"

李玄突然用力，抓紧她的手臂。他的舌仍在僵硬着，几乎是挣扎一般吐出一串断断续续的字：

"带我……去……雪原……"

苏犹怜呆呆地看着他，不明白他在说什么。

"就……这样……去……雪原……我……就……无法……离开……了……"

她猛然明白他的意思了。

他是那么闹哄哄的人，没有一刻安静。他的世界，就该在这万丈红尘中，搅得鸡飞狗跳，一刻都不得安宁。他，注定要多姿多彩，在万众瞩目中度过一生。

寂寞会杀死像他这样的人，他，不是雪原所能困住的人。

正是由于痛彻心扉地认识到这点，苏犹怜才会置性命于不顾，执着阵图，走入了大魔国。那些心酸与猜忌，也由此而生。

但这一刻，她忽然明白，李玄为什么选择死亡。

那不是死亡，那是他一个人的荒原。他用这种方式，告诉她，没有她的世界，就是荒原，他宁愿死去。

死，就是他一个人的荒原，他静静地待在里面，盖上水晶盖子，等着她。

他是在告诉她，他可以的。

为了爱情，他可以忍受寂寞。如果不能忍受，就让他的身体无法走开。所以，他不愿康复，他宁愿躺在水晶棺中，永远被关在荒原中。

那样，他就不会背叛。

无论那里多么荒凉，寂寞，有多少雪、多少寂静，他就都能够忍受了。他走入了，便不会再出来。他与她，将厮守在里面，永远、永远。

他僵硬的手臂轻轻抚摸着她的秀发，第一次，目光是那么坚定，不再无赖。

苏犹怜抱住他，大声地哭了起来。

那是多么美好的事啊，可惜，她不能，她真的不能啊。

她与他的世界里，已没有了两个人的荒原，永远有一抹苍蓝色，笼罩着他们，无论躲到哪里、多么隐蔽，都无法摆脱。

她用力，想推开李玄。但李玄紧紧搂住了她，无论如何都不肯放手。

“别离开我，好么？”他哀求。像个无助的孩子。

这一刻，苏犹怜觉得心都碎了。他们无法摆脱那抹苍蓝啊。

李玄笑了笑，轻轻抬手，将玉瓶夺了过去，一饮而尽。

慢慢地，他的身体恢复了生机。他跃起，双手坚定地将苏犹怜拉起。

“我是个没有什么用的人……”

“不会武功，没有法术，也不爱学习，我自己也知道我一无是处，所以从来不敢承担什么责任……”

“但这次，我要救你，我要救你出去！”

“跟我走！”

他坚定地拉着苏犹怜，大踏步向谷外走去。

积雪被他踢起，他的身形，显得那么剽悍。一股无法阻挡的热力，随着他坚实的步伐散发出去，让苏犹怜泪眼朦胧，情不自禁。

——这才是爱情。

要死就死到一块去，一起死！

苏犹怜泪眼朦胧地笑了，她执着李玄的手，跟他一起大踏步走出去。

一起走到天南地北，海角天涯！

这一刻，她不再管什么龙皇，也不再理那个禁天许诺。

她更不想将李玄关到雪原中去，一辈子守着他。

她只想任由他牵着自己的手，走到天涯海角也无妨！

就算世界劫灭，也绝不松手！

两人一直向南走去，穿过重重雪原，一直向南。

没有人阻拦他们，这个国家，像是突然变空了。李玄一手提着定远刀，一手挽着苏犹怜，满脸都是倔强。

他要保护她，像个男人一样保护她！

他要带着她去，走过千山万水，让他们的爱情光明正大地行走在这个世间！

为什么不可以？

兴安岭的顶峰，就在他们面前。蓝色白色的边界，马上就要到了。跨过这道边境，他们或许就会永远自由。

雪慢慢地下着，有的是蓝的，有的是白的。

不知何时是个尽头。

苏犹怜的身形骤然停住，一声惊呼哽咽在她喉间，让她身躯僵硬，无法再动弹分毫。

苍蓝之发，随着风吹成一道流瀑，寂寂地在边境的最远处，绽开。

那抹苍蓝的影子，无论什么时候，都那么威严，连天地都不能遮蔽。

他淡淡站在那里，却封住了两人所有的去路。

没有海角天涯，这里就是他们的终结。

李玄咆哮了一声，握着刀大踏步向前。他不再畏惧，无论什么人挡在他面前，他都要将之一刀斩灭！

定远侯的血，在他心底慢慢复苏。他本就是为了爱情，不惜黄沙溅血的人啊！

苏犹怜死死地拉住了他，手指几乎陷入了他的肉里。

苍蓝的魔王慢慢抬头，向这边凝视过来。

寂静的冰原上，宛如雷霆落下，天地也不禁瑟瑟颤抖。

魔王的目光，足以杀死这两个人。

李玄傲然狂笑：“来，杀了我！我不怕你！”

苏犹怜死死拉住他，魔王默默无言。

这个女人，违背了他与她的誓言。

一开始，她就打算背叛他么？

魔王的目光中有一抹哀伤，失去挚爱的哀伤。

灵儿，你不爱我了么?

苏犹怜的目光逆着苍蓝魔王。

那是一个女人的决绝，决绝得让人心碎。

他闭目，竟不忍再看。

那目光中，有倔强，有伤惨。有他心痛的一切。

灵儿，你不爱我了么?

“杀了我吧，放他走。”她挡在李玄身前，“你说过，不让任何人伤害我的。那是因为，你要亲自动手么？”

“如此，出剑吧！”

泪水坠落，融化冰雪。她像是一朵雪花，在众多陨落的雪中盛放着。

纤弱得令人心悸。

她挡着他，是的，一百年前，她也是如此挡着被一剑穿心的他。

她永远不明白，她什么都挡不住。

“——我不是你爱的那个人，我不是她的影子，我是雪妖，只是一只微小的雪妖啊！”

寒风中，苏犹怜痛苦地跪倒在雪地里。

声音破碎了苍穹。

“——放过他吧，他不是魔啊！”

一百年前，九灵儿痛苦地跪在焦灼的土地上。

声音破碎了苍穹。

为了这一声呼唤，他许诺三生之后，不再为魔。

一百年后，他毕竟还是沦落成魔，为了她。

一滴泪水自魔王的眼角滑落，随即被风吹干。

突然，他一扬手，四极逍遥剑化为长龙，向苏犹怜飞去。

她闭上眼睛。

无上的剑华，曾让天地辟易，如今，是要洞穿她的心么?

她轻轻叹息了一声，等待迟来的解脱。

鲜血迸散的声音，并没有响起。

苏犹怜睁开双眼，剑光静立在她面前，如此温柔，如此宁静，不带半点杀机。

她不知所措，不知道该做什么。

四极逍遥剑慢慢地变化着，化成一只小小的龙坠，用细细的蓝链穿着，戴在了她脖颈上。柔和的暖意自龙坠上发出，守护着她。

如此温暖，如此强大。

苏犹怜跪在雪中，呆呆地看着他。

苍蓝魔王转身，走入风雪中。

雪，迅速将他的背影淹没。

“不。”

“你永远是我的九灵儿。”

（后事请见“天舞”角卷）

后记

◇永劫轮回

这世界上有人，有神，有魔。

神创造了这世界；魔毁灭这个世界；人则创造了鼎盛的文明，繁荣的盛世。

然而，这个世界并不仅仅属于我们。它本就是我们与神魔妖灵共同铸造的幻境，它也是神、魔、人共同生息的土地。

直到有一天，三界九天、芸芸众生一齐打破。

于是轮回。

◇神之本生

君千殇是神。

没有人知道他究竟来自何方，也没有人知道他将往何处去。

他就像是一个谜，却是一切力量的根源。

传说西昆仑山的顶端，那皑皑白雪的尽头，便是神仙所居的宫阙。那上面有无边的仙境，只要登到其上，便会白日飞升，成仙而去。

紫极老人、雪隐上人、大日至尊者年轻的时候联袂行走世间，他们来到西昆仑山，发誓要登上其顶。他们费尽了艰辛，终于爬到了天梯的尽头。

那上面的确有无边仙境，水晶宫阙。

却没有神仙，他们也没有飞升到另一个世界。

整座巨大的宫阙中无比空旷，只有一位白发少年，在茫茫劫灰中沉睡。

水晶沙砾般的劫灰缓缓流动，形成一幅巨大的图案，掩盖住他神明般的容颜，和身后十二只洁白的羽翼。

那就是君千殇。

当三人找到他的时候，没有人知道他已经沉睡了多少年，也不知他为什么要沉睡。

他们决定唤醒他。

他睁开双眼的瞬间，三千里水晶宫阙，化为尘埃。

他们将他带下西昆仑山的天梯，漫天尘埃缓缓飘落，宛如上一个世界的劫灰，璀璨而凄艳。

慢慢地，他们发现，君千殇身上覆盖的劫灰图案中，蕴藏着无限的力量。

他们回忆、钻研、学习这份力量，这使他们的修为突飞猛进，成为这个时代最厉害的三位地仙。

但君千殇却毫无记忆，一片茫然。

后来，紫极老人不顾另外两人的反对，将劫灰中所书法门交还君千殇，从而帮助他悟出了天上地下、无人能敌的剑法，他将它命名为：轮回。

这直接导致了紫极老人与雪隐上人、大日至尊者的决裂，一场大战后，紫极老人凭着君千殇那无敌的力量，大败雪隐与大日至的联手。使他们一走北疆，一去西域。

百年不见面。

紫极老人则开创了摩云书院，向世人教授他悟出的法门。

那便是轮回。

世间一切道术、武功的源头。

但，就在水晶劫灰落入世间的同时，亦出现了祸乱世间的灾劫。人类与妖魔们千年盟约被打破，征战与杀戮再起。

君千殇一直认为，这些劫难都是由他而起，因此，他奉了紫极老人的意旨，行剑天下，要将这些魔、妖、鬼、怪全都屠戮、封印起来。

他要用他的剑守护这个世界，宛如神明一般慈悲，大唐所有的子民全都安享太平。

他认为这是他的职责，他从未怀疑过。

他有神的心怀，也有神的力量。天下生灵，无一能抵挡他轮回一剑。

但就在他追杀妖龙公主之时，他却深深迷惘了。

妖龙公主宁愿自己沦入炼狱，受无尽的折磨，也要勉强为儿子施展祈天神术，让他幸福、荣耀地行走在这个世界上。

让所有的人，都不将因他出生于妖族而鄙视他。她宁愿生生世世，被封锁在玄冰中，承受无尽酷刑。

第一次，君千殇的信心开始动摇。

因为他不知道自己的慈悲，究竟是不是真正的慈悲。

对于他所守护的人来讲，那是真真正正的慈悲；但对于他所屠戮妖、魔的呢？那便是灾劫。

他应该将灾劫施加给那些魔、妖、鬼、怪么？

魔、妖、鬼、怪是否真的该被驱逐殆尽，就没有一只值得沐浴他的慈悲，沐浴这无尽盛世的荣光？

君千殇开始迷茫，所以，在妖龙公主的泪水中，他兴起了一个念头。

他要封印住自己的力量，静下心来思考，想清楚这一切的因果。

是否人和妖魔的区别，不在于他们的出生，而在于他们的爱？

是否人和仙灵妖魔，都有着同样平等沐浴这个盛世光辉的权利？

是否他超出人世的力量，才是这个世界动荡的根源？

于是，他以千殇为名，不再除妖。

于是，神甘心情愿，放弃力量。堕落为人。

◇魔之本生

石星御是魔。

他带着漫天魔炎降生，他出世的时候，整个西域五十国都降下了一场陨星之雨。

他注定将要与众不同，他注定将会与君千殇站在世界的两极。

一极是神，一极是魔。

他降生的时候，雪隐上人刚用大雪山镇住雪域群魔，大日至尊者刚入主西方魔境。雪隐的小乘佛法与大日至的大乘佛果，刚刚参透。

他们联手，有把握能胜得过紫极，但却仍不能对付君千殇。

石星御就仿佛是上天赐给他们的绝佳武器，是他们与君千殇一战的秘宝。

如果说，君千殇是光明的主导，石星御便是黑暗的元枢。

万千妖魔都奉他为皇，要借助他的力量，建造前无古人的功勋。

他的剑，他的力量，超越一切，有什么东西挡住他，他就将之斩灭。他习惯于毁灭，习惯于凌驾、控御一切，无论是功勋，财富，生命，还是感情。

但有一天他骇然发现，他的力量做不到很多事。

他不知道如何去爱一个人，守护一个人。

他也不知道如何去爱自己的国度，守护自己的臣民。

他打碎一切阻碍，毁灭一切梗阻，却不知道，有时候，这种毁天灭地的力量，是如此苍白无力。

他空有破坏一切的力量，却离自己的心愿越来越远，却让自己所爱的人越伤越深。

他宛如站在空旷沙漠上，天下无敌，四顾茫然。

他的心，忽然紊乱。

他的力量仍处在这个世界的顶峰，但他却变得脆弱无比。

脆弱到他所爱的人一个惨淡的微笑，就足以杀死他。

但，此时的他，却站立在君千殇面前。

站立在这个慈悲的神的面前。

他的子民都在看着他，都在期待着这一战的辉煌结果。

他，被寄予厚望，将成为击碎轮回之剑的第一人。

他忽然想，如果他没有这么强绝的力量，如果他只是个普通人，他是否就能知道如何去爱一个人，如何不伤害一颗爱他的心?

也学习如何去爱，学习如何去守护。

于是，他向君千殇出剑。

或者，他早已知道了一战的结果。是他甘愿用自己的全部力量、权势、威严作为赌注，赌到一败涂地。

他甘愿沉浸在三生中，用人的情感，沉浸在三生石给他的梦境中。

他的神、心、意、形、体，被分开镇压着，在三生石中，他将与他的爱紧紧厮守在一起，备尝刻骨铭心的欢娱。

他怀着欣喜沉沦。

那其实不是失败，那是他甘愿走入的梦境。

但在缠绵的梦境中，他听到他的心中传来一声低低的谶语：

你将在再度出世的时候，永远失去你的挚爱。

三生的轮回，让他丢弃力量，暂时成人。

◇人之本生

李玄是人。

他或许是个足够奇特的人，因为他的一生是个传奇，是个极少人能够企望的传奇，但他是个人，他的传奇，是人的传奇，而非神，非魔。

所以，他不会有无敌的力量，他的降生，不会让天地为之动容，他的一生，所能仰仗的，也只有他的母亲。

尽管那是无人能及的爱。

那也是神与魔所没有的恩赐。

李玄，是我们每个人的影子。他吊儿郎当，什么都不在意，他以冷笑话面对一切，自身没有多少力量，但在面对强绝的同学或者神魔时，却并不羡慕与妒忌。

他是个人，他也安然去做一个人。

他有灰暗的过去，未来也不见得光明，他总是被看不见的鞭子挥着向前奔走，但他从不抱怨，他竭力地守护着自己那小小的尊严，并尽可能地让自己过得舒服一些。

他曾被雪隐上人与大日至尊者联手追杀。

他稳稳坐着摩云书院大师兄的位子。

他在前生的深情中茫然行走。

他做过很多惊天动地的事情，未来的他，将会更加惊天动地。

但没有人会觉得他是神或者魔，因为他的吊儿郎当，也因为他的不在乎。

但这样的他，却在看到九灵儿被心魔残杀时，看到九灵儿在生命的最后仍在尽力想触摸那张让她铭记终身的脸时，他震动了。他宁愿冒着粉身碎骨的危险，也要为九灵儿讨回公道。

他要为九灵儿向魔王挥出一拳！

这就是李玄。

我不愿去描写他有多伟大，也不想让他成为完美。他是个人，他的的确确是个人，他是我们所有人的影子，虽然或许只能说是心底最深处的影子。

我愿意他怯懦，他虚伪，他恐惧，他柔弱，但他至情至性，敢作敢为。

他游戏人间，但当他明确自己背负的责任的时候，他将勇敢地站出来，将该背负的背负起。

我想在他身上找到荣光。

那是神魔宁愿放弃力量也要苦苦寻觅的荣光。

◇神之轮回

君千殇认为他封印住自己的力量，便可摆脱神的身份，便能够置身世界之外，顿悟出他的困惑。

他认为，只要他放弃了力量，他就会成为人，能够感悟到人感悟到的一切，能够体会到人体会的一切。

他错了。

神，永远是神，没有一种存在能够放弃自己所背负的。

失去力量，并不能让他真正地感悟，因为他的心从未静下来，他也从未真正思索过。

这世界中没有乐土，也没有真正的清净之所。

所以，他从一开始就错了。

他将自己的力量封印住，潜伏着的魔头们出现，本来仰仗他的轮回之剑而维持着脆弱安宁的平衡，轰然破碎。

所以，当他封印住力量时，造下了宛如魔一样的罪孽。

一旦他放弃了守护，无数的人，都因为他的一念慈悲而惨遭杀戮。

他造下了无尽的罪孽。

他变成的，不是人，而是魔。

神在轮回中，将堕落为魔。

◇魔之轮回

石星御永远都不会明白，当他放下力量时，他才会无敌。

让君千殇无敌的秘密，他永远都不会明白。

他不会明白无敌是多么痛苦，也不会明白君千殇是多么孤寂。

就算他被封锁在三生石中，在和九灵儿的耳鬓厮磨的岁月，他也没有忘记自己的掌控一切的尊严。

他的力量其实并未消失，只是在不可知的某处为了 生而蕴蓄。

他想通过放弃力量，化成人，拥有一颗爱人之心，但他却不知道，能够给予他爱的人，只可能是他自己，不会是任何别的人，别的力量。

他始终在追逐，追逐能击败君千殇的力量，追逐让他爱的力量。

他只会向前看，那个爱他的人，只能在背后轻轻拥住他的影子。

因为，没有人能追得上他。

这场追逐，注定没有结果。

或许，只有在他打败君千殇的时候，他才会停下来。

因为，那时，他将站在世界的尽头，再也无法前进一步。

那时，他或许会回过头，才能真正看到爱他的那一片心。

那时，他将潸然泪下。

然后，他将成为神。

只要他一顿悟，他就会成为神，但这一顿悟，与他隔着千重山、万重水，隔着九灵儿的深深凝望，万种相思。

◇人之轮回

李玄能化成神，也能化成魔。

他的降生，半人半神，半妖半魔。

他是人非人，是神非神，是魔非魔。

他奇异的命运，使他走在神、魔、人的边缘，只要稍一失足，他就会成神成魔。他只是恰好走在“人”这条路上。但没有人知道这是否是一条坦途。

李玄永远无法战胜石星御。

正如石星御永远无法战胜君千殇。

但李玄却是唯一有可能打败君千殇的人。

因为他的前世传承给他了一种力量——可以继承、使用前生的力量。

因此，无论君千殇将斩入哪一世的轮回，李玄都有一线可能，使用出前生那无比巨大的力量。

这个设定，来自于我对人的体认。

人没有神魔般的力量，也没有神魔般的永生。

但我们有我们的尊严。

我们有我们的永恒——那是千秋万代，无尽的追求，那是生生世世，叠加起来的永恒。

人向神魔的挑战，看上去是那么无力，那么可笑。但我们有的是永恒的信念。

我们用渺茫的希望点滴累积起可以填海移山的力量，我们用生生世世的轮回叠加起比天地还要长久的岁月。

天上几回葬神仙，沧海桑田，我们从未绝望，从未放弃。

这便是人的力量，人的尊严。

于是，李玄便是这个世间唯一可能弑神的人。

而当他率领万魔挥戈九天的时候，他又俨然魔王。

堕落，是那么容易；但超升为神，上天也为他开了一线机会。

无论为神为魔，这个世界都将因他而崩坏。

永劫将因他而开启。

这是命运。

是他对拳拳母爱的唯一报答。

当他跪倒在那冰封的躯体之前时，他将痛哭地嘶吼出这一困惑：

人之轮回，究竟是为神？为魔？

◇神·魔·人

这世上没有什么是完美的。

有的，只有困惑。

无论手握多么强大的力量，将权势、荣华玩弄于掌股之中，都无法消除心中的困惑。

没有人有足够的智慧，来面对自己的心。

神、魔、人都是如此。

我想，这就是平衡。

君千殇、石星御、李玄。

神会轮回成魔，魔会轮回成人，人会轮回成神。神会轮回成人，人会轮回成魔，魔会轮回成神。

没有终点，没有起点，没有沦落，没有救赎。有的只是困惑。

因此亦将平衡。

日为之升，月为之恒，星辰为之照耀，大地为之无极。

最终，当这一切全都崩坏后，世界又将留下什么呢?

当劫灰覆没这个世界、并构筑出一座无人能见的千里水晶宫阙时，当唯一的孤独在荒凉中沉思、凝视着世界在他的思念中成形时，当冷艳的雪妖为世界的毁灭而跳起葬天之舞时，我希望能看到天地间，如果什么都不存在，那么，尚能存在一物。

那就是尊严。

我们身为人的尊严。

所有神魔，都无法将它磨灭。

于是轮回。

图书在版编目（CIP）数据

葬雪/步非烟著. —沈阳：万卷出版公司，2009.6
（天舞系列）
ISBN 978-7-80759-907-4

Ⅰ.葬… Ⅱ.步… Ⅲ.长篇小说—中国—当代 Ⅳ.
I247.5

中国版本图书馆CIP数据核字（2009）第072626号

出版发行：万卷出版公司
（地址：沈阳市和平区十一纬路29号 邮编：110003）
印 刷 者：北京汇林印务有限公司
经 销 者：全国新华书店
幅面尺寸：145mm×210mm
字　　数：300千字
印　　张：9
出版时间：2009年6月第1版
印刷时间：2009年6月第1次印刷
责任编辑：胡 利
特约编辑：赵海萍
装帧设计：陈微微
插图绘画：ENO
ISBN 978-7-80759-907-4
定　　价：29.00 元

联系电话：024-23284442
邮购热线：024-23284454
传　　真：024-23284448
E-mail：vpc_tougao@163.com
网　　址：http://www.chinavpc.com